吸血蛾

横溝正史

角川文庫
23154

目次

吸血蛾　五
解説　中島河太郎　三二九

狼男

「君、君……」

ほのぐらい間接照明のグリルの一隅、鉢植えの棕梠《しゅろ》の葉かげから声をかけられたが、じぶんのこととは気がつかず、そのままいきすぎようとした村越徹は、

「君、君、村越君……」

と、こんどははっきり名前をさされて、思わずおやと足をとめると、それがくせの、女のようなしなをつくってふりかえった。

そこは夢のような微光につつまれたこのグリルのなかでも、棕梠の葉かげになっているだけに、ひときわほの暗くなっている一隅だった。そこに、その男がただひとり、ひっそりと腰をおろしていたのである。

「はあ、あの、あたしに何か御用でございましょうか」

徹は薄化粧した顔に、にっこりと愛嬌えくぼをきざみながら、小娘のように首をかしげる。濃いグリーンの背広を着て、姿こそ男だけれど、模型人形《マヌカン》のように華奢でうつくしいこの徹を、ひとは男性十パーセント、女性九十パーセントだという。

相手はちょっとあきれたように、無言のまま、まじまじと徹のすがたを見上げ見おろした。

「あらいやでございますわ。そんなにじろじろごらんになっちゃ……あたしに何か御用でございますの」

相手はしかし、依然として無言のまま、灰色の皮手袋をはめた手で、テーブルのうえのカクテル・グラスの脚をいじくっている。灰皿のふちで葉巻がいっぽん、ゆっくりと紫色の煙をあげていた。

まじまじと、男の顔を見ているうちに、徹はとつぜん、総毛立ったような眼の色をした。

元来、その男というのが、ひと目見ただけでも、あんまり気持ちのよい存在とはいえぬ。

ふつうの眼鏡のうえに、大きな灰色の眼鏡を二重にかけているだけでもうさんくさく、その二重眼鏡のおくから、表情もわからぬ視線でじろじろと、舐《な》めるように見まわされるだけでも薄気味悪い。

おまけにその男、西洋の神父さまのかぶるような山のひくい、灰色のつばひろ帽子をまぶかにかぶっていて、灰色の外套《がいとう》の襟《えり》をふかぶかと立て、これまた灰色のマフラで、鼻のうえまでかくしている。なにもかも、いっさいがっさい灰色なのだ。そういえば、照明のかげんか皮膚の色まで灰色に見える。

だが、村越徹がいまとつぜん、総毛立つような眼の色を見せたのは、そのためではなかったのだ。男がなにかいおうとして、マフラを下へずらしたとたん、外套の襟がすこしほぐれて、ちらりとあらわれた左のこめかみから顎へかけて、ながさ五センチばかりの疵跡《きずあと》が、みみずのように、這っているのが見えたからである。

徹の視線に気がつくと、灰色の男はあわてて外套の襟を立てながら、

「君を呼びとめたのはほかでもないがね」

と、マフラのおくでもぐもぐと、

「むこうにいる連中ね。いま、君がいっしょにいたはなやかな一団さ、あれは虹の会のメンバーだね」

「はあ、あの、さようで……」

「こんや、浅茅《あさじ》女史もここへくることになってるんだね」

「はあ……」

「秋のファッション・ショーの打合せ会なんだね」

徹はだまって、この薄気味わるい二重眼鏡の男の顔を見ている。よくしってるという顔付きである。

「それじゃあね、君、徹ちゃん」

「はあ」

「浅茅女史がきたら、わたしてもらいたいものがあるんだけれど……」

「はあ、なんでございましょうか」

「これだがね」

と、灰色の男はポケットから、小さな包みをとり出した。洗顔クリームくらいの大きさの函で、包装紙のうえに、黒いリボンを十文字にかけてあるのがまがまがしい。

「はあ、あの、それはおわたししてもよろしゅうございますけれど、あなたさまのお名前は……？」

「いや、名前はいわなくてもわかっている」

「あら、だって、あなたのひとりがてんでは困りますわ。お名前もわからないかたから、品物をおあずかりするわけにはまいりませんの」

「ああ、そう」

男はちょっと考えるふうをして、あたりをそっと見まわしたが、

「それじゃあね、こういう男だといってくれたまえ」

そういったかと思うと、マフラをすこし下へずらして、かっと口を開いてみせたが、そのとたん、徹は全身の血も凍るばかりの眼の色をした。

そのときのことを、徹はのちにこのように語っている。

「あたしほんとうにあのひとの口が、耳まで裂けたんじゃないかと思ったんですのよ。いいえ、まさか、そんなことはないでしょうけれど……それはそれは気味のわるい歯、いっぽん、いっぽん、つるぎのさきのようにとがっていて……しかも、二本の犬歯ときた

ら、まるで、狼みたい。……いえ、あの、あたし、狼の口をはっきり見たわけではございませんけれど、あの口で咬《か》みつかれたら……と、思ったら、体じゅうから冷汗が出たわ」

気味のわるい狼男は、恐怖のために凍りついたような顔色をして、そこに立ちすくんでいる徹にむかって、

「うっふっふ！」

と、底気味のわるい笑いをなげると、そっとあたりを見まわしたのち、すばやくマフラで口をかくした。

「ね、わかった。こういう男からことづかったといって、この包みを浅茅女史にわたしてくれたまえ。きっとだよ。忘れちゃだめだよ」

マフラのおくでもぐもぐと、念をおすように、そういうと、狼男はやおら椅子《いす》から立ちあがる。徹は毛虫にでもさされたように、一歩うしろへしりぞいた。

「うっふっふ、なにも怖がらなくてもいいんだよ。だれが君のような美少年に咬みついたりするもんか。おれが咬みつくとすれば、やっぱり……」

「咬みつくとすれば、やっぱり……？」

「女だな、それも、若いきれいなね。うっふっふ！」

それだけいうと狼男は、二重眼鏡のおくから、じろりと気味のわるい一瞥を、徹のおもてにくれておいて、ふらふらとグリルの階段をのぼっていった。

あとにはマヌカンの徹が、それこそマヌカンそっくりの、蠟《ろう》のような顔をして立ちすくんでいる。

虹の会

そこは銀座裏にある、某雑誌社の地下グリル、黒猫の内部なのである。雑誌社の地下にあるのと、足場がよいのと、それともうひとつ、もっと大きな理由として、お帳面がきくところから、黒猫には毎晩のように、文士連中があつまってくる。いってみれば黒猫は、文壇人の社交サロンのようなもので、相手がほしければここへいけばよい。三人や五人はすぐつかまる。かれらはいつも、かなりひろい黒猫の内部を、もうもうたるたばこの煙でうずめつくして、はてしもない議論によねんがない。

ところが、この黒猫にはもうひとつ、毛色のかわった人種が根をおろしている。それはちかごろ流行の、ファッション・モデルである。

このへんいったい、婦人服飾店がおおいところから、そこへ出入りするモデルたちが、しぜんとここを根城とするようになって、今夜も今夜とて、虹の会にぞくする七人のうつくしいファッション・モデルが、仕事のうえの打合せの集会をもっている。

虹の会というのは、いま評判の女流デザイナー、浅茅文代女史に直属するモデルたちで、彼女たちはぜったいに、ほかのデザイナーのモデルにならない。ならないことを誇りとしているのである。

浅茅文代はここ一、二年のうちに、急にメキメキ売出したデザイナーで、ちかごろでは、婦人服飾界の第一人者といわれ、モデルたちの憧れの的になっている。

およそファッション・モデルといわれるほどの女は、いちどは文代のモデルになってみたいと念願しているほどだが、彼女はげんじゅうにモデルを選択して、じぶんの好みにあった七人のモデル以外にはぜったいに使わない。

これに感激した七人のモデルたちは、みずからクラブを結成して、これまたぜったいにほかのデザイナーのモデルにならぬと誓いあっているという。このクラブを名づけて虹の会。たぶん、七人のメンバーから成立っているからだろう。

今夜、虹の会の全員が、この黒猫に集合したのは、ちかく開催される新東京日報社の主催による、ファッション・ショーにそなえて、浅茅女史と打合せするためだった。

この新東京日報社主催のファッション・ショーというのは、婦人服飾界秋の最大の行事で、毎年十月の中旬に開催される。都下一流のデザイナーの目標といえばこのファッション・ショーで、その際行われるコンクールに入賞すれば、それによって翌年のモードが決定するといわれるくらいだ。

浅茅文代が売出したのは、一昨年の秋、このコンクールに一等に入選し、金賞をさずけられたのにはじまり、当時彼女はパリから帰朝したばかりだった。しかも、彼女は去年もつづけて金賞を獲得し、それによって婦人服飾界に、確乎《かっこ》たる地位をきずきあげたのだ。

それだけに文代に直属するモデルたちの意気ごみはすさまじく、ことしもぜひ先生に、金賞を獲得していただこうと、たいへんな鼻息である。

それはさておき、無気味な狼男を見おくって、村越徹が茫然《ぼうぜん》と立ちすくんでいるとき、ドアを肩でおして、そそくさと入ってきた男がある。

つめたい外気から、急にたばこの煙と酒の香りと、それから文士たちの吐きちらす喧《けん》騒《そう》の渦のなかへとびこんできたので、男はちょっとたじろいだように立ちどまり、きょろきょろと、ほの暗い照明のなかを見まわしていたが、あのはなやかな虹の会のメンバーを見つけると、やあというように片手をあげた。

それから大股にそのほうへいきかけたが、そのとき横から、

「川瀬さん、川瀬さん」

と、声をかけられてふりかえると、

「なんだ、徹ちゃんじゃないか。君、こんなところで何をぼんやり立っているんだ」

「いえ、あの……川瀬さんはいま階段のところで、へんなひとにお会いになりませんでした？」

あいかわらず女のような口のききかただ。

「へんなひとって？」

「眼鏡を二重にかけたひと……押しひしゃげたような帽子をかぶってましたけど」

「ああ、そいつなら出会った、出会った。おれを見ると顔をそむけるようにしていきゃあがった。しかし、徹ちゃん、あいつがどうかしたのかい」

「ええ、あのひとからこんなものを、先生にってことづかったんですの」

「先生って浅茅女史……？」

「ええ」

「だれなの、あれ……？　女史をしってるの」

「さあ、それがわからないんですの。あたしこわくて、こわくて……」

「こわいってどうかしたの？」

川瀬はいまはじめて気がついたように、徹のこわばった顔をのぞきこんだ。

川瀬三吾というのは新東京日報社の記者で、毎年秋のファッション・ショーを担当しているところから、デザイナーやファッション・モデルたちのあいだによくしられている。ことしちょうど三十だが、なかなか敏腕家だという評判がある。

「だって……」

と、徹はいまにも泣き出しそうな顔色で、

「あたし、そのひとにお名前をうかがったのよ。そしたら、そのひとったら、名前をいわなくても、こういう男だといえばわかると、いきなりかっと口を開いて……」

「口を開けて……？」

「ええ、そうよ。そしたら、その口が耳まで裂けたような感じだったわ」

「耳まで裂けたあ」

川瀬はあきれたように、徹の顔をまじまじ見ながら、

「おいおい、徹ちゃん、馬鹿なことをいうもんじゃないぜ。おまえこんやどうかしてるんじゃないかい」

「いいえ、あの、ほんとうにそんな気がしたのよ。まさか耳まで裂けやあしなかったけど、まるで、狼みたいにとがった歯をしてるの。しかも二本の犬歯のすごいことといったら……それにとってもこわいことをいうんですもの」

「こわいことって、どんなこと……？」

「あたしがこわがってると、おまえみたいな男の子にゃ咬みつきゃしない。咬みつくならやっぱり若い女だなって、そういって、うっふっふと笑うのよ。あたし、もうこわくて、こわくて、口もろくにきけなかったわ」

「咬みつくなら、やっぱり若い女だって？」

川瀬はぎょっとしたように、徹の顔を見なおしたが、

「徹ちゃん、そりゃあだれかがからかったんだぜ。君があんまりこわがるもんだから」

「いいえ、いいえ、そうじゃないわ。あのひときっと先生に、何か怨みがあるにちがいないわ。きっと先生を呪っているのよ。先生の人気があんまりすごいから、ねたんでるのかもしれないわ」

徹は女のように、しだいにヒステリックになってくる。しなやかな体をねじるように

して、両手でハンケチをもんでいる。徹はデザイナーが志望で、文代のもとに弟子入りしているのである。

「馬鹿なことをいっちゃいけない。むやみなことを口走ると、君のだいじな先生にきずがつくぜ。それにしても、これ、いったい、なんだろうな」

テーブルのうえの小さな包みに、川瀬三吾が手を出そうとするのを、

「あら、いけない。爆弾でも入ってたらどうするの」

と、徹は真顔になって押しとめる。

「つまらないことをいうもんじゃない」

それでもさすがに川瀬三吾は用心ぶかく、テーブルのうえから小さな包みをとりあげた。それは野球のボールが入るくらいの小さな函で、耳のそばで振ってみると、コトコトと音がする。何かまるい物がはいっているらしい。

「駄目よ、駄目よ。川瀬さん、あたしがこんなにこわがってるの、けっして理由のないことじゃないのよ。ね、聞いて……」

と、徹は女のように川瀬三吾の腕にとりすがり、そわそわとあたりを見まわすと、

「こんなこと、だれにもいっちゃ駄目よ。これね、虹の会のひとりに聞いたんだけど、先生、とってもきれいな体してらっしゃるでしょ。八頭身ってほんとにあのかたのことね。ところが、ただひとつ玉に瑕《きず》というのは……」

「ただひとつ玉に瑕というのは……」

「先生の左のおっぱいのうえに、小さな疵跡がのこってるんですって。まるでけだものにでも咬みつかれたような痕だって、モデルのひとがいってたわ。先生はいつも上手に白粉で、それを塗りかくしていらっしゃるんですって。だから、あたし、こわいのよ。あの狼のような牙……」

そのとき、ドアの外の階段のうえに、自動車がつく音がして、男と女の靴音がおりてきた。

狼の歯型

ちかごろ女流服飾界の第一人者といわれる浅茅文代は、ファッション・モデルとしても卓抜した技術を身につけている。

身長五尺四寸の肉体は、均斉のとれた八頭身で、そのうえにパリじこみの洗練されたゼスチュアーが、見るひとをして恍惚《こうこつ》たらしめるといわれている。彼女はいつも、じぶんの手に属する虹の会のメンバーとともに、じぶんも自己のデザインによる衣裳を身につけて、登場することにしているが、こればかりは、ほかのデザイナーたちが、どんなにくやしがっても出来ない相談だった。

文代はいま、じぶんの経営する服飾店、ブーケの支配人増山半造に手をとられて、しずかに黒猫のなかへ入ってきた。旧華族の令嬢としてうまれた文代は、臈《ろう》たきまでのうつくしさを身につけており、彼女が入ってきたとたん、黒猫は一瞬シーンと呼吸をとめたかんじだった。

おしゃべりをしていた文士たちも、彼女のすがたをみとめたとたん、つぎにいうべき言葉を忘れたからである。

文代はほの暗い間接照明のなかを、眼でさがすようにしていたが、すぐそばに立っている川瀬三吾と徹のすがたをみとめると、

「あら、川瀬さんと徹ちゃん」

と、にこやかな微笑をうかべて、

「あなたがた、こんなところで、何をぼんやり立ってらっしゃるの。虹の会のひとたち、まだ見えてないの」

川瀬三吾と徹はすばやくたがいの耳にささやきかわした。

「徹ちゃん、いまのことは内緒だぜ」

「ええ、あなたも……」

「あら、いやあねえ」

と、文代は面白そうにわらいながら、

「何を内緒話していらっしゃるの、怪しいわねえ。何か陰謀をたくらんでらっしゃるんじゃなくって」

「あっはっは、陰謀はひどいですね。虹の会の連中ならむこうにきてますよ。御案内し

ましょう。増山さん、御苦労さま」

「いやあ、川瀬さんあなたはいつも元気ですね」

じぶんの手からていよく文代をうばわれて、増山半造はいまいましそうに、ふたりのうしろ姿に眼をとがらせたが、すぐ、そばにいる徹の視線に気がつくと、

「おや、徹ちゃん、どうしたの。なんだか顔色が悪いじゃないか」

と、バツの悪さをごま化した。

増山半造は肥り肉《じし》の猪首で、横幅は堂々としているが、背は五尺三寸くらいしかなく、ハイヒールをはいた文代とならんで歩くと、話をするにもいちいち相手を見あげねばならない。徹とならんで歩いても、この男か女かわからぬような青年より、背がひくいのがいまいましかった。

「ええ、あたしのぼせたのかしら。さっきから気分が悪くって」

「血の道じゃないかな。ひとつ婦人科の医者にでもみてもらうんだね。あっはっは」

増山は下劣なしゃれをいって、じぶんひとりでよろこんでいる。かれは日頃から、この変性男子をこのまないのだが、マダムの文代が、デザイナーとしてよいオリジナリティーを持っていると可愛がっているので、あまりひどいこともいえなかった。

「まあ、いやなマネジャー」

ふたりが虹の会の席へやってきたときには、文代も川瀬もすでにテーブルについていた。

さすがに文代が厳選しただけあって、虹の会のメンバーは、いずれも八頭身とまではいかなくとも、七頭身半くらいの美人ぞろいで、おもいおもいに意匠に粋をこらしているので、黒猫のなかでもその席だけは、ぱっと眼にたつはなやかさだった。

打合せ会といっても、べつに具体的な話があるわけではない。デザインの話なんかを、こんな場所でしようものならたいへんだ。有力なデザイナーのアトリエには、他の店からスパイが入り、新しいデザインをぬすもうとして、虎視眈々《こしたんたん》としているのである。だから、結局、その晩は、顔合せの会というほどのものに過ぎず、すぐに話は雑談にうつった。

「それはそうと、先生」

と、思い出したように口を出したのは、滝田加代子というモデルである。七人のなかではこの女がいちばんうつくしく、体も文代についで均斉がとれていた。

「なあに、加代子さん」

「いま、葛野《くずの》多美子さんから聞いたんですけれど、こんどのショーがおわったら、先生は服飾界から引退なさるんですって」

「あら、多美子さん、そんなことをみなさんにおしゃべりしたの？」

文代は微笑をうかべながらも、ちょっととがめるような眼つきになる。

「ごめんなさい。先生、でも、いま先生に引退されたら、あたしたちはどうなることかと思って。……死活の問題ですものね」

「大丈夫よう。もうあなたがたはファッション・モデルとしても一流ですもの」

「まあ、先生、それじゃやっぱり引退なさるおつもりですの」

いちばん若い赤松静江が心配そうな眼の色をする。

「ほっほっほ、さあ、どうでしょうかね」

「いやよ、いやよ、先生」

と、有馬和子が金切り声をあげて叫んだ。

「先生はあたしたちの太陽よ。太陽があってこそ虹があるのよ。先生が引退をなすったら、虹なんかたちどころに消えてしまうわ」

「そうよ、そうよ。和子さんのいうとおりよ。でも、先生はどうしてそんな気持ちにおなりなさいましたの。パパさんが引退しろとおっしゃるんですの」

そう訊《たず》ねたのは杉野弓子という娘である。かれらがパパさんと呼んでいるのは、文代のパトロンのことである。

「ほっほっほ。どうでしょうかねえ」

と、文代は謎のような微笑をうかべて、

「でも、もう、その話はよしましょう。それより川瀬さん、何かかわった話はなくって」

「ああ、そうそう」

と、この機会を待っていた川瀬三吾は、徹に眼くばせをしながら、

「さっき徹ちゃんが妙な男から先生にって、こんなものをことづかったんだそうですが

ね」

「妙なひとって、徹ちゃん、どういうひとなの」

文代は不思議そうに包みをひきよせながら、徹のほうへむきなおる。

「はあ、あの、それが……」

「そうそう、徹ちゃん、あれ、どういうひとなの」

と、徹のほうへむきなおったのは、日高ユリというモデルである。

「なんだか気味のわるい男だったわね。あたし、トイレットへいくとちゅうで、ちょっと見ただけだけど、あのひと、あなたに口をあけて見せてたじゃないの」

「口を開けて……?」

とつぜん、文代が甲走った声をあげたので、一同はぎょっとそのほうへふりかえる。文代は憑《つ》かれたような眼の色をして、徹の顔を視つめている。顔からすっかり血の気がひいていた。

「先生、どうなさいましたか」

志賀由紀子というモデルが、気づかわしそうにテーブルから体をのりだした。

「いえ、あの……でも変ねえ。徹ちゃん、そのひとの口のなかに、なにか変ったことでもあって?」

「いえ、あの、べつに……」

文代は蒼《あお》ざめた徹の顔を、まじまじと視つめていたが、やがて気になるように黒いリボンを解きはじめた。包み紙のなかには四角なボール紙の箱があり、箱のなかから出てきたのは、なんと一個の林檎《りんご》ではないか。

一同はあきれたような顔をして、林檎と、その林檎をまじろぎもせずに視つめている、浅茅文代の顔を見くらべていたが、とつぜん、文代は左の乳房をしっかとおさえ、

「…………」

と、声なきうめき声をあげると、ぐったりとくずおれるように椅子の背に頭をおとした。

「あれ、先生」

モデルたちがいっせいに立ちあがったとき、川瀬三吾は文代の手をはなれて、床にころがり落ちた林檎をひろいあげていた。

その林檎は皮つきのまま、一か所だけあんぐりとかじりとられているのだが、その鋭い歯型をみたとき、川瀬三吾は全身につめたい戦慄の走るのを禁じえなかった。

それはまるで、狼の歯でかじりとられたような、ギザギザとした鋭い歯の痕だった。

ファッション・ショー患者《マニア》

新東京日報社主催のファッション・ショーは、いつも丸の内のT会館の大ホールを借りて行われる。

それはステージ・ショーであると同時に、フロア・ショーでもあった。モデルたちはステージで、一応衣裳をみせたのちに、フロアへおりてきて、テーブルからテーブルへとくまなく衣裳をみせて歩くのである。

十月十五日に行われた、新東京日報社のファッション・ショーは大盛況だった。どの椅子もどのテーブルもぎっちりつまって、客席のうしろのほうには、見物が鮨詰《すしづ》めになって、立っている。立っている客のなかには、高校生程度の男女もまじっていた。

ステージにちかいテーブルには、高貴のかたのお顔もみえていたが、それからすこしはなれたところに、五十前後の鼻下に美髯《びぜん》をたくわえた紳士が、ゆったりと腰をおろしている。小鬢《こびん》がすこし白くなっているが、眉の濃い、鼻のたかい、なかなかの好男子である。

これが浅茅文代のパトロンで、某大会社の重役、長岡秀二氏である。長岡秀二氏はおそらくじぶんの愛人が、ことしも金賞を獲得するであろうことを夢見て、楽しみにしているのだろう。にこにこと上機嫌だった。

この秀二氏からまた少しはなれたところに、ちょっと奇妙な人物がひかえている。それは雪のような白髪をゆたかに波うたせ、銀ぶちの黒眼鏡をかけた老紳士で、身だしなみもよく、黒の背広に、黒の蝶《ちょう》ネクタイをしめているが、このはなやかなファッション・ショーとは、ちょっと縁のなさそうな人物である。それに、ときどき手にしたプログラムに眼を落すとき、唇のはしに、皮肉な微笑がうかぶのも気にかかる。

この老紳士は大きなファッション・ショーとなると、かならず姿をあらわすので、モデルたちのあいだで話題になっている。どこのなんという人物か、だれもしらないが、ファッション・ショー・マニアとでもいうのか、大きなショーになると、かならずやってくるのである。

「静江さん、きょうもあのお爺さんがきているようね」

文代の受持ちのプログラムで、いちばんさきに出る滝田加代子が、徹に手つだってもらって衣裳をつけながら、そばにいる赤松静江にささやいた。

「いやあねえ。あたし、あのお爺さん、虫が好かないのよ。いつもにやにやと、皮肉な眼で衣裳を見るんですもの」

「ほんとに憎らしいわねえ。年寄りのくせに、見るならおとなしく見てればいいのに、いつだったか、あたしがそばへいくと、くすくすと笑っているのよ。あたしあのとき、横っ面をぶんなぐってやりたいほど、腹が立ったわ」

日高ユリも、唇をとがらせる。

「まあ、ユリちゃんもそうだったの。あたしもいつかやられたわ。あたしがそばへいくと、ああ、結構なデザインだ、どこからどこまでも、創意にみちている、ああ、結構なデザインだ。そこまではいいんだけれど、そのあとへ、うっふっふと、気味のわるい笑い声をつけくわえるの。癪にさわるったら」

志賀由紀子もいきまいた。

「ねえ、ちょっと、あのひとどこかのお店のまわしものじゃない。なんとかして、あたしたちの気をくさらせて、先生にけちをつけようとしてるんじゃないかしら」

杉野弓子がしたり顔に一同を見まわした。

「あっ、わかった、わかった。ちょっと徹ちゃん。このあいだうちの先生に、変な林檎をことづけたの、あのお爺さんじゃなかった？」

有馬和子が呼吸をはずませる。

「ああ、そうよ、そうよ。きっとそうよ。ねえ、徹ちゃん、そうじゃない？」

「さあ」

変性男子の村越徹は、女のような指で、ふさふさと額にたらした髪の毛をかきあげながら、当惑そうに小首をかしげて、

「さあ、あたしにはわからないわ。でも、あの晩のひと、白髪じゃなかったようだけど」

「白髪なんかどうにでもなるわ。染めればそれまでじゃないの」

「そうねえ。でも……」

問題の老人はどんな歯をしているだろうかと、徹は口まで出かかったが、思いなおして唾《つば》をのんだ。そんなことをいって、みんなをおびえさせてはならぬと思ったのだろう。

「それより、先生はどうなすったのかしら。もうそろそろお支度をなさらなければいけないのに……」

文代もきょうモデルとして出るのである。

「さあ、さっきトイレットへいらしたようだけれど……」

そんなことをいってるところへ、新聞記者の川瀬三吾と、支配人の増山半造に左右からかかえられて、文代がびっこをひきながら入ってきた。

「あら、先生どうかなすって」

一同は異口同音にさけんで、文代のそばへ駈けよってくる。

「あたし困ったわ。どうしましょう。そこンところでカーペットに足をひっかけてよろめいたら、左の踝《くるぶし》を捻挫したらしいの。こんなんじゃショーにも出られないわ」

文代は三吾と半造に両腕をとられて、やっと椅子に腰をおろしたが、

「あっ、いたッ」

と、眉をしかめて唇をかむ。

「まあ、先生、どうしましょう。先生がお出にならなければ、コンクールに負けてしまうわ」

「仕方がないから加代子さん、あなたいちばんに出るんでしょう。だから、こちらへひっこんできたら、すぐにあたしの衣裳に着かえてちょうだい、あたしはいちばん最後に出るんだし、あなたならあたしの体にそっくりだから」

「ええ、そうしましょう。とても先生のようなわけにはいかないけれど、せっかくの先生の御苦心を、おくらにするのももったいないから。……」

虹の会のメンバーでも、いちばん年かさの滝田加代子がこの代役をこころよく引受け

た。

狼の牙

いま売出しの浅茅文代は、プログラムでも、いちばんよいところに組まれていて、そこにはつぎのように印刷されている。

虹の懸橋　考案者　浅茅文代

モデル

(イ)　菫の唄　滝田加代子
(ロ)　藍のうたげ　葛野多美子
(ハ)　青い情熱　赤松静江
(ニ)　緑の木蔭　有馬和子
(ホ)　黄色の花束　杉野弓子
(ヘ)　オレンジの香り　日高ユリ
(ト)　赤は燃える　志賀由紀子

(チ)　この太陽　浅茅文代

浅茅文代提供のこのショーがはじまって、プログラムもなかほどまで進み、㈡の有馬和子がステージから、フロアへおりてきたころのことである。

おくればせながらこの会場へ、そっとわりこんできた男がある。三十前後のどこか人相がよくない男だ。男は解説者の説明に耳をかたむけながら、プログラムとモデルを見くらべている。

ここには風俗小説を書くつもりではないから、それらのデザインをこまごまと書くことはひかえるが、浅茅文代提供のこのショーがいちばん賞讃を博したことはいうまでもない。

審査員たちも、いそがしくメモをとりながら、

「ことしもまた金賞は浅茅女史らしいね」

「そりゃ絶対だね。断然他をひきはなしているよ」

「まあ、これくらいオリジナリティーをもってるひとは、日本の女性としては珍しいね」

「そうそう、ほかのはたいていパリやハリウッドの焼直しだからね」

と、そんなささやきをかわしていたが、やがてプログラムがすすんで、最後の「この太陽」に、浅茅文代のかわりに滝田加代子が出てきたときには、一同おやというふうに顔を見合せた。

それについて解説者が、一応弁解の労をとったが、あたりのどよめきのために、客席の後部までは聞きとれなかったようだ。それほど、そのとき、加代子の身にまとうてあ

らわれた衣裳はすばらしかったのである。

あの人相のわるい男は、焼けつくような視線で、加代子の顔を視つめていたが、そそくさとどこかへ消えてしまった。

そんなこととは加代子はしらない。長岡秀二氏のまえまでくると、

「文代はどうしたんだって？」

と、ここえで訊ねられたので、

「はあ、踝を捻挫なさいましたので……」

と、こちらもこごえでこたえて通りすぎた。

やがて加代子は、あの虫の好かぬ老紳士のまえへさしかかる。彼女はできるだけ、老紳士の顔を見まいとしているのだが、そうつとめればつとめるほど、視線がしぜんとそのほうへむく。

老紳士は両手をステッキのうえにかさね、そのうえに顎《あご》をのせて、例によってにやにやと、底意地のわるい嘲笑をうかべている。

徹はむこうのドアのかげから、そっと老紳士の口もとをのぞいているが、べつにその歯はとがっているようでもなかった。

加代子が老紳士のまえまできたとき、相手のつぶやく声が、はっきりと耳にとどいた。

「ああ、結構なデザインだ。これがオリジナリティーというもんだろう。ああ、結構なことだ。だけどいったい、あの女の頭脳《あたま》のどこに、このような独創力がつちかわれてい

るのだろう。驢馬《ろば》のような女の頭脳に……うっふっふ」

　そのとたん、加代子の血は逆流しそうであった。怒りに全身がチリチリふるえた。

　もし、それがショーではなく、また、浅茅文代の名誉を思わなかったら、加代子は口をきわめてこの老紳士に、喰ってかかったことだろう。

　老紳士は怒りのために、瞼を紫色にそめている加代子を尻眼にかけて、にやにやしながら立上ると、のろのろと会場から立去った。

　それからあとのコンクールの模様を、くだくだしく述べるのはひかえよう。幾度もいうようだが、筆者は風俗小説を書こうとしているのではなく、世にも血なまぐさい犯罪物語を、お話ししようとしているのだから。

　その血なまぐさい犯罪の、まず第一の槍玉にあげられたのは、虹の会でもいちばんの先輩で、きょう文代の身替りをつとめた滝田加代子だった。

　コンクールで浅茅文代が、金賞をさずけられたのはいうまでもないが、そのお祝いの会が黒猫で催されて、そのかえるさのことである。

　それはもうかれこれ十一時ごろのことだったろうか。一同にわかれた加代子が、流しの自動車でも拾うつもりで、銀座の裏通りを歩いていると、とつぜん、ふたりの男がそばへよってきた。

「姐《ねえ》ちゃん、姐ちゃん」

　と、そう声をかけたのは、きょう途中からファッション・ショーをのぞきにきた、あの人相の悪い男である。

「姐ちゃんだったなあ、きょうT会館のファッション・ショーで、この太陽をやったのは……」

滝田加代子はたいへん気質のよい女だが、いささか難をいえば酒をたしなむくせがある。そして、酒をのむとむやみに気が強くなるのだった。

「何をいってるんだよう。馬鹿！」

「何を！」

売言葉に買言葉で、ふたこと三言いい争っているうちに、ちょっと三つの体がもつれたかと思うと、どうしたのか、加代子はぐったりとふたりの男に抱かれていた。

と、思うと、そこへ一台の空車がちかづいてきて、加代子はなかへ抱きこまれ、車はすぐに出発してしまった。

それはほんの一瞬の出来事だったし、幸か不幸かちかくにひとがいなかったので、だれもこの寸劇に気づいたものはなかった。

それからどれくらい経ったのか。……

ふたりの与太者にねむり薬をかがされた加代子が、ふと正気にかえると、いつのまにやら、やわらかなベッドのうえに寝かされている。しかも上半身むき出しにされて、ゆたかな乳房の隆起が、しらじらとした電燈のもとに露出している。

「あれえッ！」

加代子は両の手で乳房をかかえながら、あわててベッドのうえに起きなおったが、そのとき、ギーッとアームチェヤーのきしる音がして、二重眼鏡に灰色のつばひろ帽子をかぶった男が、ゆっくりとこちらへちかづいてきた。灰色の外套の襟をたて、灰色のマフラで鼻のうえまでかくした男だ。

灰色の男はベッドのそばまでくると、うえからのしかかるように加代子の顔をのぞいている。二重眼鏡のおくのほうで、無気味な眼が、無気味な光をたたえている。

なんにもいわない。なんにもいわないだけに、加代子にはいっそう気味が悪いのである。

「あなたはだれです。どうしてわたしをこんなところへつれてきたんです」

加代子はふるえる声でたずねたが、灰色の男はそれに答えるかわりに、手袋をはめた手でマフラを少し下へずらすと、いきなりかっと口をひらいた。

「あれえッ！」

加代子は両手で眼をおさえ、思わずベッドのうえであとずさりする。

加代子ははっきり見たのである。あの無気味な、どくどくしい狼の牙を。……

町の昆虫学者

奇怪な狼男に拉致《らち》された滝田加代子がその後どうなったか、それはしばらくおあずかりとしておいて、ここには彼女の安否がわかるまでのあいだに、浅茅文代をめぐっておこったちょっとかわったエピソードから、話をすすめていくことにしよう。

新東京日報社主催のファッション・ショーがあった翌日の晩、担当記者の川瀬三吾が、銀座裏にある婦人服飾店ブーケへやってきた。

今冬から来春へかけての、婦人服飾界の流行について、浅茅文代の意見をききにきたのだが、この店を経営している文代は、アトリエ兼自宅を四谷のほうにもっているので、毎日午後三時から閉店時の八時ごろまでしかこの店にいない。だから、こういう訪問も、いきおい夜になるのである。

飾窓にかざられている、新東京日報社の賞状やトロフィーを横眼で見ながら、店のなかへ入っていくと、支配人の増山半造が猪首をかしげて揉手をしながら、豪奢な毛皮のオーヴァにくるまった、中年の婦人にお愛想をふりまいていた。ほかにわかい女の店員が、若い婦人客の苦情をきいている。

外国製の生地が五、六点、それに高価なフランス製のアクセサリーがほんのちょっぴり、ガラスのケースにおさまっているだけで、いかにもわたしの店は、御注文で婦人服をお作りするだけで、品物をお売りするのではございませんとばかりに、とりすました恰好だが、さりとてつめたい感じではなかった。

「マネジャー、マダム、いる？」

「はあ、奥に……」

と、ひとことこたえただけで、半造はすぐに婦人客のほうへむきなおった。客にむかうと、さすがに洗練された応対だが、川瀬を見る眼つきには、露骨に反感の色がうかんでいる。

川瀬三吾はそんなことは問題にもせず、仕切りのカーテンからなかへ入ろうとすると、奥から徹が若い婦人を送って出てきた。

「あら。いらっしゃい。きのうはいろいろありがと。さあ、どうぞ奥へ……」

徹はさすがに新聞記者にたいして愛嬌を忘れない。あいかわらず薄化粧をして、女のようなものごしである。

「いやあ、きのうはお目出度う」

徹が客を送って出るのといれちがいに、川瀬は左がわのドアのなかへ入っていく。

「ヴォーグ」だの「フェミナ」だの「バザー」だのという外国の流行雑誌や生地見本が取りちらかしてあるなかに、紅茶のカップがふたつ三つ、どすぐろくにごった紅茶をはんぶんのこしてほうり出してある。

文代の姿が見えないのは、となりの仮縫室にいるらしい。カーテンのむこうから、フレヤーがどうのこうのと、客の注文にこたえている声がきこえる。

川瀬が遠慮なく椅子にからだを埋めて、ヴォーグのページをくっているところへ、客を送って出た徹がかえってきた。

「徹ちゃん、あいかわらず繁昌で結構だね」

「ええ、おかげさまで……きょうはたいへんだったのよ」

「たいへんて？」

「いいえ、けさおたくの新聞にあの記事が出たでしょう。だから先生のお供をして、三時ごろこちらへ来てみると、お客さまがもう五、六人もつめかけていらっしゃるの。先生、ろくにお夕飯を召上るおひまもないのよ」

「それアたいへんだねえ、そんなことしては。からだをこわさなきゃあよいが……」

「ええ、それがあたしも心配なのよ」

徹は取りちらかした生地の見本や外国雑誌を、せっせと片附けはじめる。時間はもうかれこれ八時、もうそろそろ閉店の時刻である。

「そこへもってきて、おれみたいなやつが、記事をとりにおしかけてくるからね。あっはっは」

川瀬はたばこを出して火をつける。

「それはねえ、川瀬さん、宣伝になることとですから結構ですけれど、こんやでなくちゃいけませんの。先生、こんやはとても疲れていらっしゃるんですけれど」

「なあに、だいたいの話はゆうべ聞いておいたからね。二、三補足するだけだから、そう手間はとらせないようにするよ。ときに徹ちゃん」

と、川瀬はわざとにやにやしながら、

「その後、どうだね、狼男から贈物はこないかね」

「しっ」

と、徹は唇に指をおいて、

「だめよ。そんなことといっちゃ。……先生、あれ以来なんだかとても神経質になっていらっしゃるんですもの」

「徹ちゃんはいったの、狼みたいな歯のことを……」

「いいえ、そんなこといわないわ。でも、あのとき誰かがいったでしょ。あのひと口を開けてみせてたって。それで、先生、察していらっしゃるようよ」

「それじゃ、マダムには狼男について、心当りがあるんだね」

「さあ、それはどうだか。でもね、川瀬さん、狼男、狼男というのはよして。あたし気味がわるくって。思い出してもぞっとするわ。あの歯……」

「あっはっは、よっぽど脅かされたとみえるな。なあに、大したことないさ。だれかがからかったんだよ」

口ではかるくいってのけるが、川瀬三吾もこの一件には、少からず興味をもっているのである。

「ええ、あたしもそう思ってるンですけれど……」

「そうそう、それより徹ちゃん、例の白髪の老紳士ね、ほら、みんなが憎らしがってる毒舌爺さんさ。あの爺さんの身もとがわかったぜ」

「あら」

と、徹は眼を光らせて、

「どういうひと、あれ？」

「あれ、ちょっと有名な男なんだ。江藤俊作といって、専門は絵描きのはずなんだが、絵なんかちっとも描きゃあしない。虫ばかりあつめてよろこんでるんだ。一種の奇人だね」

「虫って……？」

「昆虫だね。蛾だの、蝶だのって。井の頭公園のそばにアトリエを持ってるんだが、アトリエ変じて昆虫館になってるそうだ。ことに蛾の研究についてはそうとう深い造詣を持ってるらしい。つまり町の昆虫学者なんだね」

「でも、そういうひとが、なぜ先生のデザインにけちをつけるんでしょう」

「さあ、それはぼくにもわからない。ひょっとすると、どんなに意匠をこらしてみたところで、蝶だの、蛾だのという、しぜんの美しさには及ばないというのじゃないかな」

「そんなことといったって憎らしいわ。ほんとうに」

「きのう、加代ちゃんなんかもだいぶ手痛くやられたらしいね。大憤慨してたじゃあないか」

「あたしだって憤慨するわよ。驢馬のような女の頭脳に、どうしてこんな独創力がやどるんだろうなんていうんですって」

「あっはっは。そいつは辛辣だね。だけど気にするこたあないよ。そういう毒舌家らしいからね」

「ええ。……」

と、マヌカンの徹はまだ憤慨のおさまらぬようすで、瞼をほんのり染めていたが、急に思い出したように、

「ああ、そうそう、滝田加代子さんといえば……」

と、何かいいかけたところへ、文代が客をおくって仮縫室から出てきた。

狼憑き

文代はたしかにうつくしい。

椅子にそっと腰をおろして、膝においた仮縫のウール地に針をはこびながら、ためらいがちにぽつぽつと、冬から春へかけての流行について語っているところは、たしかに一流のファッション・モデルとしての、姿態のうつくしさを身につけている。

着ているものといっては、腰くらいのながさの黒繻子の仕事着だけ。しかも、その仕事着も襟もとと袖口に、ちょっと銀糸で刺繍してあるだけなのだが、その黒繻子の艶がなめらかな肌の色にマッチして、ほのぼのとした年増女の色気を発散させている。ファッション・モデルにありがちな強く抱きしめれば折れてしまいそうなたよりなさはなく、適当な肉附きをもっているのも好ましい。

そういう意味で川瀬三吾は、文代とインタービューするのが好きだった。楽しみでもあった。いまも文代と相対して鉛筆を走らせながら、ほのかな胸のときめきさえおぼえているのである。

しかし、これがじぶんの仕事に関するとなると、かれは文代にたいして、いつも、このうえもないもどかしさを感じずにはいられないのだ。

文代の話はいつも問題の核心からはずれるのである。その程度の話ならば、なにもわざわざ文代とインタービューしなくとも、流行雑誌の二、三冊も買いあつめて、二流デザイナーたちの話を綜合すれば、だれにだってでっちあげられる記事である。

作品となると、あれほど独創的なセンスをみせるこのひとが、話となるとどうしてこんなにつまらないのだろうと、川瀬はいつもあきれたように、文代の顔を見なおさずにはいられない。

いまも川瀬はおなじようないらだちをおぼえて、

「いや、どうもありがとう。だいたいそれくらいで記事になるでしょう」

そのいいかたがあまりとつぜんでそっけなかったので、文代はふっと眼をあげて川瀬を見ると、頰をあからめて、ちょっとベソをかくような表情《かお》をする。

「あら、失礼。どうもうまくお話ができなくって……」

「先生はつかれてらっしゃるのよ。川瀬さん、あんまり先生をいじめないで」

徹は模型人形に着せてある仮縫をとってたたみながら、

「先生、それはそうとお食事はどうなさいます。四谷へかえっておあがりになりますか。それともここで……？」

「そうねえ」

と、文代はちょっと小首をかしげて、

「四谷へかえったって、何も食べるものないわね。徹ちゃん、ちょっと黒猫へ電話をかけて……」

と、いいかけたが、すぐ思いなおしたように、

「いいえ、徹ちゃん、あんたすまないけど、ひと走りいってきてくれない。あそこ、電話だけじゃなかなか持ってきてくれないから」

「承知しました。何かお望みの品が……」

「サンドウィッチでいいのよ。それからお林檎でも……」

と、いいかけたが、急にハッと気がついたように肩をすくめて、

「いいえ、あの、お林檎はいいわ。なにかほかの果物を見つくろって」

「はあ」

ちらと川瀬のほうへ眼くばせをして、いそぎあしに出ていく徹のうしろ姿を見送って、川瀬はなにげなく文代のほうをふりかえったが、そのとたん、思わずぎょっと息をのんだ。文代は仮縫を膝においたまま、まじろぎもせずに虚空のある一点を凝視している。いつもぬれたように色気をおびている瞳が、すっかり光をうしなって、硬質ガラスのよ

うな固さでとがっている。顔の線がすっかりかたくなって、肌がものにおびえたようにそそけだち、過労のせいか、眼のふちにできた隈がにわかに目立って、いつもより十くらいも老けたかんじなのだ。

川瀬はびっくりしたように、文代の視線をたどっていったが、しかし、文代はかくべつ何も視ているのではない。視ているとすれば、虚空にえがかれたなんらかの幻影にちがいない。川瀬は文代の全身から黒いかげろうが、ゆらゆらと立ちのぼるような気がして、思わずゾーッと総毛立った。

「マダム……マダム……」

川瀬がしゃがれた小声で呼ぼうとするのと、

「ああ、恐ろしい……狼憑きが……」

と、うめくように文代がつぶやいたのとほとんど同時だった。

川瀬はまたゾーッと、頭から冷水をぶっかけられたような無気味さをかんじた。

「マダム、どうしたんです。狼憑きってなんのこと……？」

そばへよって川瀬がつよく肩をゆすぶると、そのとたん、文代におおいかぶさっていた幻影がくずれたらしく、彼女はくずれるように椅子のなかへのめりこんだ。

「マダム、どうしたんです。ぼく、びっくりしましたよ。狼憑きっていったいなんのことですか」

「あら！」

文代は弾かれたように川瀬の顔を見ると、瞳は恐怖のいろをいっぱいにたたえて、

「あたし……あの……そんなことを申しましたか……」

「ええ、おっしゃったんですよ。ねえ、マダム、狼憑きっていったいなんのことですか。狐が憑くとか、狸にだまされるとかいう話なら聞いたことがありますが、狼が憑くなんて、ぼくまだ聞いたことがありませんよ」

「川瀬さん、それを聞かないで。……そしてねえ、あたしがそんなことばを口走ったってこと、後生ですからだれにもおっしゃらないで」

「どうしてですか、マダム。マダムはなにか身の危険をかんじてらっしゃるんじゃないんですか。それならなおのこと、ぼくに打ちあけてください。マダムのためなら、ぼくはどんなことでも……」

「いいえ、いけません、いけません、そんなことおっしゃっちゃいけません。それはあたしが忘れてしまいたいと思っている、恐ろしい、いやな思い出なんですから」

文代の世にもたよりなげな、空虚《うつろ》の瞳の色を見ると、川瀬三吾はとつぜん、男性としてのはげしい保護慾をそそられた。

「マダム！」

と、うわずった声でさけぶと、われにもなく文代の体を両腕のなかに抱こうとしたが、そのとき、背後にあたって咳ばらいの声がきこえたので、川瀬はあわててうしろへとびのいた。ドアの外に立っているのは増山半造である。意地悪そうににやにやしている。

「あら、増山さん、何か御用？」

文代もいくらか狼狽していたが、それでも川瀬ほどではない。

「はい、マダム。いまパパさんからお電話で、四谷のほうへきているから、すぐにかえっていらっしゃいって」

「ああ、そう、承知しましたといって頂戴」

文代はすっかりいつもの彼女にかえっている。川瀬はなにかしら背負投げをくわされたような、身勝手な憤りを胸に抱いていた。

尾行する者

それから二時間ほどのちの文代の姿態をかいま見たら、川瀬三吾の憤激はさらに油をそそがれたことだろう。

パトロンの長岡秀二氏は、すでにベッドの外へ出て、たくましい裸身に肌のものをつけはじめているが、文代はまだ毛布にくるまって、ベッドのうえに身をよこたえている。毛布にくるまっているとはいうものの、それはほんの体の一部分をおおうているだけで、肌のものをすっかりぬぎすてた白い裸身が、ベッドのうえでまるでアクロバット・ダンサーのように微妙な運動をつづけている。それは文代が意識してそうしているのではない。見果てぬ夢を追うように、彼女の細胞のひとつひとつが、微妙な呼吸をつづけているのだ。

長岡秀二氏は鏡にうつっている彼女の姿態をにやにや見ながら、ワイシャツに腕をとおし、ズボンをはき、ネクタイをしめてしまうと、もういちどベッドのそばへよってきて、うえからのしかかるようにして、汗ばんだ文代のからだを抱いてキスをした。

「それじゃ、文代、わたしはこれでかえるからね」

「パパの情《じよう》知らず」

文代は秀二氏の首に腕をまきつけたままはなさない。蜜のように甘い声である。

「あっはっは」

と、秀二氏はひくくわらいながら、うえから文代の瞳をのぞきこんで、

「どうしたの、こんや、つかれてると思ったのに……」

「知らない。まるであたしが怖いもののように身づくろいをしてしまって。……」

「あっはっは、ちかいうちにまたくるからね。そしてね」

と、文代の耳に口をよせて何かささやくと、

「いや、憎らしい。そんなことおっしゃって……」

と、小娘のようにはじらいの色をうかべながら、

「いいわ。そんなにおかえりになりたければかえって頂戴。でもいまのお約束、忘れちゃいやあよ」

「あっはっは、忘れやあせん、忘れやあせん」

やっと文代の腕から解放された秀二氏は、もういちど鏡のまえへいって身づくろいをなおすと、上衣に腕をとおして、

「そうそう、文代、頼まれてたものをここへ持ってきたよ。十万円だったね」

「あら、すみません。そこへおいといて」

秀二氏は鞄のなかから千円札の束を出すと、化粧ダンスのうえにならべて、

「だけどねえ、文代、こんなことというとお座がさめるみたいだけど、おまえ少し金づかいがあらすぎやあしないかねえ。おれ、ちかごろ妙な疑惑を持ちはじめたぜ」

「あら、妙な疑惑ってなあに？」

「はじめは恋人でもあって、みついでるんじゃあないかと思ったが、そんなおまえじゃあなさそうだしね」

「ええ、そんなあたしじゃあないわ」

「だからさ。ひょっとするとだれかに脅喝されてるんじゃないかって気がするんだ」

そのとたん、文代の全身がぴくっと痙攣したようだったが、秀二氏はそれに気がついたのかつかなかったのか、

「だってさ、まるで笊に水をつぎこむようなもんだからな」

「いやなパパ、そんなことおっしゃるとあたしおこってよ。だってね、パパ、きのうみたいなことがあると結局お金がかかるのよ。脅喝されてるなんて、そんな、そんな……」

「あっはっは、ごめん、ごめん。いまの言葉は取消し、取消し」

秀二氏はもういちどベッドのそばへよって文代の唇にキスをすると、

「それじゃ、おれ、もうかえる。文代。おまえはもうこのまま寝たほうがいいよ。たしかに疲れてるんだから」

「ええ、すみません。それじゃパパ、むこうへいったら松崎さんに、あたしはこのまま寝るから、だれも起しにきちゃあいけないって、そういっておいて頂戴。徹ちゃんがだいたいのことは心得てるからって」

松崎さんというのはアトリエにおける文代の助手で、ファッション・ショーなどとくべつのばあいは別として、ふつうの注文はたいていこの松崎女史のデザインで片附けてしまうのだ。

「うん、よし、松崎女史にそういっとこう」

秀二氏が寝室から居間へ出て、居間のドアをあけると、にわかに騒々しいミシンの音がきこえてくる。

「じゃ、文代、かえるよ」

「おやすみなさい」

「おやすみ」

文代はそのままベッドのなかに身をよこたえていたが、やがて自動車の立ち去る音をきくと、むっくりと身を起してすばやく裸のうえに部屋着をひっかけた。それから化粧ダンスのそばへいくと、いそがしく札束をかぞえはじめる。たしかに十万円あった。

文代はそれを紙につつんでハンドバッグにねじこむと、そっと居間を横切り、ドアをひらいて外のようすをうかがっている。

アトリエは廊下でつながっているけれど、棟がちがっているのであたりにはだれもいない。文代はすぐドアを閉すと、洋服ダンスからいちばん粗末な衣裳をひっぱりだして身につけた。それから時代ものの、肘のすりきれた外套をひっぱり出してはおると、鏡のまえへいってこれまた粗末なストールを、念入りに頭から首へまきつける。

文代はどうやら変装しようとしているらしい。やっと気にいったように……と、いうことはできるだけ顔が見えないようにストールを頭にまくと、鏡台のひきだしのおくから、紫色のサン・グラスを出してかける。

それでどうやら文代の面影はほんぶん以上消えてしまった。

腕時計を見ると十時半。

文代は十万円をのんだハンドバッグを小脇にかかえると、またそっと、居間のドアをひらいて外のようすをうかがっている。

ガチャガチャと騒々しいミシンの音が、アトリエのほうからひびいてくる。そのミシンの音こそ、文代にとって業《ごう》なのだ。

成功した女流デザイナー、婦人服飾界のナンバー・ワン。……浅茅文代はまだまだこの地位に未練があるのだ。

文代はきっと唇をかみ、うしろ手にドアをしめると、影のように廊下から庭へ出る。

それから裏木戸からそっと外の夜道へ出ると、そこでまた用心ぶかくあたりを見まわしたのち、暗い横道を大通りのほうへむかって歩きだした。

ところが、彼女のすがたが裏木戸から二十歩あまりはなれたときである。むこうの電柱のかげに立っていた男が、暗闇のなかで眼をひからせながら、文代のあとを尾行しはじめた。支配人の増山半造である。

ムッシューQ《キュー》

上野の山下で自動車を乗りすてた文代は、いそぎあしで竹の台へのぼっていく。

時刻は十一時ちょっとまえ。場所が場所なので、文代の膝頭はがくがくふるえている。こんな時刻にこんな場所を歩いている女に、ろくなものはないことを文代もよくしっている。いつなんどき、変な男に声をかけられないものでもない。しかし、それでも彼女はやっぱりいかずにはいられないのだ。

竹の台へあがると、文代はまっすぐに西郷さんの銅像めざして歩をはこぶ。彼女の足はいよいよふるえ、心臓が凍りつくような気持ちだった。あちこちのベンチに寝そべっている浮浪者らしいのが、そっと頭をもたげて顔を見るからだ。

しかし、そういうところに寝ているような男には、もう男としての欲望もないのか、どろんとにごった眼をして顔を見るだけで、すぐまたがっくりうなだれてしまう。ところどころに立っている、街燈の光のとどかぬところでは、男と女の抱きあっているけはいがしたが、文代はできるだけ足音をしのばせて、すばやくそこを通りすぎた。

西郷さんの銅像のしたまでくると、彼女はできるだけ暗いがわの台座にぴったり背中をつけて、眼鏡のしたから油断なく、あたりのようすをうかがっている。

浅草の空が火事のようにぼうっと明るんで、汐騒のようにとどろいてくる下町の騒音を、夢見心地に聞きながら、文代はさっきから小刻にふるえつづけている。

とつぜん、頭のうえから、ひくいしゃがれ声がきこえてきた。

「浅茅文代だな」

文代はぎょっとしてうえを仰いだが、相手は西郷さんの脚下に寝そべっているらしく、したから姿は見えなかった。

「は、はい。ムッシューQですね」

文代の歯がカチカチと鳴る。

「ああ、そう、約束のもの持ってきたか」

口に綿でもふくんでいるような、不明瞭な声である。

「はい、あなたも……」

「おれは約束をまちがえたことはない。さあ、さきにおまえの持ってきたものを出せ」

「はい……」

文代がハンドバッグから紙につつんだ十万円を取りだすと、うえから男の腕がおりて

くる。文代が背のびをして、黒い手袋をはいた手に、紙包みをにぎらせると、腕はすぐひっこんだが、やがて、

「ほら、受取れ」

と、おりてきた手を見ると、大きなハトロン紙の袋をぶらさげている。文代はそれを受取ると、ふたつに折っていそいでハンドバッグのなかにつっこんだ。

「受取ったらさっさとかえれ。おれがだれだかたしかめようなどと考えるとためにならんぞ」

だが、奇怪なムッシュ－Qのその警告は、ほとんど必要がなかったようだ。文代はハトロン紙の袋をハンドバッグのなかにつっこむと逃げるように銅像のしたを離れた。

そして、その姿がころげるように山下のほうへおりていくのを見送って、むっくりとムッシュ－Qは台座のうえから起きあがった。くちゃくちゃに形のくずれたお釜帽をまぶかにかぶり、黒眼鏡にマフラ、外套の襟をふかぶかと立てたところを見ると、これまたひとめをしのぶ姿である。ムッシュ－Qはちょっとあたりを見まわしたのち、ひらりと銅像のあしもとからとびおりる。かれはわざと山下への道をさけ、池の端のほうへ道をとったが、とちゅうまでくると、急にぎくりと眼をひからせ、神経をじぶんの背後に集中する。

だれか尾行してくるものがあることに気がついたのだ。

ムッシュ－Qはしかしさりげなく、いままでとおなじ歩調で歩いている。両手を外套

のポケットにつっこみ、背中をまるくして、せかせかと追われるもののように歩をはこぶ。だが、五重の塔ちかくの暗闇まできたときだ。

だしぬけにムッシューQは踵をかえして、尾行者のほうへ突進していった。

おどろいたのは尾行者だ。じぶんもひきかえそうか、それとも何喰わぬ顔で前進しようかと、まだ決心もさだまらぬうちに、ムッシューQははや二、三歩まえまでちかづいていた。

その異常な速度のはやさに、尾行者がはっと身の危険をかんじたせつな、ものすごいパンチが顎へとんできた。その一撃に尾行者はだらしなく土のうえへのびてしまったが、それを見るとムッシューQはポケットから懐中電燈をとりだして顔を照らした。

なかば失神したように、眼をつむり懐中電燈の光のなかにうきあがったのは、増山半造の顔である。

「なあんだ。こいつか」

ムッシューQは口のうちでつぶやいたが、すぐ懐中電燈の光を消すと、足早にその場を立ちさっていく。

その足音がとおくかすかに消えていくのを待って、半造はよろよろと起きなおったが、かれにももう、それ以上尾行をつづける勇気はなくなったとみえ、はれあがった頰っぺたをなでながら、すごすごとどこかへ消えていった。

こういう寸劇があったとは、文代はむろん夢にもしらない。わざと自宅よりとおくはなれたところで自動車からおりると、できるだけ、暗い夜道をよって自宅の裏木戸までかえってきた。

ミシンを踏む音がまだガチャガチャとつづいているところをみると、だれも文代が出ていったのに気がつかないらしい。文代は裏木戸をしめ、廊下からなかへ入ると、居間のドアをあけようとして、思わずドキッとしたように瞳をすえる。

ドアに鍵がかかっていなかったからである。だが、すぐさっきあわてて、鍵をかけていかなかったのだと気がついて、ほっと胸をなでおろす。文代はそのことに気をとられていたので、そのとき急にアトリエのほうで、ミシンの音がいっせいにぱったりやんだことに気がつかなかった。

文代は居間へはいると、こんどは用心ぶかく鍵をかける。

文代は急に全身から、力がぬけていくのを感じた。なんだか骨という骨がバラバラになるようなかんじである。

だが、しかし、ここで気をゆるしてはならないのだ。まだまだしなければならぬことがある。……

彼女はまずハンドバッグのなかから、例のハトロン紙の封筒をとりだすと、ちょっとなかみをあらためたのち、いそいでそれを寝室の壁にとりつけた、かくし金庫のなかにほうりこんだ。

それからオーヴァとスーツをぬぎすてると、洋服ダンスのなかへかくし、靴をスリッパにはきかえると、やっと気が落ちついたように、シュミーズ一枚のすがたで鏡のまえへ立つ。

文代はまず髪をほぐし、パジャマに着かえようとして、シュミーズを下のほうへすべらせたが、ふと左の乳房に眼をとめると、そのままシュミーズをぬごうとする動作をとめた。文代はじっさいきれいな体をしている。胸がきっと張って、ふっくらとした乳房のうえに、薔薇の芽生えのようなうす桃色の乳首、肌は象牙のように白くなめらかで、細くなよやかに引緊った腰……まったく日本人としては珍しいほど、均斉のとれた体をしているが、しかし、文代はいまじぶんのうつくしさに見惚れているのではない。

左の乳房のうえに、うっすらと紫色にのこる歯型の痕、白く塗った白粉のしたから、いまままざまざと浮きあがっている、そのどくどくしい歯型の痕を見つめているうちに、まるでその古傷がいたみだしたかのように、文代はそこへ左手をおいた。

そのとたん、シュミーズがしたへすべって、文代はほとんど全裸にちかい姿になる。文代はあわててパジャマのほうへ手をのばしたが、ふいに鏡のうえにある一点にむかって、張り裂けるように眼を視張った。

鏡にうつるベッドのしたから、黒い皮手袋をはいた男の手がのぞいている。その手はまるで昆虫の触覚のようにふるえながら、しだいにベッドのしたから這い出してくる。

「………！」

文代は声なき悲鳴をあげると、いきなりパジャマを胸に抱いて居間のほうへとびだした。

だが、文代はドアの鍵孔にさした鍵をまわすのがやっとだった。うしろからおどりかかってきた、男の強い力でゆかのうえに押し倒されると、うえからのしかかってくる、相手の顔をおののくような眼で視つめている。

男は神父さまの着るような、山のひくい縁広帽子をかぶっている。それからふつうの眼鏡のうえに黒眼鏡をかけ、外套の襟をふかぶかと立てているが、文代がもがくはずみにマフラがはずれて、左のこめかみから頬へかけての、みみずののたくったような傷跡があらわれた。

男はそのマフラのはしを文代の口へおしこむと、うえからかっと口を開いてみせたがそのとたん、文代は気をうしなったのか、ぐったりと動かなくなってしまった。何かしら生ぬるい、ぬらぬらしたものが乳房のうえにしたたりおちるのをかんじながら。……

赤い蛾

よくはやる婦人服飾店のアトリエは、いつも戦場のようである。

四谷左門町にある浅茅文代のアトリエは、十二畳じきくらいの板の間で、中央に大きな裁ち台があり、裁ち台のうえには裁ち屑や型紙やスタイル・ブックが、ところせましまでに散乱している。

電気のコードが縦横に交錯していて、そのあいだに首も手脚もない張子のボディーがふたつ三つ、明るい照明のなかに立っているのが、馴れぬものには異様なかんじを催させる。

裁ち台の周囲にはミシンが十台、背を丸くした縫子さんの足にふまれて、朝から晩までガチャガチャと、間断なくなりつづける。

アトリエのあちこちには、蠟細工のマヌカンが三つ四つたっている。つやつやとした肌をまる出しにしたのもあるが、仮縫を着てすましているものもある。

午後十一時三十分。さすがにいそがしい文代のアトリエも、縫子のはんぶんはかえってしまって、したがってアトリエの照明もところどころ消え、明るいところもあれば、それだけに暗いところの暗さが目立つような、そういう雰囲気のなかで、五台のミシンがガチャガチャとせわしなげになりつづける。

松崎女史ともうひとりの裁断師が裁ち台にむかって、型紙をつくるのによねんがない。もうこの時刻になると、みんな疲労しているので、むだぐちをきくものもない。めいめい仕事に一段落をつけ、はやく家路へつきたいと、ただそればかりをかんがえているのである。

やっとすっかり縫いあげた縫子のひとりが、アイロンをかけようとしてミシンをはなれた。

「あら、操ちゃん、できて？」

「ええ、やっと。これでアイロンをかけおわるとオーケーよ」

「うらやましいわ。あたしはこんや徹夜になりそうよ」

「いいかげんにしておきなさいよ。あしたあたしがお手伝いしてあげるわ」

「そうもいかないしねえ」

操のとなりの縫子さんは、疲れきった額に汗をにじませて、またガラガラとミシンを踏みはじめる。

操はできあがったスーツを腕にぶらさげて、裁ち台のかどをまがろうとして、そこに寝かせてある大きな木箱につまずいた。

「あっ、いた!」

操の声にみないっせいにそのほうをふりかえる。

「操さん、どうかして?」

「松崎先生、この箱はやくあけなきゃ、じゃまっけでしかたがないわ。あたしまた向脛をぶっつけちゃった」

「ほっほっほ、あなたがあわてん坊だからよ」

松崎女史というのはもう四十がらみの、度のつよそうな眼鏡をかけた、あまりうつくしくない女だが、デザイナーとしては相当たかく評価されている。

松崎女史はおだやかに操をたしなめて、また型紙の作成にとりかかったが、そのとき、とつぜん操が、

「きゃっ！」

と、世にも異様なさけび声をあげてとびあがったので、一同はびっくりしてそのほうをふりかえった。

操はさっきの箱のそばに立ったまま、右手の指をひろげてまじろぎもせずに視つめている。光線のかげんか血の気のない顔が、蠟のようにかたくこわばっている。

「まあ、どうしたのよ、操さん。みんなつかれてるのよ。そんなにおどかさないで」

「だって、だって、これ、血じゃあない」

「血……操さん、あなたどこか怪我をして」

操のとなりの縫子がたずねる。

「そうじゃあないのよ。そうじゃあないのよ。節子さん、この箱のなかから血がにじみ出してるのよ」

「箱のなかから……？」

節子がたって箱のそばへかけよった。

その箱というのは、きょうM・C人形工房から、模型人形《マヌカン》をいれて送ってよこした箱である。このあいだ縫子のひとりがそそうしてマヌカンのひとつをこわしたので、代りを註文しておいたところが、きょうの昼すぎとどけてきたのだが、いそがしいのでまだ荷をとくひまがなかったのである。

節子もひざまずいて、その箱の底からしみ出している、赤黒い粘液に指をふれてみて、

それをそっと鼻のところへもっていくと、

「せ、先生……」

と、真蒼になって箱のそばからとびのいた。

それがあいずででもあったかのように、五人の縫子とふたりの裁断師が、ばらばらと箱の周囲へあつまってくる。わかい縫子たちはたがいにひしと肩をだきあって、息もつかずにあの恐ろしい汚点《しみ》をながめている。

松崎女史はひざまずいて、そっとその汚点に指をふれてみたのち、箱に手をかけてゆさぶってみる。マヌカンならばかるいから、この程度の力でうごくはずだのに、その箱はびくともしない。

「何か……重いものがはいっているようね。だれか金槌をもってきて」

いちばん落ちついているはずの松崎女史の顔がこわばって、声がふるえているのに気がつくと、縫子たちはまたひしと抱きあって、だれも金槌をとりにいこうとするものはない。

「松崎先生、金槌ならここにございますけれど」

「ああ、そう」

松崎女史は男のようにいかつい体をしている。金槌の柄でふたをこじあけると、なかにはぼろがいっぱいつまっている。そのぼろをのけていくと、じっとりと血にぬれてきて、やがて白い女の肌があらわれた。

「あれえ！　先生もうよして、よして。はやく警察へしらせなければ……」

縫子のひとりがヒステリックな声でさけんだ。

「ええ……でも、……もっとよくたしかめてから……」

松崎女史がひとつかみのぼろをとりのけたとたん、

「きゃっ！」

と、さけんで縫子がひとり卒倒した。

そこにあらわれた半裸の女は、まるで咬みきられたように、左の乳房をあんぐりとえぐりとられて、そのあとの血のかたまりのなかに、奇妙なものが一匹かすかにうごめいている。血に染まったまっ赤な蛾である。

怖ろしきアクセサリー

アトリエのなかは、一瞬ぴたりと時の流れが停止したようなかんじであった。

深夜に近い仕事場の光と闇の交錯するなかに、活人画のように立ちすくんだ六人の女の影が、凍りついたように浮き彫りされている。だれもそこを見るのが怖いのだ。それでいて金縛りにでもかかったように、あの恐ろしい、ぶよぶよとした、真赤にはじけた傷口から眼をそらすことができないのである。

カチカチカチ……カチカチカチカチ。……

棚のうえの置時計の音が妙に拡大されたひびきとなって、恐怖にしびれた女たちの神経をかきみだす。

「せ、せ、先生、松崎先生……」

と、この恐ろしい発見のいとぐちをつくった縫子の操が、ガチガチと歯を鳴らしながら、

「電話、しましょうか。警察へ……」

「ちょ、ちょっと待って。……もっとよくたしかめてから。……」

いっときのショックがいくらかでもおさまると、松崎女史は肚の底からこみあげてくる怒りを、おさえることができなかった。だれがこの神聖な仕事場へ、このようなけがらわしいものを送ってよこしたのか。……

松崎女史は額の汗をぬぐい、度のつよい眼鏡をかけなおすと、断乎たる意志をみせて、いったん跳びのいた箱のそばへしゃがみこむ。

「先生、先生、もうよして……」

金切り声で叫びながら、節子もしかし、松崎女史の指先から眼をはなすことができないのである。

松崎女史は死体の顔をおおうている、ひとつかみのぼろを取りのける。ひとつかみでは駄目なのでもうひとつかみとりのける。もうひとりの裁断師と四人の縫子がひしと手を握りあったまま、貴重な手術を見学する敬虔な医学生のように、それを視まもってい

る。

ぼろがすっかり取りのけられ、とうとう顔があらわれた。

そのとたん、握りあった縫子たちの手に力がこもり、すすり泣くような溜息が、五人の女の唇からいっせいにほとばしる。彼女たちはみんなその哀れな犠牲者をしっているのだ。いうまでもなくそれは、ファッション・モデルの滝田加代子だった。

全身ほとんどむきだしにされた加代子の肌は、すでに紫色に変色しており、大きく視ひらいた眼、ゆがんだ顔、少しひらいた唇から吐き出しているくろずんだ舌。……それをみると死の直前、加代子がいかに深刻な恐怖とたたかったかわかるような気がする。それが彼女の生命をうばったと思われる、咽喉のまわりの紐の跡のほかに、手頸や太股にのこっている、なまなましいかすり傷や黒痣が、兇悪な犯人によって犯され、絞殺されるまでに、加代子がいかにはげしくたたかったかを示しているようだ。

それはいい。それは話がわかっている。加代子は勇敢な女なのだから。

しかし、わからないのは咬みきられた乳房のあとの血だまりに、うごめいている一匹の蛾だ。いや、いや、その蛾はうごめいているのではない。光線のかげんや、フワフワとふわつく寒天のような血だまりのぐあいで、うごめくようにみえるのだが、じっさいは死んでいるらしい。

しかし、生きているにしろ、死んでいるにしろ、どうしてそんなところに蛾がいるのか。まるでアクセサリーみたいに。

「先生、先生、松崎先生……」

「ああ、操ちゃん、マダムにしらせてきて。警察へとどけるのはそれから。……」

「節子さん。あなたいっしょにきてえ。あたしひとりでいくの怖い」

「節子さん。いっしょにいってあげて」

「ええ、先生……」

操と節子が手をとりあって出ていくと、松崎女史は裁断師や縫子たちに手つだわせて、卒倒している縫子を椅子のうえに抱きあげた。

「脳貧血ね。大したことないと思うけど……」

松崎女史はそれから恐ろしい贈物をひめた箱をあらためる。それはいつもM・C人形工房からマヌカンをいれてよこす箱で、蓋を見るとM・C人形工房のマークが入っており、ここの所番地と「浅茅文代様行き」と、書いたラベルが貼ってある。

「河野さん、この箱だれが受取ったのかおぼえていない？」

「その箱ならあたしが受取ったんですが……」

もうひとりの裁断師、河野デザイナーはあおくなった唇をふるわせる。

「そのときなにか変ったことなかった？」

「べつに。……見おぼえのあるあそこのひとたちが運びこんできたんですけれど……とても重いってぶつぶつ言ってましたけど、まさかこんなこととは……」

「あなた、受取りにサインしたんでしょう？」

「ええ、もちろん」

「その受取りになにか変ったところなかった」

「べつに。……たしかにM・C商会のマークの入った伝票だったんです」

「変ねえ。どこでまちがったのかしら。あそこは信用のあるお店だから、こんな恐ろしいまちがいをするはずないんだけど。……」

　こういう会話はまるで悪事の相談でもするような、ひそひそ声でおこなわれ、ふたりの縫子のうちひとりは放心したように椅子にもたれ、もうひとりはヒステリーでも起したのか、おりおり思い出したようにはげしく泣く。

　操と節子のけたたましい悲鳴のきこえてきたのは、ちょうどそのときである。

血を吸う牙

　しっかり手をにぎりあった操と節子が、かなり長い渡り廊下をわたって、文代の居間のまえまでくると、ドアのすきまから灯りのもれているのがみえた。この居間のおくに文代の寝室があることをふたりはしっている。

「あら、先生、まだ起きてらっしゃるのかしら」

　それだけのことでもふたりにとっては救いであった。

「先生、先生。……」

　と、軽くドアをたたきながら低声でよぶと、ドアのすぐむこうがわで、かすかにひとのうごめく気配がしたが、ふたりともそれに気がつかない。

「先生、先生、起きてください。たいへんなことが起ったんです」

　節子がいまにも泣きだしそうな声で呼んだが、部屋のなかはしずまりかえって、ものの気配もない。ドアのすきまからもれる灯《ひ》の色が、妙にしらっちゃけたかんじである。

「先生、おやすみなのかしら」

「そんなはずはないわ。先生、あかりをつけたままじゃ眠れないとおっしゃってたもの」

「どちらにしてもお起しするよりしかたがないわ。ドアをたたいてみましょうよ」

「先生、先生、起きてください」

　ふたりがどんどんドアを叩いていると、とつぜん、すぐドアのうちがわから、すすり泣きともうめき声ともつかぬ声がきこえてきて、どさりと寝返りをうつような音がする。

「あら！」

　操と節子は思わず顔を見合せる。ある連想がわかいふたりの息使いをあらくさせるのだ。

「パパさんがきてらっしゃるんじゃない？」

「パパさんはさっきおかえりになったばっかりよ。でも、変ねえ」

「鍵孔からのぞいてみましょうか」

「だめよ、そんな失礼なまねしちゃあ」

「じゃあどうすればいいの」

「パパさんを呼んでみましょう。パパさんがいらっしゃるんならこれに越したことないわ」

「そうね。パパさん、パパさん、そこにいらっしゃるの、パパさんじゃなくって？」

その声に応じて床から起きあがるような気配がきこえ、それにつづいて、身づくろいをするような衣ずれの音がしたかと思うと、ガチャリとドアの把手《とって》をまわす音。

「やっぱりパパさんがきてらしたのね」

「よかったわあ」

ふたりは手をとりあったまま、二、三歩ドアからあとじさりする。

やがてドアがひらかれて、思いがけなくもそこに異様な風態をした人物が立っているのを見たとき、操と節子の心臓はいっぺんに凍りついてしまった。しかもその男の背後の床には白い女の裸形がよこたわっているではないか。

男は山のひくい縁広帽をまぶかにかぶり、眼鏡を二重にかけ、長い外套の襟を立て、マフラで鼻と口をおおい、上眼づかいにふたりの様子をうかがいながら、うしろ手にドアをしめる。落着きはらったその挙動が、いっそうふたりの恐怖をそそるのだ。

異様な人物はドアに背をもたせたまま、二重眼鏡のおくからふたりの顔を見くらべていたが、とつぜん、マフラをすこしうえへずらせて、かっと口を開くと、いまにも咬みつきそうな姿勢でふたりのほうへ乗りだしてきた。

「キャーッ！」

アトリエで松崎女史たちが聞いたのはその悲鳴である。縫子たちのうちでも比較的しっかりしているこのふたりが、そのような悲鳴をあげたのもむりはない。狼男の狼のようにギザギザとがった歯から、ポタポタと赤い滴が垂れているのだ。

操も節子もじぶんの乳房に、錐をもみこまれるような痛みをかんじた。狼男の真赤にそまったその牙から、咬みきられた滝田加代子の乳房を思いだしたからである。

狼男は口を開いたまま、両手をさしあげ、ふたりに躍りかかる気勢をしめしたが、仕事場からひとの出てくる気配に気がつくと、さっと横っとびになり、廊下のドアから外へとびだした。

むろん、操も節子もそのあとを追う勇気はなく、全身汗まみれになってふるえている。

「どうしたの、操ちゃんも節子さんも……こちらにもなにかあって？」

駆けつけてきたのは松崎女史ひとりだけ。

「松崎先生！　いまそのお部屋から狼のような口をした男がとびだしてきて……」

「狼のような口をした男……？」

「そうよ、そうよ、そして、その歯からポタポタと血が垂れていたんです」

「いまそこのドアから誰かとび出していったようだけど、それがそうだったの？」

「ええ、そうよ、そうよ、松崎先生、うちの先生もひょっとしたら乳房を咬みきられて

「……」

「お黙りなさい！」

松崎女史はヒステリーを起しているふたりの縫子を、するどい声でたしなめると、そっとドアを開いてみる。そして、ドアのすぐうちがわの絨毯に、文代の白い裸身がよこたわっているのを見ると、思わずぎょっと息をのむ。

文代の下半身はパジャマでおおわれているけれど、いまここでなにが行われたのか想像できる。だが、松崎女史が恐れたのは、そのことよりも、なまなましい血にぬれた文代の乳房だ。文代も乳房を咬みきられたのかしら。

松崎女史はいそいでそばへ駆けよると、文代の体をしらべてみる。しかし、不思議なことには文代の体にはどこにも傷はなかった。松崎女史はそれが、狼男の鼻血だとはしらなかったが、怪我をしているとすれば犯人だろうと思った。

「先生、マダムは死んでいらっしゃるんですか」

「いいえ、咽喉をつよく絞められて失神していらっしゃるだけ。あなたがたが来たのがよかったのね。さあ、手つだってベッドまでつれていって」

三人で文代の体をベッドへはこぶと、松崎女史はきびしい視線をふたりにむけた。

「操ちゃんも節子さんも、このことはぜったいに誰にもいっちゃ駄目よ。警察のひとに聞かれたら、滝田加代子さんのことを話したら、びっくりして気絶されたというのよ。マダムの破滅はあたしたちの破滅だってことしってるでしょう。こんなにお金になるアトリエ、どこ探したってないんですからね」

「は、はい、松崎先生」

操と節子は松崎女史のきびしい視線に射すくめられて、小鳥のようにわなわなふるえていた。

五色の裁ち屑

四谷署からの連絡で、本庁から等々力《とどろき》警部が駆けつけてきたのは、夜もしらじら明けの六時ごろのことだった。

現場にはすでに四谷署や本庁からおおぜいの係官がかけつけ、検視もあらかたおわり、私服がアトリエの内外から家のまわりをうろうろしていたが、加代子の死体はまだ箱詰めになったまま、自動車がくるのを待っていた。

等々力警部は先着していた四谷署の捜査主任、樋口警部補からくわしい事情をききとったのち、むごたらしい滝田加代子の死体をあらためると、さすがに顔をしかめていた。

「するとなんだね。乳房をえぐりとられたのは、被害者が絶息するその瞬間だったろうというんだね」

「そうです、そうです。つまり、その、情痴が最高潮にたっしたときの、激情的な瞬間におこなわれた、変態的な本能的行動だろうというんですがね」

樋口警部補も顔をしかめながら、あからさまにいうを憚るこの凄惨な事態を、まわりくどい言葉でこう表現した。

「そして、その死体の傷口に蛾がいっぴきこびりついてたって……？」

「そうです、そうです。この蛾ですがね」

警部補がニッケルのうすい容器をパチンとひらくと、なかに血に染まった真赤な蛾が、まるで赤い紋章のようにおさまっている。

「妙だね。まだ蛾が出るかね」

「出ないことはありませんね。郊外のわたしの家など、まだちょくちょく出ますよ。もうすっかり弱ってますがね」

「すると犯行の現場に蛾がいたってことになるね。ときにこの箱からなにか……」

「ああ、それなんですがね、ここのアトリエ主任や縫子たちの話によると、この箱はたしかに人形工房として有名なM・C商会のものにちがいないというので、さっきうちのものをさしむけたんですが、まだはやいから人が出てきてるかどうか。……それより面白いのは警部さん、パッキングにつかったこのぼろですがね。ほら、これ……」

と、樋口警部補が裁ち台のうえにひろげてみせるぼろを見て、等々力警部はおもわず眼を視はった。

それはウール、ジャージ、グログラン、ベルベッティンと、生地さまざま、色とりどりのぼろだったが、あきらかに洋裁の裁ち屑だった。

「なるほど、それじゃあ犯人はだれにしろ、洋裁に関係のある男なんだな」

「そうです、そうです。M・C商会の箱を利用しているところからみてもね。それでこの主任の松崎女史に訊いてみたんですが、ここのマダム、おととしあたりから俄然売出して、またたくまに第一人者にのしあがったので、ほかのデザイナーの羨望の的になってるというんです。あるいはそんなところに犯行の動機があるんじゃあないですか。この世界もずいぶん競争がはげしいようだから」

「どちらにしても、箱といい、裁ち屑といい、それにその蛾のこともあるし、この事件、案外簡単に片附くんじゃあないかね」

「わたしもそう思ってます」

しかし、ふたりの考えはちがっていた。これはかれらが考えているような、そんなまやさしい事件ではなかったのだ。

あとから思えば滝田加代子殺しはほんの事件の序曲にすぎなかったのだ。その後あいついで起った狼男の酸鼻をきわめた殺人遊戯のために、等々力警部がどのような難局に立たねばならなかったか。……

しかし、神ならぬ身の等々力警部は、そんなこととは夢にもしらない。

「ときに、マダムは……？」

等々力警部の質問に、樋口警部補はアトリエの隅に腰をおろして、蒼い額をもんでいる松崎女史をふりかえった。

「松崎さん、どうだろう。マダム、まだ会えないかしら」

「さあ。……」

松崎女史は寝不足の眼をあげると、

「あたしは無理だと思うんですけど……ああ、徹ちゃん、マダム、どう？」

すぐ近所に住んでいる村越徹は、けさがた変事をきいて駈けつけてきて、いま文代を見舞ってきたところだが、こわばったその表情が、文代の状態の思わしくないことを示している。

「ええ、いまもひどい痙攣がきて……先生が注射していらっしゃいますけれど、当分安静にしなきゃあならないって」

「警察のかたがお会いになりたいっておっしゃるんだけど、それじゃあ無理ね」

「そんなことといっても、とっても。一昨日のショー以来、過労気味のところへこのショックだから。……」

徹はまだそこにある滝田加代子の死体に眼をやると、ゾーッとしたように顔をそむける。等々力警部は女のような口のききかたをする徹を、奇異な眼をして視まもっていたが、

「樋口君、こちらは……？」

「ああ、こちらは村越徹さんといって、去年マダムに弟子入りなすったかたですの」

と、樋口警部補にかわって松崎女史が口をはさんだ。

「以前は日下《くさか》先生の愛弟子でいらしたんですけれど……」

徹はくすんと鼻でわらって、

「あたし、そのことでとても日下先生の気を悪くしてるんですの。いいえ、あたしが憎まれるだけならいいんですけれど、こちらの先生まで日下先生にうらまれて……」

「日下先生というのは……？」

「日下田鶴子先生ですの。うちの先生が評判になるまでは、女流デザイナーの第一人者といわれたかたですけれど、センスが古くて……？」

徹はそんなことをいいながら、なにげなく裁ち台のうえにひろげられた五色の裁ち屑をながめていたが、何思ったのかとつぜん大きく眼を視張った。樋口警部補はすばやくその視線をとらえて、

「徹君、なにかこの裁ち屑に……」

徹ははっとしたように顔をそむけて、

「いえ、あの、そういうわけではございませんが……」

と、ちらと松崎女史のほうへ眼をやる徹のおもてには、恐怖のいろがみなぎっている。松崎女史はふしぎそうに、徹の見ていた裁ち屑をのぞきこんだが、これまた、

「あら！」

と、叫んで顔色をかえた。

「松崎さん、どうしたんですか。何かこの裁ち屑に見おぼえでも……」

「はあ、あの……」

と、松崎女史は呼吸をはずませて、

「このウールジャージとベルベッティン、それにこのグログランは、生地といい、色合といい、一昨日のファッション・ショーで銀賞を獲得された、日下田鶴子先生のパーティー・ドレスとすっかり同じだと思うんですけれど。……徹さん、そうじゃあない？」

徹は無言のまま白い眼をしてうなずいた。

M・C人形工房

デパートや婦人服飾店へ蠟人形をおさめるM・C人形工房は築地明石町の裏通りにある。ほかにも人形工房はないことはないが、M・C商会といえばまず一流で、都内のめぼしい店はたいていここがつかんでいる。

午前十一時ごろ支配人の松田喜作氏が出勤すると、秘書の片山敏子が顔をこわばらせて、

「マネジャー、けさはやく警察のひとが来たんですけれど」

「警察のひと……？」

と、松田支配人は眉をひそめて、

「どういう用件で……？」

「きのう四谷の浅茅文代さんのアトリエへおさめた模型人形ですね。あれになにか不審の点があるらしいんですの。のちほどまた来るといって名刺をおいていきましたが……」

松田支配人はデスクにいくと、そこにおいてある名刺をとりあげた。「山口達雄」と、いう名前の横に、いかめしい四谷署の肩書きのついているのを見るといよいよ眉をひそめて、

「不審の点てどういうんだろうねえ」

「さあ、詳しいことはいいませんでしたが、発送係にあいたいというので裏へまわってもらいました。すると、しばらくしてまたここへかえってきて、のちほどまたくるといって出ていったんですけれど。……」

女だけに片山敏子は不安そうな顔色である。松田支配人は名刺をつまぐりながら、

「じゃあこのひと、発送主任の内海君にあったんだね」

「ええ、内海さんもあとからここへきて、どうしたんだろうと首をかしげてましたけど」

「じゃ、内海君をここへ呼んでくれたまえ。どういうんだろう」

片山敏子は卓上電話をとりあげて、発送部に連絡すると、思いだしたように、

「そうそう、マネジャーそれからもうひとつ妙なことがございますのよ」

「なに、それ?」

「きのう新橋のアザミへも蠟人形をおさめたでしょう。ところがさっきアザミのマダム日下田鶴子さんから電話がかかってきて、さんざん叱られちゃったわ。註文の品とちが

ってるんですって」

「はてな。あそこの註文というのは？」

「お店のショー・ウィンドウへ飾るポーズをつけたマヌカンなんですね。ところがきのうとどいたのはアトリエ用のマヌカンなんですって。ひとを馬鹿にするにもほどがあるって、とっても口ぎたなくののしられて……」

片山敏子が苦笑いをしているところへ、発送部から内海主任がやってきた。

「マネジャー、妙なことがあるんですがね」

「妙なことじゃあないぜ。気をつけてくれなきゃ困るじゃないか。いま片山君から聞いたが、アザミへアトリエ用のマヌカンをとどけたんだって、それ浅茅女史のほうへとどけるのとまちがえたんじゃないか」

「どうもそうらしいんですが、しかし、変だなあ」

「変てどういうんだ」

「けさ私服がやってきて、浅茅女史のところへとどけたマヌカンに、不審の点があるような口吻《くちぶり》でしょう。そこへもってきてアザミの雷婆あに片山さんが怒鳴りつけられたという話なので、不思議でしかたがなかったんです。ひょっとするとアザミへ発送するぶんと、浅茅女史へとどけるぶんと、取りちがえたんじゃないかと思ったんですが、しかし、それくらいのことで私服がやってくるはずありませんしね。そこで倉庫のなかを調べてみたところが、箱がひとつ出てきたんです」

「ほら、マネジャーもご存じでしょう。きのう……」

と、内海発送主任が語りかけたところへ、表に小型のトラックがついて、なかからとびおりたのは小兵ながらも精力的なタイプの男だ。

「山口刑事ですよ」

片山敏子がささやいているところへ、ドアを排して山口刑事が入ってきた。

「やあ、さっきはどうも」

と、片山敏子と内海発送主任に挨拶をして、

「支配人ですね。わたしはさっき名刺をおいていったものだが、きのうここから四谷の浅茅女史のもとへ送られた箱に、ちょっと不審の点があるのでやってきたんだが、いま表へ箱を持ってきたからひとつ見てくれませんか」

「不審の点て、どういうんですか」

「いや、まあ、ちょっと見てください」

山口刑事にうながされて三人が表へ出ると、トラックのうえにからの木の箱がつんである。その木箱の一部分に、じっとりとくろずんだ汚点がついているのを見ると、三人は思わずはっと顔色をかえた。

「この箱、たしかにおたくの箱ですね」

「そうです、そうです、刑事さん。しかし、この汚点は……?」

「いや、それについてはまだなんともいえませんが、これがどうしてここから発送されたか、受取った浅茅文代の裁断師の話じゃ、たしかにここのトラックで運んできたといってるんですがね」

内海発送主任はまるで憑かれたような眼つきをして、あのくろい汚点を視つめていたが、やがて、満面に昂奮の色をうかべて、

「刑事さん、このトラックを倉庫のほうへまわしてください。ぼくも見てもらいたいものがあるんです」

と、みずからトラックにとびのった。

M・C人形工房の倉庫は事務所の裏通りに入口があり、事務所と倉庫のあいだに広い人形工房がある。採光のよい工房のなかには、立っているのやひざまずいているのや、さまざまなポーズの蠟人形が、あるいは完成し、あるいは未完のまま、秋の陽ざしを吸っている。それらの人形をめぐって職人たちが、いそがしそうに立ちはたらいている。

その工房の手前が倉庫で、そこに新しい木箱が山のようにつんであり、発送係が荷造りによねんがなかった。

警視庁のトラックが、その倉庫のまえへつくと、私服らしいのがふたりよってきて、山口刑事となにか打合せしている。

片山敏子はそれをみると、思わず胸をとどろかせた。あの木箱の汚点といい、刑事たちの表情といい、なにかしら容易ならぬ事件であろうことが想像されて、身うちがすく

む思いであった。

内海発送主任もきっと唇をかみながら、一同を倉庫のすみへつれていくと、ふたをあけた木箱を指さした。木箱のなかにはマヌカンが、パッキングのなかに埋まっている。

「けさ刑事さんがおかえりになったあとで、倉庫のなかを調べてみると、はからずもこの箱が出てきたんです。ところがこの箱ですが……」

と、内海発送主任は憤然たる面持ちで、

「これはきのう、新橋のアザミ服飾店へとどいていなければならん品なんです。ところがけさアザミから事務所へかかってきた電話によると、どうやら浅茅さんのところへ送るために荷造りしてあった箱が届いているらしいんです。そして浅茅さんのところへは、そのかわりにいま表にある箱が届いたんですね」

「しかし、どうしてそんなことになったんだね」

三人の私服の顔には疑惑の色が深かった。

「それはおそらくこうだろうと思います。マネジャー、きのう二重に眼鏡をかけた男が、マヌカンの腕が折れたから修理してほしいと、木箱を持ちこんできたでしょう」

「あっ、では、あの箱……？」

と、松田支配人と片山敏子の顔色がさっとかわる。

「二重に眼鏡をかけた男とは……？」

「それはこうです」

と、松田支配人も昂奮の色をうかべて、

「きのう、ふつうの眼鏡のうえに黒眼鏡をかけた男がやってきて、マヌカンの腕が折れたから修理してほしいと、木箱を持ちこんできたんです。見るとうちのマークの入った箱だから、いずれうちで買っていただいた品だろうと、なかを改めもせず、倉庫のほうへまわってもらったんです、内海君、それで……？」

「はあ、あの、その男がこっちへまわってきたとき、ここには荷造りをして送り出さんばかりになっていたふたつの箱があったわけです。浅茅さんのところへいくぶんと、新橋のアザミへいくぶんですね。ぼくがそのふたつの箱に宛名を書いたラベルを貼りつけたところへ、二重眼鏡の男が腕の折れたマヌカンだといって、箱を持ちこんできたんです」

「君もなかみを改めなかったんだね」

「そんなことするのはぼくの役目じゃないんです。それに忙がしかったもんだから。それで勝手に箱をおろしてもらって……そうそうそのとき表から電話がかかってきたので、しばらくぼくはそっちのほうへいってたんです。そして半時間ほどしてかえってくると、もう送り出されたとみえてふたつの箱はなく、この箱だけがのこっていたんです」

「すると、二重眼鏡の男がラベルを貼りかえたというのかね」

三人の私服の眼がとがる。

「そうとしか思えませんね。こういう間違いが起ったところをみると……」

「あの二重眼鏡の男なら、内海さんが事務所のほうへいかれたあと、工房を見せてほしいとかなんとかいって、しばらくそのへんをうろうろしていましたぜ」

発送係りのひとりが、一同の背後から口を出す。刑事たちはまた顔を見合せて、

「すると、なんだね。二重眼鏡の男というのが、じぶんの持ちこんだ箱へ、浅茅文代いきのラベルを貼り、文代へいくぶんにアザミという店のラベルを貼りかえた。それをトラックの運転手が、なにもしらずに運び出したというんだね」

「そうそう、そういえば内海さんが出ていってからまもなく、トラックがかえってきて、いったいこの箱にはどんなマヌカンがはいってるんだい、べら棒に重いじゃないかと、そんなことをいいながら、助手とふたりでトラックへかつぎこんでましたよ」

発送係りの言葉に三人の私服はまた顔を見合せる。

「それで、その男の名前や人相風態は……？」

「名前は鵜殿《うどの》といってました。鵜殿……」

「史郎といってましたわね」

と、片山敏子が言葉をそえる。

「そうそう、鵜殿史郎……だけど人相のところは……なんしろ山の低いつば広帽をまぶかにかぶり、眼鏡を二重にかけ、マフラで鼻のうえまでかくしていたから……内海君、君は？」

「ぼくも同じことですよ。ろくすっぽ顔もみなかったんです」

「いったい、どんなトラックで運んできたんだい？」

刑事の声がだんだん粗《あら》っぽくなってくる。

「いや、トラックじゃなく、リヤカーにつんで、じぶんで運転してきたんですよ」

「しかし、ところは控えてあるんだろうね」

「いや、それが……」

と、支配人は頭をかきながら、

「十日ほどしたら取りにくるというもんですから……なにしろ、うちのマークの入った箱なもんで、いちずに信用したんです。しかし、刑事さん、いったい、あの箱のなかになにが入っていたんですか」

「死体が入ってたんだよ、女のね。しかもむごたらしく乳房をかみきられたやつがさ」

私服のひとりがとうとう癇癪玉を破裂させた。山口刑事もひややかに一同を見渡して、

「とにかく、今後そういう箱がとどいたら、一応、なかを改めるんだね」

こうして奇怪な狼男は、まんまと蠟人形と死体のすりかえに成功したんだが、この巧妙なやりくちからみても、これが容易ならぬ事件であることがわかるのだ。

・

いたましき業《ごう》

新東京日報社の川瀬三吾は、いきつけのレストランでおそい晩飯をしたためながら、

眼を皿のようにして夕刊の社会面を読んでいる。滝田加代子の死体が発見されてからもう五日になるのに、あの陰惨な事件の記事は、いまだに社会面のトップをしめている。

捜査本部の目算は外れたのだ。死体をつめてきた箱や、パッキングに使った裁ち屑から、容易に犯人をあげうると思っていたのに、捜査の糸はM・C人形工房でプッツリ切れて、そこから一歩も前進しない。いまのところ、まだ犯行の現場さえわかっていない。

いっぽう、日下田鶴子が銀賞を獲得したパーティー・ドレスと、問題の裁ち屑とが照らしあわされたが、生地の種類や色彩はばんじ一致するのだが、おなじ生地そのものではないことが判明し、田鶴子にたいする疑惑は一応とけた。

さて、死体とともに発見された蛾だが、それは学名をタマムシモンガといって、日本にもいないことはないが、非常にまれな種類で、ことに関東周辺にはぜったいに棲息することのない蛾だから、あるいはここいらから、手がかりがえられるのではないかと、捜査本部でも希望をつないでいるらしい。

川瀬三吾はそれらの記事を読むごとに、良心の苛責なきをえない。滝田加代子の乳房が咬みきられているという記事を読んだとき、かれはすぐに狼のような歯をもつ男と、文代のあいだに、なんらかの関係があるらしいことを思い出した。

かれは社会部記者ではないけれど、当然、それを社会部の連中に耳打ちしてやるべきである。それにもかかわらずかれは沈黙を守っている。かれが浅茅文代と面識あることをしって、社会部記者から質問をうけたときですら、川瀬三吾はうちあけなかった。

徹や虹の会のメンバーが、ひたかくしにかくしているらしい、かりそめにも文代の名誉を傷つけることになりそうなそれらの事実を、じぶんの口から暴露するにしのびなかったのだ。たとえ、新聞記者としての良心を犠牲としても。

それにしても徹はなぜ、あのいわくありげな毒舌老人のことを警察へ申立てないのだろう。それが町の昆虫学者、ことに蛾については造詣のふかい江藤俊作という老人であることを、いつか徹に話しておいたはずなのに……。

川瀬三吾は新聞をポケットにつっこむと、しばらく思案のていだったが、やがて決然として立ちあがると、レストランを出て流しのタクシーをつかまえた。

時刻は八時半をすぎて九時になんなんとしているが、とにかくいちど文代なり徹なりにあってみようと思ったのだ。文代も徹もあれ以来ブーケへ顔を見せないのである。

四谷左門町で自動車をおりると、すでに九時をすぎていた。玄関でベルをおすと出てきたのは、内弟子の朝子《ともこ》という娘である。

「先生、いる?」

「先生はおやすみなんですけれど……」

「徹ちゃん、どうした?　もうかえった?」

「いえ、あの、徹さんはいらっしゃいます」

「それじゃ、ぼくがきたといってくれたまえ」

朝子はすぐ出てきて、

「どうぞ」

と、スリッパをそろえてくれる。

がらんとしたアトリエへはいっていくと、徹がひとり裁ち台にむかって型紙をつくっているきりで、ほかには誰もいなかった。裁ち台のそばの四角な大火鉢に、炭火がかっかとおこっている。

「ああ、いらっしゃい」

徹はしいて微笑をつくるが、その微笑は糊づけされたようにこわばって、眼のふちなど、ありありと疲労の色がみえる。

「いやに閑散だね。誰もいないの」

「ちかごろは八時になるとみな引きあげるの。ミシンをガラガラやってると、先生、おやすみになれないでしょ。それにほんとのところみんな怖いのね。あんなことがあったから」

「徹ちゃんは怖くないのか。やはり男だな」

「あら、あたしだって怖いのよ。だから一段落ついたらかえろうと思ってたとこなの。いいところへきてくだすったわ。朝ちゃん、熱い紅茶でもいれない？」

「ええ。……」

朝子が出ていくのを待って、川瀬三吾は真剣な顔を徹にむける。

「徹ちゃん、おれとっても煩悶してるんだぜ。ほら、林檎を送ってよこした狼男のことさ。加代ちゃんを殺したの、あいつじゃない？」

「すみません、川瀬さん、あなたが秘密を守ってくださることについては、あたしたちとても感謝してるのよ。ねえ、川瀬さん」

「なに？」

「加代子さんは先生の身代りになったんじゃないでしょうか。ほら、おたくのショーのとき、先生、踝を捻挫して加代子さんに代ってもらったでしょ。それでなにか……」

川瀬三吾ははじかれたように徹の顔を見る。徹の瞳は恐怖におののいている。

「マダムがなにかそんなことを……」

「いいえ、先生はなにもおっしゃいません。しかし、おっしゃらないだけに煩悶してらっしゃるんです。先生もやはりそれに気がついてらっしゃるんじゃないかしら」

「いったい、狼男というのは……？」

「川瀬さん、それはあたしもわからないの、わかってればあたしだって対策を講じるわよ。でも、それが先生にとっては、苦い、くるしい、いやな思い出らしいので……あっ、いけない、朝ちゃんがかえってきたようよ」

銀盆のうえに紅茶のカップを三つのっけた内弟子の朝子が、真蒼な顔をして、駆けこむようにアトリエへ入ってきた。銀盆のうえでガチャガチャとカップが音を立て、熱い紅茶が湯気を立ててこぼれる。

「あら、朝ちゃん、どうかして？」

ただならぬ朝子の顔色に、川瀬と徹がはじかれたように立ちあがる。朝子は銀盆を裁ち台のうえにおくと、

「先生が……先生が……」

と、ベソをかくような顔をして、ガチガチと歯を鳴らせる。

「えっ、先生がどうか……」

と、いいかけて、徹がぎょっと呼吸《いき》をのむと、砕けんばかりに川瀬の腕をつかんだ。

朝子の背後からひょろひょろとして入ってきたのは文代だが、一見して、その状態のただごとでないことがわかるのだ。

文代はパジャマのうえにピンクのガウンをひっかけて、髪をうしろへさばいている。その顔は蠟のように白く、瞳はガラスのように生気をうしなって、眼のまえに立っている三人にも、ぜんぜん気がついたふうもない。

文代はいま夢中遊行《ゆうこう》の発作におそわれているのだ。

しかし、なにが彼女にそういう発作を起させたのか。それは彼女の手にぶらさげているハトロン紙の封筒から察することができるようだ。それは先夜上野公園で、ムッシュ－Qから受取ってきたものではないか。

文代はまるで雲をふむような足どりで、かっかっとおこった大火鉢のそばへ歩みよると、封筒のなかから一枚一枚紙をとりだして、炭火のなかへ投げこんでいく。それはどうやら型紙や、デザインやパタンを書いた紙らしかったが。文代の手をはなれて火鉢へ

おちると、たちまち蒼白い炎となってもえあがる。

川瀬三吾がなにかいおうとして踏み出すのを、徹が腕をとってひきもどした。

「先生のすきなようにさせてあげて、先生はいつも大きなショーがすむと、ごじぶんのデザインを焼きすてておしまいになるんです」

すっかり紙が焼けてしまうと、文代の顔に安心したような微笑がうかんだが、それから急に彼女は奇妙な動作をとりはじめた。

文代はにこやかな微笑をふくんで、アトリエのなかをいったりきたり、うしろをむいたり、袖をちょっとひろげたり。……ああ、彼女はいまファッション・ショーの夢を見ているのだ。

彼女の脳裡にはいますすり泣くクラビオリンを主楽器として、ボンゴやコンガやマラカスの単調なリズムがかよっているにちがいない。

――この作品の美しさはクロス・ステッチの配色にあり、黒と明るいグリン、それにレンガ色の適当なトーンでまとめられている素晴らしさにあるといえましょう。デザイナーは浅茅文代先生、モデルもおなじく浅茅文代さん。……

マイクで放送される解説者の声、それに伴奏するクラビオリンの音、さらにそれへミシンの音のガチャガチャがかぶさって。……

これが文代のいたましき業なのである。

一人の欠席者

「どうしたんでしょうねえ。和子さん、おそいわねえ。もう六時半よ」

と、いらいらしたように眉をひそめて、腕時計に眼をおとしたのは、滝田加代子なきげんざい、虹の会の最古参者となった葛野多美子である。

「六時っていっておいたんでしょう」

「ええ、そう、きっちり六時と、きのう念をおしておいたのよ」

「いいからはじめましょうよ。あとからくればよし、来なかったらあとで事後承諾をうればいいわ。あのひと、そんなこと、とやかくいうひとじゃあないから」

と、そう発言したのは杉野弓子である。

そこは銀座裏にある某雑誌社の地下グリル。黒猫の一隅である。虹の会の生きのこり、六人のファッション・モデルがあつまって、あの事件の善後策を講じようという約束になっているのに、どうしたことか有馬和子だけが、定刻におくれること三十分になるのに、まだ姿をあらわさないのである。

「そうねえ、それじゃ和子さん欠席ということにしてはじめましょう。ねえ、みなさん」

と、葛野多美子はあたりを見まわし、テーブルのうえに身をのりだすと、声をひそめて、

「あなたがた、どうお思いになって？　いつかの林檎のことね。あのこと、いつまでもだまっていていいんでしょうか」

「あの林檎のことといえばねえ」

と、日高ユリがおびえたようにあたりを見まわし、またいちだんと声をひそめて、

「あたしいままでだまっていたけど、とても苦しいことがあるのよ」

「苦しいことって？」

いちばん若い赤松静江は日高ユリのようすに誘われて、もう声がふるえている。

「ほら、あの林檎を徹ちゃんにことづけた男ね。そのひと、徹ちゃんに口を開けてみせてたっていったでしょう」

「そうそう、ユリちゃんはトイレットへいくとちゅうで、そのひとを見たのね」

杉野弓子が聡明そうな眼をむける。五人が五人とも個性をもった美人だが、なかでもこの弓子という娘が、いちばん知性的なうつくしさをもっている。

「ええ、そう、それであたし通りがかりに、何気なくその口をみたのよ。そしたら……」

「そしたら……？」

葛野多美子にうながされて、いったん息をのんだ日高ユリは、おびえたようにあたりを見まわし、またいちだんと声をひそめて、

「そしたらねえ、そのひとの歯ったら、狼のようにギザギザとがっているのよう」

「まあ、いや、そんな！」

と、赤松静江がおもわず声をたてるのを、

「だめよ、静《し》いちゃん」

と、葛野多美子はたしなめて、あわててあたりを見まわすと、それから一同シーンとして、おびえたような眼を見かわす。

事件以来きょうで七日になるのに、警察の捜査はいっこうはかばかしく進展しない。それはいいとしても、あれ以来、文代の健康がすぐれないのが困るのである。文代に専属している虹の会のメンバーは、文代が活躍してくれなければ職場を失うわけである。滝田加代子が殺されて、しかも乳房がかみきられているときいたとき、彼女たちははじめていつかの林檎事件を思いだした。あの林檎もするどい歯で、一部分かみきられていたではないか。

そのことを警察へ報告すべきかどうかというのが、今夜のおもな議題なのに、どたん場になって、日高ユリがさらにおそろしい事実を打明けたのだから、一同があおくなってふるえあがったのもむりはない。

「ユリちゃんは、しかし、どうしていままでそのことをいわなかったの」

そうたずねる多美子の声もふるえている。

「だって、多美子さん」

と、ユリはベソをかくような顔をして、

「徹ちゃんがだまってるでしょ。打明けるなら徹ちゃんが打明けるべきよ。あのひとのほうがあたしよりはっきり見てるはずですもの。それに先生のことも考えて……」

「先生もそのひとに心当りがおありなのね。ああして卒倒なすったくらいだから」

志賀由起子が肩をすくめて溜息をつく。五人のなかでこの娘がいちばんもっさりしている。杉野弓子がうなずいて、

「それよ。それがあるからあたしたちの悩みの種なのよ。先生がかくしていらっしゃることを、あたしたちがもらしていいかどうかってこと。……」

「ねえ、多美子さん、先生のオッパイにも歯型の痕があるっていうけどほんとなの」

「しっ、だめよ、静いちゃん、そんなこといっちゃ。……」

と、杉野弓子がおだやかにたしなめて、

「ねえ、多美子さん、いまのユリちゃんの話をきくと、いよいよほっとけないような気がするわねえ。と、いって先生にむだんで警察へいうのも悪いし。……あなた、なにかいい智恵がおありじゃなくって？」

「ええ、でも、いい智恵かどうか。……」

「なんでもいいからいってみて。……そのうえでみんなで相談しましょうよ。ねえ、みなさん、どうお？」

「ほんと。多美子さん、遠慮しないでいってみて。あたしたちどうしていいかわからないんだから」

一同からくちぐちにうながされて、

「そうお。それじゃいうけど、みなさん、金田一耕助ってひとしらない？」

「それ、どういうひと？」

「探偵さんなの、私立探偵なのよ。風采はあがらないけれど、とても明敏なひとで、そのうえに十分信頼のおけるひとなんですって」

「あなた、どうしてそんなひと御存じなの」

「あたし三橋先生にうかがったの、ほら、いまは結婚して引退してらっしゃるけど、以前ミモザって、婦人服飾店を経営してらした、三橋絹子先生ね。あのかた、金田一耕助というひとに助けておもらいになったとかで、いまでもおつきあいしてらっしゃるようですけれど、そのひとなら、浅茅文代先生の秘密も、きっと守ってくれると思うのよ」

杉野弓子も眼をかがやかせて、

「そのひとのことならあたしも噂をきいたことがあるわ。とても信頼できるひとだということだから、これ、多美子さんの意見にしたがったらどうお？」

「そうね、弓子さんもそうおっしゃるなら。……それで、そのひとのところわかる？」

「それは三橋先生におうかがいすれば……」

「そう、それじゃそれにきめましょう。これであたし肩の荷がおりたわ」

と、日高ユリが神経質そうに溜息をつく。

「ほんとうに、秘密をもってるってことは苦しいことね」

志賀由紀子もあいづちをうつ。

「でも、先生の秘密ってなんでしょう。そんな恐ろしい男に呪われるなんて……」

「静いちゃん、そのことね。先生のことをとやかくいうの悪いけど、なにかあったとすればパリじゃあないかと思うの。こちらじゃ、先生、とてもパパさんに貞節つくしてらっしゃるでしょう」

「そうねえ、あたしも多美子さんの説に賛成ね」

杉野弓子も同意する。

「それじゃ、パリからだれかが追っかけてきたってわけ？」

赤松静江がおびえたように肩をすくめる。

「その話はもうよしましょう。先生に悪いから。それより多美子さん、金田一先生のところを調べて。そのうえであしたでも、みんなで頼みにいきましょうよ」

「じゃあ、そういうことにきめて……あら、あそこへ川瀬さんがいらしたわ」

多美子の声にふりかえると、うかぬ顔をした川瀬三吾が、グリルの階段をおりてきた。その腕に変性男子の村越徹がぶらさがっている。

五色の蛾

「ああら、みなさん、おそろいで。……今夜なにかあって？」

村越徹はあいかわらず、女のような口のききかたで、わざと仰山そうに眼をパチクリとさせている。川瀬三吾はむっつりとして、どこか生気にかけた顔色だった。

「ええ、ちょっと。……相談ごとがあって……」

と、葛野多美子は一同の顔を見まわし、

「どう、みなさん、川瀬さんも徹ちゃんも、あのことは御存じなんだから、さっきのこと、打明けちゃいけない？」

「賛成。そのうえで川瀬さんや徹ちゃんの意見もきかせてもらいましょうよ。川瀬さん、こちらへいらっしゃい。なにか召上る？」

川瀬三吾があらわれてから、弓子のようすが眼にみえていきいきしてきた。いそいそとほかから椅子をもってきて、じぶんのとなりへ席をこしらえるのを、徹がにやにやと悪戯っぽい眼でみている。

川瀬三吾はむっつりとそこに腰をおろすと、ボーイに簡単なランチを二人まえ注文して、

「相談ごとってなあに？」

と、気乗りうすな調子である。

「いいえねえ。いつかのことね。ほら、喰いちぎられた林檎のこと……」

と、葛野多美子はあたりを見まわし、声をひそめて、

「あのとき、先生とてもひどいショックをうけて卒倒なすったでしょう。だから……」

と、多美子はまたいちだんと声をおとして、

「こんどのかみきられた乳房のことね。それとなにか関係があるんじゃないかって。……その林檎を徹ちゃんにことづけたってひと、狼のような歯をしてたってじゃあない？」

「あら！」

徹ははじかれたように眼を見張って、

「多美子さんはどうしてそれを御存じなの？」

「いいえ、ここにいるユリちゃんが見てたのよ。ユリちゃん、きょうまでかくしてたんだけど……」

「ユリちゃんも、じゃあ、その男の歯をみたんだね」

と、川瀬三吾もようやく興味をもよおしたらしく、テーブルのうえに半身のりだす。

弓子はうれしそうにその腕に手をおいて、

「そうよ。でも、徹ちゃんがだまっていらっしゃるでしょ。それでユリちゃんもいっちゃ悪いって、きょうまでかくしていたんだけど、秘密をもつってこと苦しいことね。それで、いま打明けてくれたんだけど、苦しいのはユリちゃんばかりじゃないのよ。あたしたちみんなそうよ。それで、今夜あつまって相談したんだけど。……多美子さんあたからいって」

そこで多美子が、私立探偵の金田一耕助に、事件の調査を依頼しようということを切りだすと、川瀬はびっくりしたような顔をしたが、べつによいとも悪いともいわなかった。

かえって徹のほうが心配して、

「でも、そんなことして、先生の名誉をきずつけるようなことは……」

「それは大丈夫よ。金田一先生にはげんじゅうに秘密を守っていただくようにお願いするから……」

「まあ、あのひとならむやみに秘密をもらすひとじゃないけどな」

と、そういったものの川瀬三吾もなんとなくうかぬ顔色である。せっかくよろこんでくれると思った川瀬が、思いのほか気乗りのしないようすに、弓子をはじめ一同が、ちょっと拍子ぬけのていで、座がしらけかかったところへ、ボーイがランチをはこんできた。

「葛野さん、忘れていて失礼しましたが、こういうものがみなさん宛てにとどいているんですが……」

と、そういいながら小脇からとりだしたのは、菓子箱くらいの大きさの、ハトロン紙につつんで紐でからげた小包だった。

「どこから……？」

「それが妙なんですよ。差出人の名前がかいてないんです」

「いやよ、そんなの！」

赤松静江がおびえたように叫んだので、さっと一同の顔色がかわった。いつかここで浅茅文代がうけとった、林檎のことを思いだしたからである。

「どうかしましたか、この小包……」

だれも手を出そうとしないので、ボーイが不思議そうに一同の顔を見わたしている。

「ああ、君、君、その小包、ぼくがうけとろう」

川瀬三吾が手にとってみると、上書きには黒猫気附けで、「虹の会」御中とあり、なるほど差出人の名前はなかった。

「これ、いつ来たの？」

「きょう……午後の便で……」

「ああ、そう、有難う」

ボーイが不思議そうな顔をして、立ちさるのを見送って、杉野弓子がそっと川瀬の腕に手をおいた。

「川瀬さん、林檎じゃあなくって？」

と、そういう声はふるえている。

「いや、そうじゃあないね。とても軽いよ。とにかく開いてみよう」

川瀬がひもをときにかかると、そばから弓子が懐中鋏を出してわたした。それでプッツリ紐をきり、ハトロン紙の包みをひらくと、なかから出てきたのは菓子の箱。

その蓋に手をかけて、川瀬は一同の顔を見まわした。

「あっはっは、みんななんて顔をしてるの。なにか怖いもんでも飛びだすと思ってるの。君たちすこし想像力が強すぎるようだね。あっはっは！」

だが、そういう川瀬の笑いごえもかわいている。ひと呼吸ふかく吸ってから、川瀬がふたをとったとたん、一同の眼が不思議そうにひろがった。

そこには色のうつくしい五匹の蛾が、昆虫の標本のようにピンでとめてある。藍色の蛾、青い蛾、黄色い蛾、オレンジ色の蛾、真赤な蛾……色うつくしい五色の蛾である。

「蛾……？」

「蛾よ。……」

一同は声をひそめてささやきかわす。はっきり意味はわからないけれど、この贈物の無気味さがしだいに胸にせまってくる。滝田加代子の死体が発見されたとき、そこにも一匹の蛾がいたというではないか。

「川瀬さん、川瀬さん」

徹がおびえたような早口でささやいた。

「その蛾、なぜ五匹なの。虹の会のメンバーなら、まだ六人いるはずだのに」

徹にそう注意されて、川瀬はぎくっと体をふるわせると、もういちど箱のなかの蛾を見なおす。

藍色の蛾、青い蛾、黄色い蛾、オレンジ色の蛾、真赤な蛾……虹の色からかけているのは菫色と緑である。

「多美ちゃん、このあいだのファッション・ショーのとき、加代ちゃんの衣裳は菫の唄だったね」

「ええ、そう」

「そして、緑はだれだった？」

「有馬和子さんよ。緑の木蔭……」

川瀬三吾ははじかれたように顔をあげ、ひとりひとりモデルの顔を見わたしたが、みるみるその顔色から血の気がひいていく。

「有馬和子はどうしたんだ。有馬和子はなぜ今夜ここにいないんです！」

ギラギラと兇暴な眼をひからせて、まるで詰問するような調子であった。

忘れられたランチが食卓のうえで、いたずらに冷えていく。……

謎のデザイン

「川瀬さん、それじゃあなたはあたしたち虹の会のメンバーのものに、なにか恐ろしい災難がふりかかってくるかもしれない。いえ、もうすでに有馬和子さんは恐ろしい災難にあっているのじゃないかとお考えになっていらっしゃるのね」

膝のうえのハンカチを、両手でひきさくように揉みくちゃにしながら、弓子は眼をうわずらせ、声もふるえをおびている。

川瀬はそれにこたえないで、ぼんやり車内の広告を見ている。いや、広告なんか眼にはいらないのだけれど、弓子の質問にこたえるのがつらいのである。

東京駅から新宿、立川方面へむかう中央線のなかである。時刻は八時ちょっと過ぎ。ちょうどラッシュ・アワーのおわったあとなので、あまり混んではいなかった。弓子は中野、川瀬は小田急沿線経堂に住んでいるので、新宿までいっしょになったのである。

「いいえ、おかくしになってもだめよ。あなたははじめ、金田一耕助というひとに、事件の調査を依頼することは、あまり気がすすまなかったんでしょう。それが、あの蛾……」

と、弓子はちょっと声をふるわせて、車内を見まわしたのち、

「あれをごらんになってから……それから、和子さんのアパートに電話をかけて、あのひとがゆうべからかえらないということがわかると、きゅうにあなたの顔色がかわって……そしてうってかわって熱心に、金田一先生に事件の調査を依頼するよう、おすすめになったわね。川瀬さん、いって。だれかがあたしたちを狙ってるというの？」

「そんなこと、わかるもんか」

川瀬は吐きだすようにいったが、弓子がベソをかくような顔をするのを見ると、きゅうに相手があわれになって、

「ごめんよ、杉野君、ぼく、いま考えごとをしていたもんだから。……とにかく、用心にしくはないと思ったもんだからね」

「川瀬さん」

弓子は声をひそめて、

「滝田加代子さんの死体といっしょに出てきた蛾ね、あれは偶然にまぎれこんだもんじゃなく、犯人がわざといれておいたとおっしゃるの。じぶんの紋章がわりに……？」

「杉野君、もうそんなこと考えるのはおよし。今夜はよく寝て、あしたの朝みんなで金田一さんのところへいくんだね。あのひとならなにか考えがあるだろう」

「ええ。……」

「そうそう、それより杉野君、君にちょっと見てもらいたいもんがあるんだけど」

「なあに」

「これ……？　これ婦人服のデザインだろう。杉野君はこのデザインになにか思いあたるところない」

川瀬が手帳のあいだから、小さく折った紙を出してひろげてみせると、弓子は眉をひそめて、

「川瀬さん、これどうなすったの。端のほうが焼けてるようだけど……」

「まあ、そんなことはどうでもいいから見てくれたまえ。なにか思いあたるところない？」

弓子はもえのこりの紙を手にとって、不思議そうにデザインを視ていたが、

「ああ、これ、このあいだのファッション・ショーで、あたしが着て出た黄色の花束というお衣裳のデザインじゃない？　でも、変ねえ」

「なにが……？」

「ここに書きいれてある文字、先生の字じゃないわね。男の筆のようじゃない？」

川瀬はしずかに弓子の手からその紙を取りもどすと、もとどおり小さく折って手帳のあいだにはさみながら、

「杉野君」

と、弓子の顔をきっと見て、

「このことはだれにも内緒だぜ。絶対に……虹の会の連中にもね。そうそう、それから金田一さんにもね」

弓子はまじまじと川瀬の眼を視かえしながら、すこし顔をあかくして、

「ええ、それは、……あなたが黙っていろとおっしゃるなら、あたし絶対にだれにもいわないけれど……でも、どうしたんでしょう。だれかが先生のデザインを盗もうとしたんでしょうか」

「しっ！　この問題はもうよそう。杉野君、いまのもえのこりの紙のことね。今後いっさいふれないでくれたまえ」

「ええ。……」

弓子はこわばった川瀬の横顔から眼をそらすと、ふうっと悲しそうな溜息をつく。

川瀬もその溜息に気がついたが、べつに言葉をかけようとはしなかった。

かれは弓子がじぶんを愛していることに気がついている。川瀬もこの女がきらいではない。しかし、それ以上にかれの心をひきつける存在がほかにあるのだ。

おとといの晩目撃した、あの文代のいたましい姿が、川瀬の脳裡にこびりついてはなれない。事件のショックにうちまかされて、病気になっても、夢中遊行の発作におそわれても、文代のあたまからはあの華やかな、ファッション・ショーの雰囲気がこびりついてはなれないのだ。

文代は川瀬よりかなり年長なのである。しかし、どこかたよりなげで悩ましそうな風情が、川瀬の保護慾をそそるのだ。あのほっそりとした体を、骨もくだけよとばかり抱きしめてやりたい慾望を、川瀬はおさえることができないのだ。

しかし、あのデザインは……？

「川瀬さん、もう新宿よ。あなたここでおおりになるんじゃなくって？」

川瀬は夢からさめたように窓外へ眼をやったが、しかし腰をあげようとはしなかった。

「乗越しなさるの」

「ああ」

「どちらまで……？」

「武蔵境まで」

「お友達でもいらっしゃるの？」

「ううん、江藤俊作のところへいってみようと思うんだ」

「江藤さんて？」

「ほら、例の毒舌爺さんさ。いつも文代女史のデザインを罵倒する。……」

「まあ！」

と、弓子は眼を視はって、

「あのひと、どういう……？」

「あれは有名な町の昆虫学者なんだよ。わけても蛾についちゃふかい造詣をもってる男だ」

弓子の顔にとつぜん恐怖の色がはしった。

「あなた、これからそこへいらっしゃるの？」

「うん、ちょっとのぞいてみようと思うんだ。会ってくれるかどうかわからんがね。なんだか気になるもんだから」

弓子の手がくだけるほど強く川瀬の腕をにぎりしめた。

「あなた、あたしもいっしょにつれてって。あなたひとりそんなところへやるのいやよ。あなたのお顔色、とっても悪いわ。ねえ、後生だからあたしもつれてって！」

「杉野君！」

と、強くいってから川瀬は調子をかえて、

「じゃあいっしょにいこう。君にいってもらったほうがいいかもしれない。君なら相手もおぼえているかもしれないからね」

「川瀬さん」

と、弓子は声をふるわせて、

「それじゃあなたはあのひとが、あたしたちに蛾をおくってきたと……？」

川瀬はそれにこたえなかったが、しばらくふたりは見かわした眼を、ほかへそらせることが出来なかった。

電車はもうすでに新宿を出ている。

昆虫館の主人

川瀬と弓子が武蔵境で電車をおりたのは、もうとっくに九時をまわったころだった。

江藤俊作の昆虫館は境上水のすぐそばにある。昆虫館といっても、べつにそれをひとに観覧させるわけではない。江藤俊作はただじぶんの道楽で、昆虫を採集していただけのことで、アトリエとして建てられた建物の四方の壁は、ぎっちりと昆虫の標本でうずまっているという話である。

境上水から小金井へむかう道をやってくると、昆虫館のほうへまがる三叉路に、ヘッド・ライトを消した自動車が一台とまっていて、運転台に鳥打帽子をかぶった男が、ハンドルのうえに片脚投げ出し、ふんぞりかえって雑誌をよんでいた。

ふたりの足音をきくと運転手は、むっくりと顔をあげ、うさんくさそうにジロジロふたりを見ていたが、すぐフフンとあざわらうように鼻を鳴らすと、また雑誌を読みはじめる。弓子は川瀬によりそうようにして、その自動車のそばをとおりすぎた。

「川瀬さん、昆虫館ってまだ遠いの」

「うん、もうすぐだ」

「江藤俊作ってひと、奥さんやお子さんは？」

「ううん、ひとりもんだということだ。変りもんでね。ことし中学を出たばかりの、少しぬけてる女中とふたりきりで住んでるんだ」

「あのひと、なんだってあんなに浅茅先生を目の敵にするんでしょう」

「だから、それをこれから聞きにいこうというんじゃないか」

月は見えなかったけれど、どこかにあるらしく、あたりは真っ暗というほどではなかった。もうそろそろ葉の落ちかけた疎林のあいだにただようている。薄明のなかを歩いていくと、なんだか海の底でもあるいているような錯覚をおぼえる。

とつぜん曲りかどのむこうから、バタバタと急ぎあしに近づいてくる足音がきこえたかと思うと、ふたりの男がとびだしてきて、そのなかのひとりがいやというほど弓子にぶつかった。

「あら、ごめんなさい」

「気をつけろい」

ふとい声できめつけると、そのままふたりはスタスタと、川瀬や弓子がいまきた道を遠ざかっていく。顔はよくみえなかったが、なんだか人相風体のよくない男で、ふたりとも片手に細長い荷物をぶらさげていた。

川瀬と弓子がその男たちの出てきた道へはいっていくとまもなく、自動車のスタートする音がきこえてきた。

「ああ、いまの連中を待っていたんだね」

「なんだか気味の悪いひとたちだったわね」

弓子はちょっと肩をすくめたが、もし、そのときかれらが、いまのふたりの男こそ、銀座裏から滝田加代子を拉致しさったならずものであるとしったら、どのように驚き、おそれたことだろう。

それはさておき、それから五、六メートルいったところで、とつぜん、ぎくっと弓子が立ちどまった。

「川瀬さん！　川瀬さん！」

と、弓子は呼吸をはずませる。

「杉野君、どうかしたの」

「あなた、マッチ持ってらっしゃりゃしない。マッチ持ってたらつけてみてえ……」

弓子の声にはふかい怯えがこもっていて、いまにも泣き出しそうである。

「杉野君、どうしたんだい。何かあったの」

川瀬が不思議そうにマッチをすってやると、その光のなかに弓子は右手をかざしてみて、

「血……」

と、おびえたようにたじろいだ。

「なに、血……？」

川瀬がびっくりしたひょうしにマッチが消えたので、あわててあとをすってつけると、なるほど弓子の右手の指は、べっとりと血で染まっている。

「杉野君、ど、どうしたんだ。どこか怪我でも……」

「川瀬さん、ここんとこみてえ。オーヴァのまえ……」

川瀬がまたマッチをすりなおして、弓子のオーヴァをしらべると、腰のあたりになすったように、なまなましい血がついている。

「杉野君、ど、どうしたの、この血……？」

「さっきの男にぶつかったとき、あのひとのぶらさげていた荷物がそこへさわったの。ひょっとするとあの荷物……」

弓子はガチガチと歯を鳴らしている。川瀬も呼吸をのんで路傍に立ちすくんだ。ちらと見ただけだったけれど、妙な荷物だという印象が川瀬の頭脳にものこっていた。野球の選手がバットをいれて歩くバッグのような、妙に細長い荷物だった。

「川瀬さん、あたし、怖い。……昆虫館というのどこ？」

「もうすぐだ。ほら、むこうに見える大きな杉の木ね。あの下にアトリエの屋根がみえてるだろう。あれがそうだ」

「川瀬さん、ひょっとするといまのひとたち、あそこから出てきたんじゃあない……？」

神経のとがっているときは、想像力もひといちばい働くのである。弓子の脳裡にはそのとき、血にまみれた和子の裸身がまざまざとうかびあがってくる。……

「杉野君、とにかくいってみよう。はっきりたしかめなきゃあ……」

「川瀬さん、もうよして。……あたし、怖い……」

「大丈夫だよ。まだ宵の口じゃあないか。それにさびしいといっても、ぜんぜん野中の一軒家というわけじゃあなし……」

怖がる弓子をひきずるようにして、昆虫館のまえまでくると、このへんによくある門柱ばかりで扉のない門のおくに、暗い玄関がひっそりとしずまりかえっている。

川瀬はずかずかと門のなかへ入っていくと、遠慮なくボタンをおした。しいんとしずまりかえっている家のなかに、けたたましいベルの音がとどろきわたったが、なかからはなかなか返事はなかった。

それでも川瀬が意地になって、根気よくベルをおしていると、よほどしばらくたってからスリッパの音がきこえ、玄関のなかにパッと電気がついた。

「だれ、栄子かい？」

聞きおぼえのある毒舌老人の声である。栄子というのは女中の名らしい。

「いいえ、ぼく、新聞社のものですが、ちょっとお訊ねしたいことがありまして……」

「えっ、新聞社……？」

老人の声がかすかにふるえて、

「いまごろ、ど、どういう用件じゃね」

「ドア越しじゃ話ができません。ちょっとここをあけてください」

江藤老人はしばらくためらっているらしかったが、それでもしかたなしにドアをひらいた。風呂へでも入っていたのか、江藤俊作は裸のうえにガウンをまとっているだけらしかった。

「新聞記者がいまごろどういう用件だね」

土色をした老人の顔はあきらかにただごとではない。眼がうわずって、瞳がすわって、ギラギラかがやいている。

「じつはいまそこで、ここからとび出してきたふたりの男にぶつかったんです。ふたりの男は妙な荷物をぶらさげていたんですが、あとで気がつくと、ほらこのひとのオーヴァに血がついてるんです」

「そ、そ、それがどうしたというんだ！」

「じつはこのひと、あなたも御存じの浅茅文代女史専属のモデルなんですが、このひとの仲間がひとりゆうべからゆくえ不明になって……」

「かえれ！」

と、叫んだかと思うと江藤俊作は、やにわにそこにあったステッキをとってふりあげたが、そのとたん、

「あれえッ！」

と、弓子は川瀬にむしゃぶりついた。

ふりあげたステッキが怖かったのではない。かえれッ！　と叫んだときの江藤俊作の形相のものすごさ。雪のような白髪がさっとさかだち、殺気が眼にほとばしって、しかもかっと開いた唇のあいだに弓子ははっきり見たのである。狼のようにとがってギザギザとした歯を。……

川瀬も慄然として思わずそこへ立ちすくんだが、その鼻先へバタンとドアがしまって、電気が消え、バタバタとあわただしい足音がとおざかっていく。

浴室の恐怖

「困りましたねえ。いかにあなたが新聞社のかたでも、そのていどの漠然たる容疑で、むだんで他人の家へ侵入することはできませんよ。人権は尊重されなければなりませんからね」

川瀬と弓子がもよりの派出所から、警官をひっぱってもとの昆虫館へひきかえしてくるまでには、たっぷりと十五分はかかった。警官はなかなか川瀬のいうことを信用せず、「なるほど、江藤俊作というあの老人は、変りものにはちがいないが、人殺しなんてそんな……ながいことあそこに住んでいるが、いままでいかがわしい噂もなかったんで……」

と、容易に腰をあげようとはせず、かえって川瀬や弓子を怪しんだくらいである。それでも弓子のオーヴァについた血が、やっぱり気になったらしく、同僚と相談のうえ、それでは念のためにというていどで、やっといっしょにきてくれたのである。

ところがいくらベルをおしてもなかから返事はなく、そのことが江藤俊作の逃走を思わせて、川瀬はじりじりしているのだが、警官にはむりになかへ押しいろうという決心も出なかった。

こうしてものの五分間も玄関に立って、押問答をしているところへ、門の外から十五、六の小娘が入ってきた。小娘は玄関のまえに立っている三人の人影をみると、

「あれえッ！」

と、悲鳴をあげてとびさがったが、

「ああ、おまえはここの女中じゃないか。おれだよ、おまわりさんだよ」

と、警官が懐中電気でじぶんの姿をてらしてみせると、やっと安心したようにこっくりうなずいた。

「君、君、君はどこから入るの」

川瀬三吾がたずねると、

「お勝手から」

と、女中の栄子はことば少なにこたえる。

「ああ、そう、それじゃお勝手から入ったら、この玄関をあけてくれたまえ。旦那さん、

お留守のようだからね」

栄子はおびえたような顔をして、三人の姿を視まもっていたが、やがてこっくりとうなずくと、足早に裏手へまわった。

やがて、玄関のなかに電気がつき、ドアがなかから開かれる。

「どう、旦那さん、いる？　いないだろう」

「さあ。……」

女中はぼんやりとした顔色である。べつに主人をさがしもしなかったらしい。

「さあ、警官、いいじゃありませんか。女中さんの案内でなかへ入るんだから。女中さん、いいだろう」

「はあ、どうぞ」

女中の栄子はぼんやりこたえる。こういう場合、抜けているのがさいわいだった。

警官もやっと決心がついたように靴をぬぐ。

「女中さん、旦那さんのお部屋は……？」

「こっち……」

江藤俊作はあきらかに、大急ぎで身支度をして逃げだしたものらしい。さっき着ていたガウンがそこにぬぎ捨ててあり、洋服ダンスや日本ダンスの抽斗が、あちこちあけっぱなしになっている。

警官もようやく真剣な眼つきになる。

「女中さん、旦那さまのおやすみになる部屋は……？」

「こっち……」

女中が案内したのはアトリエの一部を改造して、洋風にしつらえた寝室だった。したがってそこへ入るためには、いやでも昆虫館のなかを通らなければならなかったが、ひとめその四壁を見わたしたとたん、川瀬も弓子も警官も、あまりの壮観に眼を視張らずにはいられなかった。

そこには床から天井まで、何段かにしきった棚のうえに、ぎっちりと昆虫の標本がななめに立てかけてあった。蝶、蛾、トンボ、甲虫類と、ありとあらゆる種類の昆虫が、分類され、整理され、みごとに飾られているのである。

「なるほど、これはみごとだ」

警官はおもわずうなったが、そのとき、寝室をのぞいていた弓子が、いきなりぎゅっと川瀬の腕をにぎりしめた。

「杉野君、どうしたの？」

「あそこにあるの、和子さんのお衣裳じゃないかしら。……」

弓子の声はひどくふるえていた。なるほどみればベッドのうえに、女の衣裳がぬぎすててある。オーヴァからスーツ、シュミーズからズロースまでそこにあるところをみると、和子はあきらかに裸にされているのである。

川瀬は注意ぶかい手つきで、ひとつひとつそれを取りあげたが、とつぜん、

「あっ！」

と、さけんで一歩うしろへとびのいた。ベッドのうえにべっとりと血がついている。

「ああ、川瀬さん、川瀬さん、もうよして。もうかえりましょう。おまわりさんにあとをまかせてかえりましょう」

気がくるったようにすすり泣く弓子を片手でかかえて、川瀬は部屋のなかをさがしてみたが、どこにも死体らしいものはない。

川瀬もまた気の狂ったような眼つきで、ベッドのうえの血だまりを視つめていたが、とつぜん、さっと頭脳にひらめいたのは、さっきの江藤俊作の風体である。江藤は裸のうえにガウンをひっかけていたではないか。

「女中さん、女中さん、湯殿はどこ……？　このうち湯殿があるんだろう」

だが、その湯殿をひとめのぞいたせつな、

「キャーッ！」

と、叫んで弓子はとうとう気をうしなってしまったのである。

むりもない、男の川瀬や警官ですら、

「ワーッ！」

と、さけぶと、そのままそこへへたばりそうになったのだから。

そこには両脚を切断された有馬和子の死体が、なんともいえぬ恐ろしい構図をえがいて、ほうり出してあった。しかも、またしても左の乳房があんぐりとかみきられて。…

……

金田一耕助登場

「わっ、こ、こ、これは……」

武蔵境にある昆虫館のあの恐ろしい浴室へ入ってくるなり、素っ頓狂な声をあげて、二、三歩うしろにたじろいだのは、よれよれのセルによれよれの袴をはいたもじゃもじゃ頭の貧相な男、いうまでもなく金田一耕助である。

所轄の武蔵野署から警視庁への連絡がおくれたので、現場はまだゆうべのままになっており、いちめんに血の飛沫《しぶき》をあびたタイル張りの浴室に、大きなブリキ製のたらいがすえてあり、そのたらいのなかに両脚を切断された無残な死体が、両脚の切口から流れだした血の海につかっているのである。

じっさい、こうして両脚を切断されたところをみると、人間の五体というものが、いかにたくみな調和をもってつくられているかということがわかるのだ。太股のつけ根からプッツリ両脚を断ちおとされた死体は、無残であると同時にどこか調和をかいていて、不均衡であるがために、いっそうグロテスクな実感をもって迫ってくるのだ。

しかもその切口というのが、一見して素人のしわざとわかるほど、乱暴で、不手際で、肉や骨をめちゃめちゃにひっかきまわし、ひきちぎり、斬りきざんでいるので、なまなましい印象がいっそう強烈で、さすがものなれた金田一耕助も、わっと恐れをなしてとびのいたのもむりはない。

おまけに喰いきられたようにあんぐりと、まっ赤な口をひらいている乳房のあとの、ざくろのようにはじけた傷口の恐ろしさ。……よくもこれだけ死体を冒瀆できたものだと思われるくらいである。

「け、警部さん、と、ところで両脚は……？」

金田一耕助は陰鬱な眼の色をして、そこらじゅうにべたべたついている血の手型だの、たらいのそばに放りだしてある、血に染まった鋸だの木鋏だの金槌だのという、そういう恐ろしい七つ道具を見まわりながら、ゾクリと肩をすぼめて警部にたずねる。

けさの新聞の社会面はこの事件の記事で埋まっている。滝田加代子殺しにひきつづいて、被害者がおなじファッション・モデルの、しかもおなじグループに属する女だけに、この事件のひきおこした反響は大きかった。

金田一耕助はけさ起きぬけに新聞を読んで、ほほうと眼を視張っていたが、そこへ駈けこんできたのが葛野多美子と日高ユリ、志賀由紀子と赤松静江の四人だった。おびえきった彼女たちの口から、狼のような歯をもった男だの、かじりかけの林檎の贈物だの、さてはゆうべ彼女たちがうけとった五四の蛾の話だのを聞くと、金田一耕助は俄然、この事件につよく興味をひかれた。

そこで彼女たちの依頼をひきうけることにした金田一耕助が、警視庁へ電話をかけてみると、等々力警部はいましがた、現場へ出向いていったというので、さっそくあとを追っかけてきたというわけである。

「それがねえ、金田一さん」

と、等々力警部も暗い眼をして、鑑識の連中の活動を視まもりながら、

「この事件を発見したのが新東京日報社の記者と、被害者の朋輩のファッション・モデルだということは新聞でご存じでしょう。ところがそのふたりがここへくる途中、ふたりの男に出会ってるんですが、ふたりとも野球のバットをいれて歩くバッグくらいの大きさの荷物をぶらさげていたというんです。ところが、そのひとりがファッション・モデル……杉野弓子というんですが、その女にぶつかっていったんですが、あとで気がつくと弓子のオーヴァに血がついていた。そこでその荷物というのが被害者の両脚ではなかったか。つまりふたりの男が片脚ずつ、ここから持ち出したんじゃないかということになってるんです」

「それじゃ、共犯者があったというわけですか」

「さあ、共犯者といってよいかどうか。……殺人は単独でおこなわれたんじゃないかというんですが、死体のしまつをするだんになって、共犯者があったというわけですな」

「犯行はいつ……？」

「たぶん、一昨夜の晩だろうといわれてるんですがね。ところが乳房をかみきられたのは、あきらかに殺害とほとんど同時で、これはこのまえの滝田加代子のばあいとおなじ

なんです。ところが、両脚を切断されたのは、それから約二十四時間ののち、すなわち、昨夜のことになるんですな」

「すると、犯人は被害者を殺害してから、二十四時間死体をそのままにしておいて、昨夜、死体の解体にとりかかったというわけですか」

「そうです、そうです。このうちには主人のほかに、ことし中学を出たばかりの薄野呂の女中がひとりいるだけなんですが、昨夜、宵からその女中を、映画を見に出しておいて、死体の解体にとりかかった。そして、まず両脚を二本切断して、それを共犯者に持ち去らせたあとで、さらに左腕を切断している最中に、川瀬三吾という新聞記者と杉野弓子がやってきたので、死体をそのままにして逃亡した。……と、そういうことになるんですね」

金田一耕助もさっきから気がついているのだが、有馬和子の左腕は、なかばねじきるように、半分肩のつけ根から切断されて、ぶらぶらしているのである。その現実のなまなましさと、犯人のデスペレートな兇暴さに、金田一耕助はまたゾクリと顔をそむけた。

「しかし、警部さん」

と、しばらくして金田一耕助は悩ましげな眼つきをして、

「犯人が死体を解体しようとしたということは、とりもなおさず犯行を隠蔽しようとしたということになるんですね」

「それはもちろんそうでしょう。死体を解体してどこかへかくすか、とんでもないとこ

ろへ持っていこうとしたか……」

「しかし、それだとちと妙ですね」

「妙だというのは……？」

「このあいだの滝田加代子のばあいは、まだ犯行の現場もわからないんでしょう」

「ええ、そう、でも、ひょっとするとやっぱりこのアトリエじゃなかったかと……」

「でも、それはこんどの事件が起ったからわかったことで、犯人が浅茅女史のところへ死体をとどけなかったら、あの犯罪はいまだにわからなかったかもしれませんね。ところが犯人は危険をおかしてまで、わざわざ死体を浅茅女史のところへ送りとどけている。まるで犯行を誇示するかのように。……それだのに、こんどのばあい犯人はどうして死体を隠蔽しようとしたんでしょう。まえの事件といささか矛盾するとはお思いになりませんか」

「金田一さん！」

警部がドキリとしたような眼で、金田一耕助の顔を視なおしたとき、刑事のひとりがあわただしくはいってきて、

「警部さん！」

と、緊張した顔色で声をかけた。

開かずの間

「ああ、池田君、なに？　開かずの間があいたの」

「いや、そうじゃなく、ちょっと……」

と、池田刑事がなにかささやくと、警部はちょっと眉をつりあげて、

「ああ、そう、じゃいってみよう。金田一さん、あんたもいらっしゃい」

警部のあとについて勝手口から外へ出るとき、金田一耕助はそっときいてみた。

「警部さん、開かずの間ってなんですか」

「いやあ、べつにそういう名がついてるわけじゃないんですが、いつも鍵がかかってい て、女中の栄子もいちどものぞいたことのない部屋があるんです。いま錠前屋を呼んで、その部屋をあけさせているところなんですがね」

江藤俊作の昆虫館は千坪にあまるひろい敷地のなかにあり、背後は原始林さながらの武蔵野の林がしげっており、さらにその背後には高い崖があって、崖のふもとには戦争中掘ったらしい横孔式の防空壕が、埋められもせずに草に埋まっている。その防空壕のまえに古墳のあとらしい塚があり、そのあたりいちめんに落葉がつもってくさっている。

池田刑事が案内したのはその古墳のほとりだったが、みると雑木林の株のあいだに、つい最近掘られたらしい大きな穴のそばに掘りかえされた土が盛りあがっている。

金田一耕助はそれをみると、どきっとしたように眉をひそめた。

「女中の話によるとこの穴は江藤老人がきのう一日かかって掘ったもんだそうです。女中が不思議に思って、なににするのかと訊ねたところが、そろそろ落葉がたまる時期だから、落葉溜めにするのだと答えたそうですよ」

穴の大きさからいって、それは十分人間ひとり埋葬できる容積をもっている。それでは江藤老人の最初の計画では、ここへ有馬和子の死体を埋めるつもりだったのか。……

「きっとそうですよ。ところがそこへ共犯者がやってきて、それより死体をバラバラにして、あちこちへかくしたほうが、犯罪が発見しにくいとすすめたんじゃないでしょうか」

警部は眉をひそめて金田一耕助のほうをふりかえると、

「金田一さん、どちらにしてもこんどの事件では、犯人は死体をかくすことを望んだようですな」

金田一耕助はもじゃもじゃ頭をかきまわしながら、いくらか当惑したような眼で、掘りくりかえされた穴を視つめていたが、そこへ林をぬけて警官がひとり駆けつけてきた。

「警部さん、開かずの間がひらいたんですけれど……」

「ああ、そう、じゃあいってみよう」

林をぬけてこんどは玄関からなかへ入ると、応接室の入口にわかい男女が立っていた。

「このひとたちは……？」

警部が警官をふりかえると、

「はあ、こちらは杉野弓子さんと川瀬三吾君。……」

「ああ、そう、昨夜この事件を発見した……」

「ええ、そうです、そうです。杉野さんは気分が悪くなって、いままでちかくの病院で休息していられたんですが、警部さんがなにかお訊きになりたいことがおありじゃないかと思って、わざわざきていただいたんです」

「ああ、そう、それは御苦労様、じゃ、ちょっと待っていてください」

けさ耕助のもとへ駆けつけてきた、四人のモデルも顔色がわるかったが、杉野弓子の顔色の悪さはそれに輪をかけたようである。暗い瞳はあらゆる思考力をうしなったように、ぼんやりと濁っていて、頰にも唇にもてんで血の気がない。その弓子をかかえるように立っている川瀬も、寝不足の眼を血走らせていた。

開かずの間はいまは昆虫館になっている、アトリエの一部にしつらえられた、あの寝室のとなりにあって、寝室以外からはどこからも、入れないようになっている。

寝室をぬけるとき、警部は金田一耕助に、べっとりと血痕のしみついたベッドを示した。

「ああ、そう、それじゃここで……？」

「そう、ここで殺害して、死体はいったんこの開かずの間へかくしておき、女中を出したあとで浴室へかつぎこんだんですね……」

開かずの間のドアのまえには、武蔵野署の捜査主任と警官が緊張した顔で立っている。

「海野君、なかへ入ってみた？」

「いいえ、まだ……」

「そう、じゃあ入ってみよう」

口ではかるくいったものの、さすがに等々力警部の顔色も緊張している。

鬼が出るか、蛇が出るか……？

海野捜査主任が把手をにぎって、さっとドアを手前へひいたときには、一同思わず一歩あとじさりしたが、そのときだ、刑事のひとりがおびえたように叫んだのは……

「あっ、あそこにだれか立っている！」

金田一耕助もそのせつな、総毛立つような戦慄をおぼえずにはいられなかった。

「だれか！」

と、警官は腰のピストルに手をやったが、闇にうかぶ影は返事もなく、ひっそりとしずまりかえっているだけになお気味悪い。

「電気を……電気を……」

警部の声に海野捜査主任があわてて壁のスイッチをひねったが、そのとたん、一同はほほうと深い溜息をもらした。光は夢魔を追っぱらう。それは物の怪《け》でもなんでもなく、豪奢な衣裳をつけた模型人形にすぎなかった。

一同はちょっと馬鹿にされたような腹立たしさをおぼえたが、さて改めて部屋を見まわすにおよんで、またほほうと眼を視張る。

部屋のひろさは六畳くらい、大きな裁ち台のうえには散らばった裁ち屑にまじって、デザインやパタンや型紙が散乱している。部屋の隅にはミシンが一台、模型人形のほかに胴だけの張子のボディーがひとつ、それはあきらかに洋裁師の部屋である。

「このうちの主人は洋裁をやるんですか」

金田一耕助はかたわらの警官を振返った。

「さあ。……そんな話はついぞ聞いたことがありませんが……」

「しかし、これはあきらかに洋裁師の部屋ですよ。だれか同居人でもいたんですか」

「いえいえ。そんな話も聞いたことはありませんが、とにかく女中にきいてみましょう」

女中の栄子は同居人については言下に否定し、ときどき主人がこの部屋にとじこもっていたが、なにをしていたのかしらなかったと答えた。気がつくとその部屋には防音装置がほどこされていて、ここでミシンを使っても、音は外へもれないわけである。しかし、ミシンを使うのに、なぜ防音装置をほどこさねばならないのか。……

金田一耕助はぼんやり頭をかきまわしながら、模型人形のまえに立っていたが、とつぜん、ぎょっとしたように大きく喘いだ。

「き、金田一さん、どうかしましたか」

「け、警部さん、こ、この人形はけがされている！　ほら、あの唇のまわり……」

「な、な、なんですって！」

一同は耕助のまわりにあつまったが、そこに立っている模型人形を見ているうちに、なんともいいようのない、おぞましい戦慄を感じずにはいられなかった。

金田一耕助の言葉にまちがいはなかった。だれかがこの人形を抱いてやたらにキスをしたらしく、唇から頬っぺたへかけて、ねばねばとした唾液でよごれているうえに、衣裳の乱れも尋常ではない。しかもむき出しにされた肩から乳房のあたりへかけて、いちめんに鋭い歯型の痕。……

偶像姦《ピグマリオニズム》！　偶像を愛撫する男！

昔、キプロス島の王ピグマリオンは、象牙に彫った美女を愛したということだが、この部屋のぬしも狂気のように、この模型人形を愛撫していたのではなかろうか。

金田一耕助は背筋のさむくなるような嫌悪をおぼえて、総毛立つような気持ちでけがされた模型人形の顔を視つめていたが、急にどきっとしたように、かたわらの警官をふりかえった。

「おまわりさん、す、すみません。む、むこうにいる杉野弓子を呼んでくれませんか」

弓子は川瀬といっしょにやってきたが、金田一耕助に模型人形をしめされると、ふたりともおびえたように大きく眼を視張った。

「ああ、あなたがたはこの模型人形の顔に見おぼえがあるんですね。だれです、これ……」

「あ、浅茅文代先生！」

弓子は押しつぶされたような声でつぶやいたのち、ふたたびぎょっと大きく眼を視張った。

「あの、杉野さん、なにかほかにもお気づきの点が……」

「はあ、あの、川瀬さん！」

と、弓子はうめくような声で、

「あなた、どうお思いになって？　このお衣裳、日下田鶴子先生がおたくのファッション・ショーで銀賞を獲得された、あのパーティー・ドレスにそっくりじゃなくって？」

悪魔の悪戯

ふたりのファッション・モデルを血祭にあげた狼男が、町の昆虫学者、江藤俊作であろうことは、もはや間違いのない事実らしく思われる。

かれはまず狼のような歯を持っている。それに蛾の蒐集家でもある。さらに、浅茅文代になにか深刻な反感をもっているらしいことは、ファッション・ショーにおけるあの毒舌でもわかるのだ。

だが、わからないのは、浅茅文代に反感をもっているからといって、なぜ罪もないモデルを殺すのか。なぜこのような残虐な犯行をあえてするのか。しかも、かれの家にある秘密の部屋から発見された、あの浅ましい模型人形の状態から想像するに、江藤俊作はひそかに浅茅文代にたいして、よこしまな恋心をいだいていたらしい。しかし、それならばなぜあのように、文代のデザインにたいしてケチをつけるのだろうか。

ひょっとすると、恋のかなわぬ意趣晴らし、下世話にいう可愛さあまって憎さが百倍というところだったのかもしれないが、それだからといって、罪もないモデルを殺害するという理由にはならぬ。それをしいて理由づけようとすれば、結局、江藤俊作という人物は、気が狂っていたとしか思えない。

あの死体のむごたらしい状態や、まるで殺人者の紋章のような蛾のアクセサリー、さては開かずの間にある模型人形の、あの浅ましい状態から考えて、狂気という理由もなりたたぬことはなさそうだったが、ここに不可解なのは、江藤俊作に洋裁の才能があろうなどということは、だれひとりとしてしらなかったことだ。

それについて金田一耕助は、だれか同居人があったのではないかときびしく女中を追究したが、女中の栄子はぜったいに、そのようなことはないと否認しつづけた。

栄子はことしの春、中学校を出るとすぐ、まえにいた婆やのやめるのといれかわりに、江藤俊作にやとわれたのだが、ただ物静かで、ひじょうに口数の少い旦那様という以外には、べつにとりたてていかわったこともなく、一日おきくらいに開かずの間へ閉じこもるのも、昆虫の研究をしているのだろうとばかり思っていたというのである。

結局、江藤俊作とは謎の人物というよりほかにはなかったが、その謎を解く鍵は浅茅文代がにぎっているにちがいない。

そこで等々力警部と金田一耕助は、武蔵境の調査が一段落つくと、すぐに四谷左門町の浅茅文代のアトリエへむかったが、そこでかれらは大きな失望を味わわねばならなかった。応接室へとおされたせつな、ふたりが耳にしたのは、物狂わしい女の悲鳴と、それをなだめる男女の声、それにまじってどすんばたんと揉合うような音がきこえる。

ふたりが顔を見合せているところへ、速脚に入ってきたのは、パトロンの長岡秀二氏と、ブーケの支配人増山半造である。

「いやあ、どうも御苦労様です。いろいろ御心配をおかけして、……」

と、長岡秀二氏はさすがに如才なかったが、顔には憂色がかくしきれなかった。

「どうかなさいましたか」

「はあ、けさの新聞を見るとまたぶりかえして……やはりショックが大きかったんですね」

「きのうお見舞いにあがったときには、もうそろそろ起きて仕事にとりかかりたいなど と、とてもお元気でいらしたんですが……」

と、増山半造も顔色をくもらせたが、そこへまた、骨をさすような悲鳴がきれぎれにつづいて、

「先生、先生、しっかりして頂戴」

と、男とも女ともつかぬ声だった。

「どなたが御介抱していらっしゃるんですか」

と、金田一耕助がたずねた。

「はあ、アトリエ主任の松崎女史と内弟子の朝子というのが……いま、医者がきてるんですが、なかなか注射がきかなくって……」

「でも、いまの声は男のようでしたが……」

「ああ、あれは村越徹といって先生の弟子なんですが、男だか女だかわかりゃしない」

増山半造は吐き出すようにいう。等々力警部は眉をひそめて、

「それじゃお眼にかかるのは……?」

「はあ、ちょっとむつかしいでしょうな。お会いになっても用を弁じますかどうか。……医者は面会謝絶を申し渡してるんですが……」

等々力警部は金田一耕助の顔をみて、

「それは、それは……それじゃひとつあなたがたにお訊ねしますが、あなたがた、けさの新聞は……?」

「もちろん見ましたよ」

「それじゃ武蔵境にすむ町の昆虫学者、江藤俊作という人物を御存じじゃありませんか」

「いや、そのことについてはさっきも増山君と話をしたんですが、いままでついぞ文代の口から、そんな名前をきいたことはないというんです。だから、あれはべつに文代とは関係ないんじゃないんですか」

もし長岡秀二氏が武蔵境の昆虫館に、浅茅文代とそっくりの人形があって、それがけ

がされているとしったら、こんなに落着いてはいられなかったろう。

そのとき、また奥のほうから文代の絶えいるような悲鳴がきこえて、パトロンの長岡秀二氏が心配そうに腰をうかしたので、

「警部さん！」

と、金田一耕助は等々力警部をうながした。

「ああ、そう、それじゃまた奥さんが落着かれてから。……」

と、外へ出て待っている自動車にのると、

「金田一さん、こんどはどこへいったものかな」

「アザミへいって日下女史にお会いになったらいかがですか」

「ああ、そうしましょう」

しかし、新橋のアザミには日下田鶴子はおらず、念のために自宅へ電話をかけてもらったが、自宅にも留守で居所もわからなかった。

等々力警部は金田一耕助と顔を見合せたが、いないものはしかたがなく、

「ああ、そう、それじゃ居所がわかったら、ここへ電話をかけてください」

と、名刺をおいて外へ出たが、自動車が日比谷のちかくまでやってきたときだ。道行くひとが立ちどまって、みないっせいに空を仰いで、なにやらがやがや騒いでいるので、金田一耕助もなにげなく、窓から外をのぞいたが、そのとたん、思わずぎょっと警部の腕をつかんだ。

「け、け、警部さん！　あ、あれ……」

「え、な、なにかありましたか」

警部も窓から首をつきだしたが、そのとたん、眦も裂けんばかりに眼を視張ったのである。

どこからとんできたのか綱のきれたアド・バルンが、フワリフワリと北から南の空へ流れていくのだが、その綱のはしにぶらさがっているのは、拵えものか本物か、太股からさきの女の片脚ではないか。

天翔ける脚

「なんだい、ありゃア……」

と、等々力警部があわてて自動車をとめたすぐ外に、数名のグループが立ちどまって、空ゆくアド・バルンを見あげながら、

「なに、なに、ナイロン靴下大売出し……」

と、アド・バルンの綱のとちゅうにひらひらしている幟の文字をひろい読みして、

「なあんだ、靴下の宣伝じゃないか」

「だけど、君、おかしいよ。それならデパートの名前だとか、製造元の名前だとか書いてなきゃあならないはずだ。いまさらナイロンの靴下の宣伝でもあるまいからね」

「おい、ひょっとするとありゃ……」

「ひょっとすると……？　なに……？」

「ほら、けさの新聞に出てたじゃないか。武蔵境のファッション・モデル殺し……両脚が切断されてなくなってたという……」

「よせよ、馬鹿！　気味のわるい！」

鋭く相手をたしなめたものの、それきりだれも口をきくものはなく、憑かれたような眼の色をして、しいんと空をながめている。

じっさい、それは奇妙な眺めであった。

ゆっくりと北から南へ移動していくアド・バルンの、ながい綱のさきにぶらさがっている一本の脚……気球の関係かアド・バルンが、おりおり痙攣するように、ぐいと横にかたむいたり、急激に移動したりするたびに、ひょこり、ひょこりと、立ちならぶビルの屋根をかすめて、空中踊りをやっている奇妙な片脚。……

そのとき、むこうのビルの三階から、双眼鏡で空をみていた事務員が、気ちがいのような声でさけぶのが聞えた。

「ああ！　あれはこしらえものの脚ではない。人間の脚だ！　切断された女の片脚だあ！」

だが、それを聞くまでもなく、だれももうそれをナイロン靴下の宣伝だなどと思っているものはなかった。だれの頭脳にもけさ読んだ、武蔵境の酸鼻をきわめた事件が思い出されて、あの片脚こそ、持ちさられた二本の脚の一本にちがいないと、息をひそめて一本脚の踊りを見ている。

ああ、それにしてもなんという悪魔の悪戯！　なんというズバ抜けた悪魔のデモンストレーション！

けさ金田一耕助は、こんどの事件では犯人は、死体を隠蔽しようとしたのが不思議だと首をかしげていたが、どうしてどうして犯人は、死体を隠蔽するどころか、世にも奇抜なやりかたで、おのれの犯罪を見せびらかしているのではないか。……

日比谷から新橋、銀座界隈へかけて、道路という道路はいっぱいのひとだかりで、電車も自動車も身うごきができない。交通巡査が声をからして、群集を整理しようとするが、おまわりさん自身、あまがけるあの一本脚の道化踊りに憑かれているので、叱咤も命令もきかばこそ。

等々力警部と金田一耕助を乗せた自動車も、さっきからしきりに警笛を鳴らしているが、群集はなかなか聞きそうもない。警部はじれきって舌打ちしていたが、そこへよたよたと群集をかきわけてちかづいてきたのは一台のラジオ・カー。警部の乗った自動車のそばまでくると、それきりまえへ動けなくなった。

「おい、君、君」

と、等々力警部は窓から首をつきだして、

「あのアド・バルンはいったいどこから飛んできたんだ」

「あっ、警部どのですか」

ラジオ・カーの警官は緊張した面持ちで、

「なんでもあれは浅草のたから屋百貨店の屋上から、飛んだものだといらんですが……」

「それで飛ばしたやつは……？」

「それが……気がついたのがおそかったので、……あっちでも非常手配をしているようですが……」

「ああ、そう、君、とにかくこの群集をなんとかして整理してくれたまえ」

「承知しました」

ラジオ・カーのやけに鳴らす警笛で、やっと群集が左右にひらいた。そのなかをラジオ・カーのあとにつづいて、等々力警部の自動車もつっこんでいく。

こういう地上の騒ぎをあざけるように、あのアド・バルンにぶらさがった一本脚は、あいかわらずひょこりひょこりと、奇妙な空中の道化踊りを踊りながら、ビルの屋根すれすれに南の空へと流れていく。

「警部さん、警部さん、あのアド・バルン、いまに墜落しますぜ。ほら、だんだん高度がさがってくる」

金田一耕助の指摘するとおり、脚の重みにたえかねたのか、それともガスが抜けていくのか、奇妙なおもりをぶらさげたアド・バルンは、眼に見えぬていどの高度ながら、しだいにさがってくるのが感じられた。

「ありがたい。墜落するならはやくすりゃあいいのに。……」

警部はいらいらした眼付きで、自動車の窓から上空を視つめている。

いちど高度がさがりはじめると、加速度的に空気がぬけていくのか、浜離宮の上空あたりまでやってきたとき、がくんとアド・バルンが大きく痙攣したかと思うと、やがて飛礫《つぶて》のように落下してきて、バシャンとしぶきをあげて海上へ墜落した。

「あっ！」

離宮跡の公園でランデブーをしていたアベックや、そこらで遊んでいた悪戯小僧が、わっとばかりに海岸にあつまる。等々力警部と金田一耕助も自動車を乗りすてると、いそいで海岸へかけつけたが、そのときすでに、貸ボートが五、六艘、水にうかんだアド・バルンの周囲にむらがっていた。

「おうい、そのアド・バルンのさきにぶらさがっている脚を、だれかこっちへ持ってきてくれえ！」

警部のさけび声にボートの客のひとりが、つれの女と力をあわせて、アド・バルンの綱をたぐりよせていたが、やがてあの無気味な片脚が、なまなましい切口をみせて、ぽっかりボートのそばにうかんできたとき、

「キャーッ！」

と、鋭い悲鳴をあげて、つれの女はボートのなかで気をうしなった。

まぎれもなくそれは人間の脚……無残に切断されたなまなましい女の片脚だった。

奇数の脚

その夜の東京の騒ぎといったらなかった。

アド・バルンが墜落したのが午後三時すぎだったので、夕刊は最終版にしかまにあわなかったが、電波にのって各放送局から放送されたので、どこへいってもよるとさわると、一本脚の空中踊りの話でもちきりだった。

ことに浅草から浜離宮への経路にあたる住民たちの恐怖は深刻で、あの無気味な一本脚の踊りをみたひとびとは、おそらくその夜の夢におびえたことだろう。

警視庁ではもちろん、浅草のたから屋百貨店の屋上から、アド・バルンの綱をきってはなした人物を追究したが、これという手がかりもえられなかった。また、いっぽうアザミのマダム日下田鶴子のゆくえが、げんじゅうに捜索されたが、これまたその夜の七時げんざい、杳としてゆくえがわからない。

午後七時半。——新東京日報社の編集室では、刻々とはいる情報を耳にしながら、川瀬三吾がうかぬ顔して、やたらとたばこを吹かしている。

ほんとをいうとこんどの事件における川瀬三吾は特賞ものであった。新東京日報の記事はもっとも正確で、かつ詳細をきわめていた。かれは編集局長から讃辞をうけ、同僚からは幸運をうらやましがられた。

それにもかかわらず川瀬三吾は、いっこう心がうきたたず、デスクにむかったままぼんやりと、やたらにたばこを吹かしていたが、そこへ給仕がちかづいてきて、

「川瀬さん、御面会です」

「面会……？　だれ……？」

「杉野弓子さんというひと……」

「杉野弓子……？」

川瀬はどきっとしたように眼を視張ったが、すぐ灰皿にたばこの吸殻をつっこむと、あわてて編集室を出ていった。応接室へはいっていくと、弓子が坐りもせず、蒼い顔をして立っている。

「杉野君、どうしてこんなところへやってきたんだ！」

川瀬の声はかみつきそうである。

「川瀬さん、すみません。あたしおうちにいるの不安なもんですから、黒猫へきてみたんです。だれかに会えるかと思って……そしたら、今夜はだれも来ないって……」

「そんなこと当りまえじゃないか」

「そんなにおこらないで……」

と、弓子はいまにも泣き出しそうな顔色で、

「あたしそれで急に怖くなって、おうちへかえりたくなったんですけど、ひとりではなんだか心配で……あなたまだおいそがしくって？　おいそがしければいつまでもお待

ちします。そのかわりあたしを送っていって……」

「馬鹿だねえ、君は……」

と、いったもののベソをかくような弓子の顔を見ると、川瀬も急にいじらしくなって、

「ああ、いいよ、いいよ、送ってってあげよう。オーヴァ持ってくるから待っててくれたまえ。これからは少し考えて行動しなきゃ駄目だよ」

編集室へオーヴァをとりにかえると、卓上電話の受話器を耳にあてていた給仕が、

「ああ、お見えになりました。少々お待ちください。川瀬さん、お電話です」

「電話……？　どこから……？」

「さあ、名前をいわないんですが……」

川瀬が受話器を受取ると、電話のむこうから、ふといい、横柄な声がきこえてきた。

「ああ、おまえ川瀬三吾かい。ゆうべ武蔵境であの事件を発見した川瀬三吾だな。あっはっは、こっちはだれだっていいよ。それよりおまえにいいことをおしえてやろうと思ってな。おまえこれからすぐ浅草の東亜劇場へいってみろよ。面白いものが見られるぜ。素敵もない見世物だ。あっはっは、また特賞物だね。あっはっは、じゃ、さようなら！」

ガチャンと耳にひびく受話器をかける音をきいたまま、川瀬三吾は棒をのんだように立ちすくんでいる。あっはっはというどくどくしい笑い声が、まだ耳の底にのこっていて、なにかしら、ぞっとするような戦慄が肚の底からこみあげてくる。

川瀬はしずかに受話器をかけると、考えぶかい顔色で応接室へはいっていった。

「杉野君、すまないが君を送っていけなくなった」

「あら、どうして……？」

「ちょっとほかへまわらなければならなくなったんでね」

「あら、いやよ、いやよ、そんなこと……あたしひとりでかえるの怖い。……」

さむざむと総毛立った顔色で、ふるえながら立っている弓子を見ると、川瀬はまたいじらしさがこみあげてきた。ゆうべもこの女と冒険をともにしたのだ。こんやもまたひょっとすると……？　川瀬はぞくりと身ぶるいすると、

「お馬鹿さん、それじゃおれといっしょにくるかい」

「ええ、どこへでもいくわ。つれてって。……あたしひとりでおっぽり出しちゃいや。怖くてもう一歩もあるけないわ」

「じゃ、おれといっしょにおいでよ」

数寄屋橋際で自動車をひろうと、

「川瀬さん、どこへいくの？」

「弓子、そんなこと聞く権利はおまえにゃないよ。運転手君、浅草まで……」

川瀬のそっけない言葉に、弓子は悲しそうにだまりこんでしまったが、それから二十五分ののち、松竹座の角で自動車をおりたとき、弓子はそこにパークしている車をみて、なぜかどきっとしたように立ちすくんだ。

「おい、なにをぐずぐずしてるんだ」

「ええ、あの、すみません」

弓子はすぐに追いついたが、なぜか脚ががくがくふるえているようだった。

東亜劇場というのは名前こそりっぱだが、六区の横町にある二流のストリップ劇場である。川瀬がそこの切符売場で切符を買うのを見て、

「川瀬さん。……」

と、弓子は尻ごみする。

「いやなのかい？　いやならおよしよ」

と、川瀬がさっさとなかへはいっていくので、弓子もしかたなしにあとへつづいた。なかは八分のいりぐらいで、あちこちに席があいている。弓子は川瀬と肩をならべて、隅っこのほうに小さく坐ると、

「川瀬さん、どうしてこんなところへいらっしゃるの？」

「そんなこと、おれがしるもんか」

「まあ！」

「いいからだまって見ておいでよ」

ちょうど幕があいていて、舞台では全裸にちかい女が踊っていたが、弓子はそれを見る勇気もなく、肩をすぼめてうなだれている。なんだか涙が出そうな気持ちだ。

川瀬はムッツリと唇をむすんで、舞台から客席へと眼を光らせていたが、べつに変ったこともない。

だまされたのか、それともこれがなにかの罠なのか……？

川瀬はいらいらとした気持ちで、隣に坐っている弓子をいたわる余裕すらうしなっていた。

顔があかくなるような下卑た半畳のうちに、その一幕がおわると、少憩ののちに、またオーケストラの音がひびきはじめて、いったんおりたカーテンが、ふたたびしずかにあがりはじめる。

こんどはラインダンスのようなものらしく、カーテンがあがるにつれて、そのしたからずらりと一列にならんだ裸の脚が現れる。踊子は十人くらいらしく、裸の脚も二十本くらいならんでいるが、その脚線美を強調するためか、幕のあがりかたはきわめてのろい。

川瀬は興味のない顔色で、ぼんやりその脚をながめていたが、急に大きく眼を視張ると、はげしく肱で弓子を小突いた。

「弓子……あ、あの脚の数をかぞえてごらん」

川瀬のひくいしゃがれ声が、不自然なほどふるえているので、弓子もぎょくんと顔をあげたが、舞台にならんだ脚の数をかぞえているうちに、砕けるばかりに川瀬の膝を握りしめた。

ああ、そんなことがあってよいだろうか。舞台にならんだ脚の数は二十一本。弓子はなにか叫ぼうとした。しかし、その声はのどの奥に凍りついて外へ出ない。そのかわり、

客席の前方から、

「わっ、わっ、わあっ！」

と、さけんで二、三人立ちあがった。

半身ななめ下手にむかって、ずらりと舞台に脚をそろえている裸の踊子たちのいちばんさいごに、よけいな脚が一本、おそらく舞台うえの簀の子からつるされているのだろう、黒い幕を背景として立っているのだ。しかも、なにも気附かぬ踊子たちが、オーケストラの音にあわせて、ピンと脚をはねあげたとき、一本脚もフラリと爪先をはねあげたではないか。

ああ、悪夢のような一本脚の裸踊り！

観客もようやくそれに気がつくと、わっとばかりになだれをうって、満場総立ちとなったが、そのとたん、

「ヒーッ！」

と、さけんで踊子が五、六人、将棋倒しに舞台にたおれた。

こうして場内大混乱のうちに、一本脚はひょこり、ひょこりと、悪夢のような踊りをつづけ、これが悪魔のデモンストレーションとするならば、それこそ大成功というべきだったろう。

川瀬三吾と杉野弓子は、ぐっしょり汗ばんだ手を握りあったまま、気がくるったような眼つきで、この恐ろしい一本脚の踊りをみつめていたが、あとから思えば、この日起

った一本脚の示威運動こそ、その後持ちあがったかずかずの殺人事件に、大きな意味をもたらしているのであった。

あやつり芸人

この一本脚の裸踊りを眼のあたりみた、踊子たちや見物の話を綜合すると、それこそなんともいえぬ変てこな、歯ぎしりの出るほど恐ろしい見世物であったらしい。踊子たちがそれに気がついて、なかには卒倒したものもあり、卒倒しないものも、あまりの恐ろしさに、たがいに抱きあい、しがみつき、石のように固くなっているなかに、あの一本脚だけは平然として、あいかわらず、ひょこりひょこりと、悪魔の裸踊りをつづけているのである。

「ヒーッ!」

と、叫んでまた二、三人、舞台の踊子が卒倒した。

川瀬三吾や杉野弓子の席からでは、はっきりわからなかったけれど、この一本脚には三本の黒い紐がとおされていて、それによって舞台の天井からあやつられているのである。

一本の紐は股の附根に、もう一本は膝のところに、そして三本目は爪先に……。

踊子たちはこわごわそっと舞台のうえを仰いでみる。するとそこにだれかうずくまっているらしいのだけれど、暗いのでよくわからなかった。ただ、おぼろにうかぶその姿、形、恰好からして、猿のように小ちゃな人間だということがわかるのだ。

猿のように小ちゃな人間が、背中をまるくして舞台の天井から、あの気味のわるい一本脚の裸踊りをあやつっている。しかも、衆人環視のなかで……。そのじじつの奇怪さ、気味わるさに、また二、三人脳貧血をおこした。

だが、そのころになってやっと舞台裏でも、この奇怪な出来事に気がついたらしい。舞台の袖からとびだしてきた、幕内主任や作者たち、さらに道具方などが、

「だれだ！　そこにいるのは！」

「やめろ、やめろ、そのあやつりをやめろ！」

と、天井にむかってくちぐちに叫んだが、それを相手はもっとしっかりやれと励まされているとでも勘ちがいしたのか、ひょこり、ひょこりと一本脚の裸踊りは、いよいよ猛烈に踊りくるい、跳ねっかえる。

「わっ、こ、こいつは……」

さすが物に動ぜぬ荒くれ男の道具方も、あのむごたらしい切断面を見せた一本脚の裸踊りには、悲鳴をあげてうしろへたじろぐ。

「だれか、うえへいってあの男をひきずりおろして来い」

幕内主任の叫び声に、道具方が二、三人、バラバラと舞台裏へ走ったが、そのときになって、やっと夢からさめたようにわれにかえった川瀬三吾は、総立ちになった観客席

のなかをかきわけ、舞台のまえへはしりよると、パチリとこのうすきみわるい一本脚の裸踊りをカメラにおさめた。

やがて舞台の天井で道具方の怒鳴る声がきこえたかと思うと、あやつり師がつかまったのだろう、あの気味の悪い一本脚は、はじめてまがまがしい踊りをやめて、バッタリ舞台に横倒しになり、観客も踊り子たちもようやくほっと悪夢から解放された。

それにしても、おおぜいの観客をまえにして、平然と悪魔の踊りを踊りつづけていたほどの男だから、どのように兇暴な人物だろうと思いのほか、道具方に首根っ子をつかまれて、あらあらしく舞台へひきずりだされたのは、なんと六十の坂はとっくに越していると思われる、坊主頭の、猿のように小ちゃな、よぼよぼの爺さんだった。

「ど、どうなさるんで。みなさん、何をなさるんです。わたしゃここの主任さんに頼まれて、ダークの操りをやってただけのことなんで……」

「ダークの操り……」

幕内主任は憤然と眼をいからせて、

「おまえはこれを操り人形だと思っているのか」

「へえ」

と、老人は小首をかしげて、

「それじゃ、それ、人形じゃございませんので……」

「人形じゃないので……って、おまえこれが見えないのか」

「へえ、あっしゃこのとおり眼が見えねえもんですから」

あっと川瀬三吾は息をのんだ。そういえばその老人、両眼開いてはいるけれど、瞳に生気が欠けていて、身ぶり手ぶりに盲人とくゆうの癖があった。

幕内主任も道具方も作者たちと顔見合せて、

「しかし、めくらのおまえがどうしてあんな危っかしいところへ登っていったんだ」

「へえ、主任さんがつれてってくださいましたので」

「主任さんたあだれだ」

「へえ、ここの幕内主任さんで……。こんどのレビューのあいまに、ダークのあやつりをはさみたいからとおっしゃって、あっしをここまでつれてきて、舞台うえの天井まで抱いていってくださいましたので……」

幕内主任はまたほかの連中と顔見合せた。

「それで、その主任さんというのはどうしたんだ」

「へえ、あっしが操りをはじめると、すぐ下へおりておいでになりました。そのとき主任さんがおっしゃるのに、じぶんが迎えにくるまでは、けっして操りをやめてはならぬとおっしゃったもんですから。……」

「いったい、その主任さんというのはどういう男だ」

「さあ、それは……なにしろこのとおり眼が見えねえもんですから。……でも、あっしをかるがると抱きあげてくだすったところをみると、とても体のがっちりとした、まだ若いひとのようで……」

「それで、そういう爺さんはいったいだれだえ」

「へえ、あっしゃ昔、ダークの操りをしておりました三竹亭小楽というもんで……」

三竹亭小楽。……その名は川瀬三吾も幼少のころ聞いたことがある。ああ、それではこの老人は、かつて操りの名人とまでいわれた芸人の成れの果てだったのか。

むろん、盲目の小楽がこんどの犯罪に、関係があろうなどとは思えなかった。狡猾《こうかつ》な犯人、あるいは共犯者は、たくみに小楽をあざむいて、世にも奇抜な、それこそ一世一代の操りを演じさせて、その夜の観客のどぎもを抜いたのである。

デザイン盗み

このところ警視庁は黒星つづきである。

滝田加代子殺しの目星もつかぬうちに、またもや矢つぎばやに持ちあがった有馬和子殺しの、第一の事件に輪に輪をかけたような残虐さ。

それだけでも警視庁にとっては面目問題だのに、犯人はなおそれだけではあきたらず、片脚をアド・バルンにつけて飛ばしてみたり、またもう一本の片脚で、悪魔の裸踊りを踊らせたり。……まるで、警視庁を愚弄するかのような傍若無人さ。

東亜劇場であの一本脚の裸踊りがあった翌日、等々力警部は第五調べ室で、すっかりにがりきっていた。刑事の出入りもあわただしく、あとからあとから電話がかかってくるが、これといって取りとめた報告はひとつもない。

たから屋百貨店の屋上から、アド・バルンのひかえ綱をきってはなした男もわからないし、東亜劇場の幕内主任と名のって、あやつり芸人、三竹亭小楽をあざむいた男の消息も、かいもく雲をつかむような状態である。

だいいち、このふたつの事件の演出者が、同一人なのか別人なのか、それさえいまのところ不明なのである。

川瀬三吾と杉野弓子の話によると、武蔵境で出会ったのはふたりづれの男で、そのふたりがひとつずつ、人間の脚とおもわれるような荷物をもっていたというのだから、ひょっとするとそのふたりが、それぞれ趣向をきそいあったあげく、ああいう奇抜な方法で、じぶんの受持ったお荷物のしまつをつけたのかもしれぬ。だが、そうだとすると、そろいもそろって、世にも人を喰った悪党たちといわねばならない。

等々力警部はうずたかく机上につまれたけさの新聞を眼にしては、にがりきった溜息をつく。どの新聞もどの新聞も、きのうのアド・バルン事件と、東亜劇場の一本脚の踊り事件を、大デカデカと書立てているのがいまいましい。だが、そのなかでも等々力警部がとくにいまいましく感じるのは、新東京日報である。そこにはあの気味悪い一本脚の踊りの現場が、写真となってこれみよがしに掲載されているのだ。

「川瀬三吾のやつ……川瀬三吾のやつ……一昨夜といい昨夜といい、あいつはどうしていつも現場にいるのか」

警部はけさから新東京日報社へ再三再四電話をかけてみた。しかし、何度かけても川瀬さんはいまお留守ですという返事で、いっこう埒があかないのである。

「畜生ッ、畜生ッ、あいつ逃げているんじゃないか」

等々力警部がいまいましそうに呟いたとき、袴の裾に風をはらませ、ふらりと入ってきたのは金田一耕助。

「ああ、警部さん。新東京日報の川瀬君はまだ来ませんか」

「な、なんですって？　川瀬君がここへくることになってるんですか」

「はあ、さっきぼくんとこへ電話をかけてきましてね。警部さんとおふたりに聞いてもらいたいことがあるから、警視庁の第五調べ室へ来ていてほしいといってきたんです」

「それは……それは……」

と、等々力警部はいっぺんに、いまいましさが解消したような顔色である。

「だけど、話というのはいったいなんのことでしょうな」

「さあ、電話のことだからぼくも詳しいことは聞かなかったんですが、これはじぶんの手柄じゃない。杉野君の手柄ですといってましたから、杉野弓子というモデルが、なにか嗅ぎつけたのかもしれません」

「いや、だれが嗅ぎつけてくれたにしろ、なんでも聞かせてもらやあいい。こっちは情報皆無なんでね。金田一さん、まあ、お掛けなさい」

「はあ。じゃ、ぼくもここで待たせてもらいましょう」

金田一耕助が腰をおろしたとき、卓上電話のベルが鳴りだしたので、等々力警部は受話器をとって、ふたこと三こと話していたが、

「ほほう……」

と、うれしそうに眼をかがやかせて、

「ああ、そう、それじゃこちらへ通してくれ」

ガチャンと受話器をかけると、いかにもうれしそうに、金田一耕助のほうへむきなおった。

「金田一さん、幸運はかならず友をつれてくるというが本当ですな。アザミ服飾店のマダム日下田鶴子が、むこうからやってきてくれたそうですよ」

「あっ、それは、それは……」

問題のひと日下田鶴子の出頭ときいて、第五調べ室はさっと緊張する。いあわせた刑事のひとりは、さっそく書類作成の用意にとりかかる。

日下田鶴子というのは、五十の坂を少し越した年輩で、頭はもう白髪のほうが多い絣になっているが、がっちりとした顔も体も色艶がよく、ちょっと女学校の寄宿舎の舎監といったタイプである。

日下女史は部屋へ入ってくると、ドアを背にして立ったまま、およそ愛嬌のない眼付きで、ジロジロあたりを見まわしながら、

「あらかじめお断り申しておきますけれどね、あたしがきょうこうして、ここへやってきたからって、あのいやらしい事件について、なにか聞きだせるだろうと期待してもらっちゃ困りますよ。あたしはあんな事件に爪の垢ほども関係はないんですからね。ただ、むやみにあなたがたに出入りをされると、お店の信用にかかわりますから、じぶんのほうから出向いてきたんです」

おそろしく高飛車な切口上である。

「いや、いや、お言葉ごもっともです。それでもよくきてくださいましたね。さあ、どうぞそこへお掛けください」

警部が腰をうかして椅子をすすめると、日下田鶴子はムンズと唇をむすんだまま、つかつかとそこへきて、ギーッと椅子をならして大きなお尻をおろした。金田一耕助はすこしじぶんの椅子をうしろへずらせて、興味ふかいまなざしで、有名だが、しかし、いくらか時代おくれといわれるこの女流デザイナーを観察している。

「さっそくですが、マダム、あなたも御多忙なお体ですから、さっそく用件を切りださせていただきますが、あなたはもしや武蔵境に住んでいる町の昆虫学者、江藤俊作という人物を御存じじゃありませんか」

日下女史はピクリと眉をうごかしたが、すぐ、

「存じません」

と、キッパリいい、そのあとへ、

「どうしてあたしがそのひとを、知ってるだろうとお考えになったのか存じませんけれど……」

と、附加えた。

等々力警部はまじまじとその顔色を読みながら、

「いや、それはこういうわけなんですが。……いやいや、口で御説明申上げるより、ひとつ現物を見ていただきましょう。山口君、あれを……」

「はあ」

と、山口刑事が警部のデスクへきて、ボストン・バッグのなかから取り出したのは、武蔵境の昆虫館のおくにある、あの開かずの間から押収してきたパーティー・ドレス。ウールジャージとベルベッティン、それにグログランをあしらった豪華なドレスに眼をやったとき、日下女史の顔色がいっしゅんこわばったのを、警部も金田一耕助も見のがさなかった。

田鶴子はたしかにこのドレスに、なにか思いあたるところがあるにちがいない。

弓子のお手柄

「マダムはなにかこのドレスに、思いあたるところがおありですか」

日下女史はちょっと息をうちへ吸うようにしたが、すぐ鹿爪らしく眉をひそめて、

と、しさいらしくドレスを改めていたが、やがて警部のほうへむきなおって、

「このドレス、たしかに思いあたるところがございます」

「どういう意味で……？」

「これはあたしのデザインを盗んだのです」

と、おもおもしくいってから、日下女史はいかにも情なさそうに肩をすくめて、

「あなたがたは御存じかどうかしりませんが、服飾界という世界も、ゆだんもすきもないところで、デザイン盗みがはやって困るんでございますよ。ひとの考案したデザインをぬすんで、それをわがものがおに売出す。そんなことしか出来ないひとで、それで結構、一流のデザイナーでございっていばっているひともあるんですから、なんという情ないことでしょうねえ。このパーティー・ドレスなどもあたしがこのあいだの新東京日報社のファッション・ショーに出品して、授賞された作品なんでございますが、さっそくだれかがデザインを盗んだとみえますわね。いったい、これどこから……？」

「江藤俊作の昆虫館にあったんですよ」

「まあ！」

と、日下女史は眉をつりあげたが、なんとなくわざとらしかった。

「ちかごろ新聞でさわがれているひとですわね、狼のような歯をしているとか……それではそのひとデザイナーですの」

「いや、それはまだよくわからんのですが、ミシンなどを備えつけてるところをみると、洋裁ができることだけはたしかなようですね」

「いかにミシンがふめても、デザインというものはべつですからね。それはもう持ってうまれたセンスというよりほかはございませんね。もちろん勉強もだいじですけれど。……世間ではよく単なる洋裁工とデザイナーを混同するので困るんでございますよ。もっともなかには洋裁工なみのセンスしかないひとで、デザイナーで通っているひともあるようですけれど、そういうひとが、さっきも申上げたとおり、ひとのデザインを盗むんですよ」

「デザイン盗みというのは、そんなにはげしいものなんですか。われわれはこの方面のこと、いっこう不案内なんですが……」

金田一耕助が言葉をはさむと、日下女史はジロリとそのほうへ、不遜な一瞥をくれ、

「ええ、ええ、それはもう。……あたしどももそれで、どれだけ被害をこうむっているか、しれたものじゃありません。ですから作品がすっかり完成して発表するまでは、できるだけひとにみせないことにしてるんですが、それでもしょっちゅう盗まれることがあるんでございますよ。なかにはデザイン盗みを専門にして、それで一流のデザイナーで通っているひともあるくらいですから、世のなかってずいぶんインチキなものでございますわね」

さすがにそれをだれだと名はささなかったが、日下女史はだれかとくべつの人物を意

味していらしく、その口吻《くちぶり》には毒があった。

金田一耕助と等々力警部は、びっくりしたような眼を見かわした。日下女史の意味しているのは浅茅文代ではあるまいか。

「なるほど、なるほど、それは物騒な世界ですな。ところで、マダム、話をもとにもどして、江藤俊作なる人物ですがね。その男はファッション・ショー・マニアとでもいうんですか、大きなファッション・ショーとなると、かならず姿をみせてたそうです。写真が手に入らないので、新聞に発表することもできないんですが、雪のような白髪に、銀ぶちの黒眼鏡をかけた、身だしなみのいい老紳士だというんですが、マダムはそういう男に……?」

「あらまあ!」

と、田鶴子はびっくりしたように眼を視張ったが、それもたぶんにわざとらしかった。

「御記憶ですか」

「はあ、それは憶えております。ファッション・ショーの御常連としては風変りなひとですから。……でも、ただそれだけのことですよ」

と、念をおしておいてから、

「ねえ、警部さん、念のために申上げておきますが、あたしのデザインとおなじデザインのお衣裳があったからって、いちいち関係があるんじゃないかなどと疑われては、ほんとに迷惑するんでございますよ。一流のデザイナーというものはつねにデザインを模倣され、盗まれてるってこと。……このことをよく御承知おきください」

　まるで先生が頭脳《あたま》のわるい生徒におしえこむような、ねちねちとした調子でそれだけいうと、日下女史はもったいぶった様子で立ちあがったが、そのときだった。川瀬三吾が弓子をつれて、断りもなしにとびこんできたのは……。

　ところが、川瀬の顔をみたとたん、場所がらもなんのその、日下女史の態度が俄然一変したのには、金田一耕助もおどろいた。

「あらまあ、川瀬さん」

　と、ひとめがなかったら縋りつかんばかりの風情で、

「ひどいわ、ひどいわ、川瀬さん、あんなにたびたびお電話するのに、どうして顔をみせてくださらないの。ブーケばかりが服飾店ではなくってよ。東京にはアザミってお店もあることを、お忘れになっちゃいやあよ。ね、ほんと。今夜おひま？　いいえ、忙がしいなんておっしゃっても駄目よ。ね、いいでしょ。ぜひ今夜つきあってえ……」

　恥も外聞もあらばこそ、くねくね体をくねらせながら、立板に水のようにしゃべりまくる日下女史の全身からは、浅ましいほど色気が発散して、まるで人がちがったようである。

　呆れかえった警部や刑事の視線に、川瀬はすっかり照れて、

「まあ、まあ、マダム。またいつか……」

「いやよ、いやよ、またいつかだなんて。いいわ、あたし表で待ってるわ。きょうはど

うしても逃がさないんだから。おっほっほ」

と、日下女史はまるで色気ちがいみたいな笑いかたをしたが、川瀬のうしろにいる弓子に気がつくと、

「あら、杉野さんもいっしょだったの」

と、急に険悪な眼つきになって、

「杉野さん、徹はどうしてて。あの子も馬鹿だよ。うちでおとなしくしてりゃあいいのに、あんなひとのところへいったりして、いまに後悔するんだから。デザインなんてものはね、器量や顔立ちで出来るもんじゃないってこと、あの子によくいっておいてちょうだい」

それから全身の媚びをもって川瀬に眼で挨拶をすると、ふたたび威厳をとりもどし、威風堂々と部屋から出ていった。

「あっはっは、川瀬君、君はなかなか色男なんだね」

「川瀬君、川瀬君、据膳くわぬは男の恥っていうぜ。今夜つきあってやれよ」

警部や刑事にひやかされ、川瀬はすっかり照れながら、

「いやあ、あれはそんなんじゃないんです。ぼくに記事を書かせようというんでさあ。じぶんの店のね。だけど、そんなことはどうでもいい、弓子の話を聞いてやってください。弓子、大手柄でさあ」

「ああ、そう、杉野さん、聞かせてください。どういう話なの」

「はあ、あの……」

と、弓子はいくらかあがりぎみで、もじもじしながら、

「それは、あの、こうなんですの。ゆうべあたし川瀬さんといっしょに、浅草の東亜劇場へいったんです。いえ、あの、あたし、そんなところいきたいわけではなかったんですけれど、川瀬さんとわかれて、ひとりでおうちへかえるの、怖いもんですから。……それで、浅草へいっしょにいったんですけれど、松竹座の角で自動車をおりると、そこに一台の自動車がとまってたんです。ところが、その自動車の運転手というのが……？」

「ふむふむ、自動車の運転手というのが……？」

「一昨日の晩、武蔵境の昆虫館のそばに待っていた自動車の運転手と、おなじひとのような気がしたもんですから、それで……」

「それで……？」

と、警部はさっと緊張する。

「念のために車体番号をおぼえておいたんです。ひょっとすると、他人の空似だったかもしれませんけれど、そのあとで東亜劇場であんなことが起ったもんですから、やはりおなじひとじゃないかと、それで川瀬さんにそのことを申上げたんですけれど……」

「それで、番号、おぼえてるんですね」

警部の呼吸がおもわず弾んだ。

「はあ、ここにひかえておきましたけれど……」

ここにはじめて事件のいったんをつかんだ第五調べ室は、俄然、色めき立ってきた。

ところがその夜、四谷左門町の浅茅文代のアトリエで、またちょっと妙なことがおこって、そのほうからも調査の糸がほぐれていくことになったのである。

狼男の恐怖

「でも、よかったわねえ。徹さん、あたし、有馬和子さんのことがしれると、先生、またいっそうお悪くおなりじゃないかと思ってたんですけれど、あべこべにお元気におなりになって。……」

「先生もきっと精神的にふんぎりをおつけになったのね。こんなことをしてちゃ、結局、ずるずると負けてしまうってことに気がおつきになったのよ、きっと、あのかた、見かけはきゃしゃだけど、内心はとてもファイトがおありなんですからね」

「そうよ、そうよ、先生にファイトもやしていただかなきゃあ……先生が弱っていらっしゃると、このアトリエ、火が消えたようなもんですものね」

内弟子兼女中の朝子はミシンをふむ足をやめて、さびしそうにアトリエのなかを見まわす。まだ九時だというのに、みんなそうそうにひきあげて、いまアトリエにのこっているのは、内弟子の朝子のほかに、変性男子の徹だけ。

以前は十二時がきても一時がきても、ミシンの音が鳴りやまず、御近所にたいしても気がひけるくらいだったのに、九時といえばまだ宵の口、それだのにアトリエの灯はあらかた消えて、たったふたり取りのこされた淋しさ。

「はやくもとみたいになればいいわねえ。徹さん」

「すぐよ。先生のことですもの。その気になればすぐ盛りかえさせるわよ」

徹は裁ち台にむかって型紙づくりによねんがない。朝子はまたミシンをガラガラふみながら、

「徹さん、先生、暮のファッション・ショー、どうなさるおつもりなの。おやりになるとすれば、もうそろそろ準備なさらなきゃいけないんじゃなくって」

「先生、もちろんおやりになるつもりよ。きょう、松崎さんにいってらしたわ。寝込んだりしてすまなかった。これからまた大いにやりましょうって」

「うれしいわ。先生がお元気を出してくだすって。……でも、憎らしいわねえ」

「なにが？」

「ううん、狼男のことよ。先生になんの怨みがあってあんなひどいことを……」

「だめよ、朝子さん、そんなこといっちゃ……思い出すじゃないの」

徹がふうっと顔をあげて、アトリエのなかを見まわしたとき、どこかでガタと音がした。

「あれえっ！」

と、徹がギクッととびあがるのを、朝子がわらって、

「大丈夫よ、徹さん、鼠よ。ちかごろ鼠がふえて困っちゃうわ。徹さんは男のくせに臆病ね」

「だって、このあいだ滝田加代子さんの死体を見たんですもの。……あんなもの見なきゃよかったわ。そうそう、朝子さんはあの晩、ここにいなかったんですってね」

「ええ、あたしひと晩おひまをいただいて、おうちへかえっていたんです。おかげで厄のがれしたわ」

「ほんとうよ。だから、そんなのんきらしいことといってられるのよ。あんなもの見たがさいご……あら、もう仕上って？」

「ええ、やっと。……」

と、朝子はミシンから派手なブラウスを抜きとると、

「どう？」

と、じぶんの胸にあててみる。

「あら、上出来じゃないの。むこうのマヌカンに着せておきなさいよ」

「ええ」

アトリエの電燈の消えたほうの薄暗がりに、マヌカンがにょきにょきとふたつ三つ立っている。慣れないものがみると気味わるいのだが、朝子はなれているから平気である。薄暗がりのなかで、マヌカンのひとつにブラウスを着せようとして、朝子はとつぜん、

「キャーッ！」

と、さけんだ。マヌカンが手袋をはめた手で、だしぬけに朝子の首をしめようとしたのである。

「朝子さん！　ど、どうかして……？」

徹もはんぶん逃げ腰になりながら、それでもすばやくうしろに手をのばしてスウィッチをひねったが、そのとたん、これまたキャーッとさけんでうしろへとびのいた。

そこに狼男が立っていたのだ。西洋の神父さまのかぶるような山のひくい、灰色のつばびろ帽をまぶかにかぶって、気味のわるい二重眼鏡、灰色の外套の襟をふかぶかと立て、これまた灰色のマフラで、鼻のうえまでかくしている。

朝子はその狼男を暗がりで、マヌカンとまちがえて、ブラウスを着せようとしたのである。

狼男は朝子の咽喉をつかんでいた手をはなすと、いやというほど突きとばした。恐怖のために骨をぬかれたようにぐんにゃりしていた朝子は、裁ち台のはしに背骨をうたれて、そのまま、ずるずる床のうえに尻餅をついた。

狼男はその朝子の顔のうえにのしかかると、片手でマフラを少しつまみあげ、かっと大きく口をひらいてみせた。

「ヒーッ！」

朝子は咽喉のおくで破れた笛のような悲鳴をあげ、左腕で眼をおおう。それほど狼男のギザギザとがった歯はおそろしかったのだ。

徹も恐怖のために化石したような顔色をしていたが、朝子の悲鳴を聞いたとたん、急に勇気をとりもどしたのか、裁ち台のうえにあった大きな裁ち鋏をひっつかむと、

「畜生ッ！」

と、叫んで、歯ぎしりしながら、狼男のほうへ突進する。だが、狼男が体をひらいて、どんと肩をつくと、徹はた、た、た、たとよろめいて、裁ち鋏を持ったまま、マヌカンのひとつに抱きついて、人形と抱きあったまま、物凄い音を立てて床に倒れた。

「ヒーッ！」

朝子はふたたびこわれた笛のような悲鳴をあげたが、しかし、狼男はもうふたりをかえりみようとしなかった。身をひるがえしてアトリエからとび出すと、そのまま母屋のほうへ走っていく。

徹は木っ葉微塵にくだけたマヌカンの破片のあいだから起きなおると、

「朝子さん、朝子さん、狼男は……？」

「あっちよ、あっちよ、母屋のほうよ」

「ああ、でも、先生は大丈夫ね。ちかごろお部屋に鍵をおかけになるから。警察へ電話を……」

「駄目よ、駄目よ。先生はいまお風呂よ」

そのとき、

「キャーッ！」

と、いう悲鳴が聞えて、ガチャンとガラスのこわれる音がした。

「あっ、先生の声よ。朝子さん、いっしょに来てえ。先生のおからだに間違いがあったらどうするの」

徹はまだ裁ち鋏をひっつかんでいる。ふたりが浴室のまえまでくると、開けひろげた脱衣場のおくに、浴室のドアのガラスが大きくこわれて、そのなかに、白いタイルの浴槽につかった浅茅文代が、双の乳房をしっかとおさえ、真っ白な顔をしてふるえている。

「あっ、徹さん、いま変な男がそこからのぞいたので、あたしが洗面器を投げつけたら……あらあ！」

浅茅文代がだしぬけに頰を染めたので、徹と朝子がびっくりしてうしろをふりかえると、いつのまに、どこから入ってきたのか、パトロンの長岡秀二氏が立っていた。

「どうしてたんだね、文代、いまの物音はなにごとなの。徹はまた裁ち鋏なんかひっつかんで、いったい何事が起ったというのかね」

秀二氏はいかにも不思議そうな顔色だ。

無国籍者

「まあ。そういうわけでこのうちへまで、狼男がおしかけてくるようじゃ、わたしも不安ですし、それにいつまでも警察のかたに御迷惑をかけちゃいけないって、いまさんざん言ってきかせたらこれもやっと打ちあけてくれる気になったようなので、またもや御意のかわらぬうちにと、夜中ながら皆さんに御足労をねがったようなわけで……なにかよほどいいにくいことがあるようだが、ひとつ、まあ、聞いてやってください」

四谷左門町、浅茅文代たくの応接室である。あれからすぐに長岡秀二氏が警視庁へ電話をかけると、うまいぐあいに等々力警部が在庁していて、さっそく駆けつけてきたわけだが、金田一耕助もきょういちにち、警部と行動をともにしていたので、この席へつらなることが出来たわけである。

「いや、有難うございます。奥さん、よく御決心くださいました。絶対に秘密をもらすようなことはございませんから、その点はどうぞ御安心下さい」

「はあ、有難うございます」

文代の声は消えもいりそうである。うちつづく惨劇のショックで、文代はたしかに憔悴しているが、しかし、このあいだ夢中遊行の発作をおこしたころからみると、たしかに血色もよくなっている。なにかしら、容易ならぬ精神的試練をへて、やっとそこから抜けだしたというような、落着きと安定感が、彼女のうつくしさをいっそう微妙に、複雑に、味の濃いものに染めあげたという感じである。

「妙なことを申上げるようですが、あなたがたはフランスに、狼憑きという伝説があるのを御存じでございましょうか」

文代ははじらいの色をうかべながら、妙なことをいい出した。

「はあ、そういう話はなにかで読んだような気がいたしますが、詳しいことは存じません。それ、どういうんですか」

　等々力警部がうさん臭そうな顔で訊ねる。金田一耕助ももじゃもじゃ頭をかきまわしながら、興味ふかい眼で、世にもうつくしいこの麗人の横顔を視つめていた。

「あたしも詳しいことは存じませんが、狼憑きにもいろいろあるようでございます。日本の犬神や蛇神のように、そういう筋のものがあるともいいますし、また、狼とまじったがためにそうなるとも申しますし、一説には狼にかまれただけで狼憑きになるともいいます。とにかく狼憑きになると、むやみに気があらくなって、人間の肉や血を求める。そして、歯などもだんだん、狼みたいにとがってくるというんですが……あたしはその狼憑きに呪われているものでございます」

「はあ、はあ、それはまたどういうわけで……」

「それはこういうわけでございますの」

　と、文代はちらと眼をあげて、秀二氏の横顔をうかがうと、白い頰をほんのり染めて、

「あたし、一九五一年から五三年までパリで勉強していたのでございますが、そのあいだに伊吹徹三というひとと心易くなりまして……あの、しばらく同棲していたことがございますの」

「はあ、はあ、なるほど、それで……」

　文代の声がともすれば消えいりそうになるので、等々力警部がそばから絶えずはげま

してやらねばならぬ。

「ところが、そのひと、伊吹徹三というのが本名かどうかわからないという、たいへんいかがわしいひとだということが、のちにわかってまいりまして、……そのひと自身の口からも聞いたんですけれど、そのひとほんとのボヘミアンで、国籍もないんでございますね」

「国籍がないというと、日本人じゃないんですか」

「いえ、うまれたときは日本人だったんですが、なにか日本にいられないような事情があって……きっと悪事でも働いたんでしょうねえ、日本を脱出して、なんでも戸籍のうえでは死亡してることになってるそうでございます。それを、あたし、そういうひととはしらないで、同棲するような羽目になってしまって……」

「失礼ですが、そのじぶん、その男は何を職業にしていたんですか」

と、金田一耕助が訊ねた。

「画家だと申しておりました。しかし、ちっとも絵をかかないえかきさんで……それでいて、わりとお金に不自由しないひとでした。まあ、いってみれば一種の冒険家というんでしょうか。いかがわしい、不正なことでもしていたんでしょう。あたしがその男と同棲をはじめたのは、一九五二年の春からでございましたが、はじめのうちはとてもいいひとだと思っておりました。やさしくて、思いやりがあって、世間をしってるだけあって、かゆいところへ手がとどくように、よく面倒を見てくれるのでございます。ところが、そのうちにだんだん地金をあらわしてまいりまして……」

「地金をあらわしてきたというのは……？」

「はあ、あの、それが……」

と、文代は耳たぶまで真紅に染めて、

「愛情の表現がひじょうに乱暴になりまして……やたらと咬むんでございます、それもあの、犬やなんかが戯れに咬む……あんなんじゃなくて、いえ、あの、はじめはそんなんだったんですが、のちにはほんとに咬みつくんでございますの。いつでしたか、たしか夏のことでございましたが、ふたりでノルマンディーのほうへ旅行しましたところが、道に迷って、名前もしらぬ村に泊ったんですが、その晩の恐ろしかったこと」

浅茅文代はじっとりと汗ばんだ顔をあげると、ものに憑かれたような眼の色をして、

「真夜中にそのひとが、とうとう狼になって、あたしのここに……」

と、文代は左の乳房をおさえて、

「いきなりがぶりと咬みついたのでございます」

文代の話はしだいに怪奇さを加えていく。

狼になった男

「ほんとうに、いま思い出してもゾッとします」

と、文代はさむざむと肩をすくめて、

「その村のちかくには、大きな森がございまして、そこにたくさん狼が棲んでいるとやらで、したがって狼つきの伝説もいろいろたくさんございますようで。……その晩も、寝室へさがりますまえ、階下《した》の酒場で村のひとたちから、いろいろ気味のわるい話をきかされました。あたしそんな気味のわるい話、聞きたくもないのでございますが、なにしろ、古めかしい、さびれた田舎の宿のことですから、気味がわるくてとてもひとりで寝室へはまいれません。伊吹はそれをしりながら、面白がってわざと気味のわるい話を聞くんでございます。あたしが怖がれば怖がるほど、いっそう興にのって、話してに催促するのでございます。伊吹にはふだんからそういうところがございました。ひとを……、あたしを怖がらせたり、怯えさせてよろこぶというふうが……」

「つまり、サジスト的傾向があったというんですね」

さっきから半信半疑のおももちで、文代の話をきいていた金田一耕助が、そのとき、はじめて口をひらいた。

「はあ、そういっていえないことはございませんでしょう。と、いってべつに底意地がわるいというのではなく、つまりあたしが気が小さくて、よくものに怯えたり、怖がったりしがちなものですから、ついからかいたくなるのでございましょうが。……」

金田一耕助はうなずいた。なるほど、美しいことは美しいけれど、どこか頼りなげで、悩ましそうで、いってみればこわれ易いガラス細工のように繊細なかんじのするこの女を、苛めてみたいという慾望をもつ男は、そうとうあるだろうと金田一耕助は想像した。浅茅文代というのは、そういう感じの女なのである。

「それで……いまの話のつづきですが……」

等々力警部も文代の話を信用しているのかいないのか、疑惑にみちた眼の色で、文代の顔を視まもりながら、それでもあとをうながした。

「はあ、それで……」

と、文代は悩ましそうな流しめで、秀二氏の横顔を視ると、

「話して……その宿の主人や近所の百姓でしたが、そのひとたちもあたしがあまり怖がるものですから、よけい図にのって……もっともあたしにはその地方の方言はわからないんですけれど、伊吹がいちいち通訳するんでございます。なかにはずいぶんいかがわしい話や、淫らがましい話もございましたが、そのなかで、あたしをいちばん怯えさせたのは、満月の晩に狼にかまれると、狼つきになるという話でございました。と、いうのはその旅行中、満月の晩に伊吹が狼にかまれたことがございますものですから。……」

金田一耕助は等々力警部と、ちらと眼を見かわした。長岡秀二氏はむっつりとして、煙草の煙を輪にふいている。

いったい、この女、正気なのだろうか。正気でこんな話をするのだろうか。

金田一耕助はあいての智能のほどを疑いたくなったが、しかし、かりにも一流のデザイナーと謳われている女である。この子供じみた話のなかになにかあるにちがいない。

「あなた、伊吹さんが、狼にかまれるところを見たんですか」

等々力警部がきびしい声で訊ねる。

「はあ、見ました。あたしがピストルでその狼をうち殺したのですから。……そのことは、当時その地方の新聞にのりましたから、あとでそのスクラップをお眼にかけましょう、そこにはあたしと伊吹の写真ものっておりますから。……」

金田一耕助はまた等々力警部と顔を見合せる。そうすると、文代の話にはある程度の根拠と真実性があるらしい。

「それで……？」

「はあ。……さいわい、伊吹の傷はたいしたことはございませんでしたが、その晩、ちょっと妙でした。真夜中に狼の遠吠えみたいな唸り声を出したりして。……でも、そのときは狼つきの話なんか存じませんものですから、べつに気にもとめませず、傷がいたむんだろうくらいに考えていたのでございますが、その晩、狼つきの話を聞かされた晩は怖うございました」

「奥さんにかみついたというんですね」

等々力警部はあいかわらず半信半疑の顔色である。

「はあ」

と、文代は秀二氏のほうへ気をかねながら、

「なにしろ、その晩、伊吹は宿の主人や百姓に酒をふるまい、じぶんもずいぶん飲んだ

ものですから、寝室へさがったときには、すっかり酔っ払っておりまして、ベッドへもぐりこむのがやっとという状態でした。ところが真夜中ごろ妙なけはいに眼をさましますと、そばに伊吹がみえません。それでも、トイレへいったのだろうくらいに考えて、べつに気にもとめず、とろとろと眠ろうとしますと、部屋のなかで妙なうなり声と、がさごそとそこらを這いまわるような音がいたします。びっくりしてベッドのうえへ起きなおると……」

文代は言葉をきって身ぶるいをすると、いまにも放心しそうな眼つきになる。

「ベッドのうえへ起きなおると……？」

と、等々力警部はつりこまれたように、体を乗りだして文代を視る。

「はあ、伊吹がパジャマすがたのまま、狼のように四つん這いになって、はっはっと息を吐きながら、そこらじゅうを這いまわって……」

「明かりがついていたんですか」

「いいえ、明かりは消してございましたが、月がよろしゅうございましたし、それに窓を少しあけてあったものですから……？」

「それで……？」

「それで、あたしゾーッとしながらも、あなた、なにをしてるんですと声をかけますと、いきなりかっと口をひらいて、あたしにおどりかかってまいりますと、左のここにかみついて……」

と、文代はいまもその古傷がいたむように、左の乳房をおさえながら、

「ああ、そのときの恐ろしかったことといったら……てっきり狼がついたのか、それとも気でも狂ったのか、髪はバサバサになり、眼はつりあがり、かっと開いた口が狼のように、耳まで裂けたかと思われるばかり。……あたしはあまりの恐ろしさと、傷のいたみにとうとう気をうしなってしまって。……」

文代の顔からはすっかり血の気がひいて蠟のような頰がさむざむとけばだっていた。

密入国者

重っくるしい沈黙が、しばらく四人をおしつぶす。

応接室の窓の外を、二、三人なにかささやきかわしながら通りすぎた。四谷署から駆けつけてきた刑事が、狼男の足跡をしらべているのだろう。

しばらくして、金田一耕助がギゴチない空咳をして、

「失礼ですが、そのときの傷跡が……」

「はあ、あの……残っております。パパはよく御存じですけれど……」

文代の声は消えいりそうである。等々力警部が物問いたげな視線をむけると、長岡秀二は顔をしかめてうなずいた。

「あなたはその傷の由来を……？」

「いいや、知りませんでした。文代がきまりわるがっていわないものだから。……でも、パリで伊吹という愛人と同棲していたということは、おなじころパリにいたひとたちから聞いて知っていました」

「それはどういうひと……？」

長岡秀二氏がたちどころに二、三の名前をあげるのを、等々力警部は手帳にひかえる。それらはいずれも有名な芸術家や実業家なので、金田一耕助もしっていた。そうすると、文代の話はますます真実性が強くなるわけだ。

「なるほど、それでさっきの話のつづきを……」

等々力警部にうながされて、文代は蠟のような頰をこわばらせながら、

「さっき、気をうしなったところまで申上げましたわね。それからこんど気がつきますと、もう夜が明けかけておりましたが、そばに伊吹がよい気持ちそうに眠っております。それであたし、さっきお話しした出来事を、夢ではなかったかと思ったのですが、そのとき、左の乳房がズキンズキンといたみ出しましたので、あたしははっととび起きました。そして、伊吹の寝顔をのぞいてみますと、唇にほんのり血がついております。あたし、もう怖くて、怖くて……」

と、文代はまた瞳をうわずらせて、

「それで、そっとベッドをぬけだすと、大急ぎで身支度をして、伊吹をそこにおきざりにしたまま、パリへ逃げかえったのでございます」

「それきり、その男と別れたのですか」

「いいえ、それがそうはまいりません。パリへかえるとここが痛むものですから、あたし病院へ入りました。そしたら……」

「ちょっと……その病院の名は……？」

文代はたちどころに病院の名をあげた。等々力警部はそれを手帳にひかえると、

「いま日本にいるひとで、あなたがそこへ入院していたことをしってるひとがありますか」

「はあ、さっきパパが申上げたひとたちが……」

「ああ、そう、それではさきをどうぞ……」

「あたしがそこに入院しておりますと、伊吹がたずねてまいりまして。……外国ではとても逃げかくれすることは出来ませんから。……あたしはもうそのひとの顔を見るのも怖うございましたが、伊吹のほうではなぜじぶんをおいてけぼりにして逃げだしたのだとか、どこが悪くて入院しているんだとか、不思議そうに訊ねるのでございましょう。その顔色からみると、あたしに咬みついたことなど、ちっともおぼえていないらしいんでございます。あたしもいっそう気味が悪くなって……」

「あなたはそのことを伊吹というひとに話しましたか」

「いいえ、気味が悪くてとてもそんな勇気はございませんでした」

「それで……？」

「それで、別れてくれるようにとさんざん頼んだのでございますけれど、あいてはただ不思議そうな顔をしているだけで、ぜったいに別れようとは申しません。そのうちに傷がなおって退院しますと、また同棲することになりまして。……さっきもいったとおり、外国では逃げかくれすることができませんから、……そのころの事情はいまパパが申上げたひとたちが、よく御存じでございます。みなさん、心配してくだすって、はやく別れるようにっていってくだすったのですが、どこまでも執念ぶかくくっついて離れないものですから。……そこで、あたし決心しました」

「決心とは……？」

「ほんとをいうと、あたしもう少しながくむこうにいたかったのでございますが、そのひとと別れるためには、日本へかえるよりほかに方法はございません。いいことにそのひとには、日本へかえれない事情があるらしいので……ところが、むこうであたしの気持ちに気がついたらしく、きびしくあたしを監視するようになりました。そこで、あたしこれではいけないと、お友達にそっと旅券のことなんかお願いしておいて、伊吹をだましまして、スペイン旅行につれだしました。そこで伊吹をまいてパリへ逃げてかえり、そのまま日本へかえろうと決心したのでございます。ところが、その旅先きで妙なことが起ったのでございます」

「妙なこととは……？」

「伊吹が狼といっしょにいってしまったのでございます」

金田一耕助はまた等々力警部と眼を見交わした。

「狼といっしょに……？　どこで……？」

「ピレネー山脈のなかにあるフォンタラビアのちかくの宿でした。ある晩、伊吹は宿を出たきりかえってこなかったのです。その近所がまた狼のたくさんいるところだそうで、たぶん狼に食いころされたのだろうということでしたが、それならば、なにか痕跡ぐらいのこっていそうなもの。それがいくら探しても見つかりませんから、きっと狼といっしょにいってしまったのだろうと、三日ほど滞在してさがしたのち、パリへかえり、そのまま日本へかえってきたのでございます。そのときのことも、新聞の切抜きをとってございますから、あとでお眼にかけましょう」

金田一耕助はまた等々力警部と眼を見交わすと、

「なるほど、それで……？」

「それで、あたしそのひととすっかり縁がきれたものと安心して、こちらへかえってくるとまもなく、パパのお世話になるようになりました。さいわい、仕事のほうもおいおい評判がよろしゅうございましたものですから、あたしすっかりそのひとのことを、忘れていたのでございます。すると、ことしの五月のおわりごろ、とつぜん、そのひとが銀座のお店へやってまいりまして。……なんでも密入国したのだそうでございます」

金田一耕助と等々力警部の顔色には、さっと緊張のいろがきびしくなる。

白と黒

「ああ、そのときのあたしの驚き！」

と、文代はものぐるおしい眼の色をして、

「あたしはじぶんの足下が、がらがらと音をたててくずれていくような気持ちでした。あたりがまっ暗になるような絶望感におそわれました。そのひとはひとめを避けるためか、二重に眼鏡をかけていましたが、まえにはなかった左のこめかみから頬っぺへかけての、五センチばかりの傷跡が、そのひとの人相をいっそう険悪なものにしていました。あたし、徹ちゃんや増山さんに、そのひとのことをしられたくなかったので、すぐにお店をつれだしましたが……」

「ああ、ちょっと……」

と、金田一耕助が言葉をはさんで、

「その男、なんと名乗っていたんですか」

「やっぱり伊吹徹三と名乗っていました」

「そのとき、どこへつれていったんですか。その男を……？」

「新宿の二幸のうらにあるバーでした。なんというお店か名前は忘れましたけれど、いってみれば思いだすかもしれません。知ったひとにあいたくなかったので、ぜんぜんなじみのない店へつれていったんです」

「そこでどんな話を……」

「はじめにあたし、あなたは狼といっしょにいってしまったのだとばかり思っていたと申しますと、そのひと、頬っぺたの傷をおさえて、気味のわるい笑いかたをしていました。どうやらそのとき、そんな怪我をしたらしいんですが、それについてなんにも申しませんでした。そして、あたしにもういちど、いっしょにフランスへいってくれというのです。むろん、あたしは断りました。結局、その晩はものわかれになったのですけれど、それ以来、そのひとにつきまとわれることになって……」

文代はこらえかねたようにハンケチで眼をおさえると、

「でも、パパ、あたしを信用して。あたしぜったいにそのひとに許しやしなかったのよ。いつ咬みつかれるともしれないひとに、どうして許すことなどできましょう」

「それじゃ、その後もたびたびその男に、お会いになったんですね」

「たびたびというほどでもございません。でも、五、六回は会ったでしょうか」

「奥さん、その男は、どこに住んでいたか、御存じありませんか」

等々力警部の質問にたいする文代の答えは、すこぶる意外なものだった。

「もちろん存じておりました。たったいちどきりでしたが、あたしそのうちへ訪ねていったことがございます。もっとも、その後もそこに住んでるかどうかは存じませんが……」

「奥さん、どこです、それは……？」

「淀橋のちかくにある鳴子坂の近所で、双葉薬局という薬屋さんの裏でした。その薬局で小さなアパートを経営しているのですが、そのひと部屋をかりて、じぶんも洋裁をやるんだとかいってミシンをそなえつけたりして。……まるで正気の沙汰ではございませんでした」

「奥さん、その男は密入国したのだと、じぶんでいったんですね」

「はあ」

「それにもかかわらず奥さんは、その男を訴えて出ようとは思わなかったんですか」

文代は泪のたまった眼で、ちらと警部の顔を仰ぐと、

「警部さん、それは女というものを、御存じないお言葉というものです。女というものはいちど許した男には弱いものです。あたしはもうそのひとが怖いばっかりで、なんとかなだめてフランスへかえってもらおうと、そればかりを願っていたんです」

「奥さんがそのうちへいかれたのはいつごろのことでした」

「たしか九月のはじめごろのことでした。それがそのひとに会った最後だったのです。そのときのことはアパートでお聞きくだされればわかると思います。ちょっとしたトラブルがあって、アパートの住人が四、五人、ドアの外へ駆けつけてまいりましたから。……」

「トラブルというと……？」

「そのひとが、腕づくで、あたしを……それであたし大きな声を立てたものですから。……」

「そのとき、そこへいかれたのが最初だったんですね。それまではどういうところで会っていられたんですか」

「いつも、バーみたいなところでした。できるだけ、ふたりきりになるまいと思っていたものですから。名前をおぼえているのもございますし、おぼえていないところもございます。でも、そこへいってみれば、どのお店だったか思い出すでしょう」

「それじゃ、九月のはじめに双葉薬局の経営するアパートでお会いになったきりなんですね」

「はあ。それからはどんなに電話をかけてきても、手紙をよこしても、ぜったいに会わないことにしたんです。それというのがそれまでは、そのひととの昔の関係をあばかれるのが、いちずに怖かったんでございますの。パパにたいしても、それから世間にたいしても……デザイナーも結局人気がたいせつですから。ところがよくよく考えてみるとそのひとも、密入国というとうしろ暗いところがあるわけですし、それになにか、昔、もっとうしろ暗いことをやってるらしいふうですから、むやみに騒ぎたてるわけにはいかないわけです。そう気がついたものですから、急に気が強くなって……アパートへ訪ねていったとき、それをいったものですから、そのひとが暴力をふるおうとしたんです。ところが……」

と、いいかけて、文代はまた蒼ざめた顔をひきつらせて身ぶるいをする。

「ところが……？」

「九月のおわりごろのことでした。新東京日報社主催のファッション・ショーのうちあわせを、銀座の黒猫でやっておりますと、川瀬さん、御存じでございましょう、新東京日報社の川瀬三吾さんが、徹ちゃんがだれかにことづかったといって、小さな包みをわたしてくれたんです。不思議に思って開いてみると、なかから出てきたのが、あんぐりかじられた喰いかけの林檎で、……その歯型の跡をみたとたん、それがなにを意味するか気がついて、あまりの恐ろしさに気をうしなってしまいまして……」

その話なら金田一耕助も、虹の会のメンバーから聞いている。

「それじゃ、それが殺人の予告だったというんですか」

「そうじゃないかと思ったんです。電話にしろ、手紙にしろ、しだいに兇暴になっていましたから。……」

「しかし、殺されたのはあなたじゃなかった。あなたに専属のモデルだった。……」

「はあ、それですから、あのひと、気が狂っているとしか思えません。それとも、滝田加代子さんのばあい、あたしと間違われたんじゃないでしょうか。あのファッション・ショーのとき、あたし籤をくじいて、加代子さんにかわってもらいましたから。……」

「ところで、もうひとつお訊ねがあるんですがね、伊吹徹三というその男、東京にだれか識合いがあるというようすはなかったですか」

「それはたしかにあったのだと思います。それでなければ、ながらく日本にいなかったものが、あんな手頃なアパートをさがし出せるはずがございませんから」

「あなたはその男の口から、江藤俊作という名を、お聞きになったことはございませんか」

「ちかごろ新聞に出ているひとですね。いいえ、ございません。そのひとのみならず、だれの名前も聞いたことはございません」

「ところで奥さん」

と、等々力警部はさぐるようにあいての顔色を視まもりながら、

「その男からきた手紙の類をお持ちですか」

「はあ、たいていは焼きすてましたが、いま調べてみると、二通だけのこっておりました。ここに……」

と、文代は書物机のひきだしから紙ばさみを取りだすと、

「あちらの新聞の切抜きもいっしょにしておきましたから。……」

脅迫状も脅迫状だが、金田一耕助や等々力警部は、伊吹徹三という男の顔が見たかった。

ふたりともフランス語は読めないのだけれど、文代のしめすいくらか変色した新聞の切抜きには、男と女のふたりの日本人の写真がのっている。

ああ、もしこの写真を川瀬三吾や杉野弓子にみせたら、どんなに驚くことだろう、女

のほうはいうまでもない文代だが、男はなんと、武蔵境にある昆虫館の主人、江藤俊作にそっくりではないか。髪の白いのと黒いのとのちがいをのぞいたほかは。

二人狼男

それから半時間ほどののちのこと、鳴子坂にある双葉薬局のまえへ、あしばやにやってきた男がある。

時刻はもうかれこれ十一時。薬局はすでにガラス戸のなかにカーテンをおろして、附近いったいの商店も、もうみんな店をしまっているが、薬局のまえにかかげた蛍光燈の看板だけが、いやにしらじらと光をあたりに投げている。

その蛍光燈の光のしたをよこぎるとき、明るくうきあがった姿をみると、なんとそれは狼男ではないか。

狼男はれいの二重眼鏡のおくから、すばやくあたりを見まわしておいて、薬局のかどを横町へまがった。

文代の話にもあったとおり、この薬局のうらには二階だての小さなアパートがあり、そのアパートの入口は横町のほうについている。この双葉アパートというのは、表の薬局が経営しているのだが、小さいながらも部屋の設備がととのっているうえに、各部屋の戸締りなども厳重にできているので門限はない。

狼男はこのアパートの門を入るとき、またそっとあたりを見まわしたが、やがて吸いこまれるように玄関のなかへ入っていった。

玄関のすぐとっつきに階段がある。狼男がその階段へ足をかけたとき、うえからだれか降りてきた。狼男はちょっとためらいの色をみせたが、そのままそこに立っている。うえから降りてきたのは表の薬局のマダムだった。

「あら、伊吹さん、おかえりなさい」

「はあ、ただいま」

狼男はうすぐらい玄関で顔をそむける。

「御旅行、どちらでしたの」

「ちょっと関西のほうまで……」

狼男の声は鼻孔をおおうマフラにさえぎられて、ちょっと聞きとれぬくらいである。

「ああ、それはよござんしたね。では、おやすみなさい」

「はあ、奥さんも……」

マダムのそばをすりぬけて、狼男はゆっくり階段をのぼっていく。マダムはそのうしろ姿を見送っていたが、なぜかゾーッとしたように肩をすくめて、そのまま表の薬局へかえっていった。狼男のすがたには、どこかひとをおびやかすような薄気味悪さがただようているのである。

狼男はじぶんの部屋のまえまでくると、ポケットから鍵を出してドアをひらいた。なかはふた部屋になっており、いっぽうの部屋には大きなベッド、もうひとつの部屋にはミシンや裁ち台やマヌカンがおいてある。一見してそれは洋裁師のアトリエだった。

狼男はぐったりしたように椅子に腰をおろすと、帽子もとらずにうなだれて、両手で額をかかえこんだ。

こういう男にも煩悶や苦悩があるのだろうか。うなだれてかんがえこむ狼男の全身から、くろい陽炎がめらめらと立ちのぼる感じでもある。

やがて狼男はものうげに顔をあげると、灰色の手袋をはめた両手を、二重眼鏡のまえへかざしてみる。

「ああ、もうこの手は血に染まってしまった。文代、これもおまえのためだぞ。おまえのためにおれは血に狂うたのだ。おまえのためにおれはまだまだ血を流さねばならんのだ。文代、文代、これもみんなおまえの虚栄心のためだぞ」

狼男はひくい、いんきな声でつぶやいたが、やがてよろよろと立ちあがると、部屋のすみに立っているマヌカンのほうへちかづいた。みるとそのマヌカンの顔は、文代そっくりに作ってあるではないか。ちょうど昆虫館の開かずの間から発見された、穢されたマヌカンとおなじように。

「文代、文代……」

狼男はあえぐような声でつぶやくと、両手をのばしてマヌカンを、ひしとばかり胸のなかに抱きしめる。そして、ものに狂ったように頰ずりし、口づけし、熱い息をはきかける。まるでほんものの女を抱いているように。……ふたたびくろい、まがまがしい陽炎が、灰色の狼男から立ちのぼる。

だが、……

とつぜん、狼男はぎょっとしたように、物いわぬ恋人を胸からはなした。そして、きっときき耳を立てていたが、やがていそいで玄関へ出ていくと、そこに脱ぎすててあった靴をもって、ふたたびアトリエへひきかえし、電気を消して押入れのなかへもぐりこんだ。

そのとたん、ドアの外にだれかきて、ガチャリと鍵を鳴らす音。暗がりのなかをすべるようにだれか入ってきたが、やがてパッと電気がついたところをみると、なんとこれまた狼男ではないか。

西洋の神父さまのかぶるような山のひくい、灰色のつばびろ帽に二重眼鏡、灰色の外套をふかぶかと立てたところは、いま押入れにかくれている狼男の風体と、そっくりそのままである。

新しく入ってきた第二の狼男もまた、さっき第一の狼男がしたように、ぐったりと椅子に腰をおろすと、帽子をかぶったまま、両手で額をかかえこむ。そして、それきり身動きもせず、首うなだれたままなにやらかんがえこんでいる。この男の全身からもまた、めらめらとくろい陽炎が立ちのぼる。

やがて、男はほっと顔をあげると、帽子をとってかたわらの裁ち台のうえにおいた。

と、その下からあらわれたのは、雪のような白髪である。

わかった。わかった。

この男は武蔵境の昆虫館から逃亡した、町の昆虫学者江藤俊作ではないか。だが、それにしてもこれはいったいどうしたのだ。いや、どちらがほんものの狼男なのか。いま押入れにかくれている狼男がほんものなのか。この江藤俊作がほんものの狼男なのか。それとも狼男はふたりいるのか。

江藤俊作は帽子をぬぐと、しばらく放心したように、ぐったりと眼をつむっている。その顔には苦悩と恐怖の色がふかく、いたましくきざまれている。

だが、そのとき、表の路からかるく口笛をふく音がきこえてきた。それを聞くと江藤俊作はものうげに椅子からおきあがり、窓のそばへよると細目にひらいて外をのぞいた。外からなにか合図でもあったのか、江藤俊作はすぐその窓をしめると、ドアのところへいってきっとききを立てている。

と、あたりをはばかるような忍び足で、階段をあがってきたのは、どうやらふたりづれらしい。足音がドアの外へきてとまったかとおもうと、

トン、トン、トン……トン、トン、トン……

と、調子をとってドアをたたく音。

江藤俊作が鍵をまわしてドアをひらくと、すべるように入ってきたのは、いつか川瀬三吾と杉野弓子が昆虫館のそばですれちがったふたりづれの男。……と、いうことは銀

座裏から滝田加代子を拉致しさったあのふたりのならずものなのである。

双生児

ふたりはアトリエへ入ってくると、ジロジロあたりを見まわしながら、

「ああ、ここが旦那のかくれ家なんですか」

と、太っちょのほうがたずねた。その男は年頃二十五、六、毛糸のジャンパーを着て、ベレー帽をよこっちょにかぶり、満月のようにまんまるい顔をしている。

「いや、これはおれのかくれ家ではない。弟のかくれ家だ」

と、江藤俊作がいんきな声でこたえた。

「弟さんの……？」

と、もうひとりのほうが怪訝そうに眉をひそめる。新東京日報社のファッション・ショーをのぞきにきたのはこの男で、年齢はつれの男とおっつかっつというところだが、狡猾そうな点にかけては、段ちがいうわてのようだ。

「いや、そんなことはどうでもいいが、この家大丈夫なんだろうな。警察の監視がついているようなことは……？」

と、江藤俊作は不安そうである。

「いえ、それは大丈夫です。さきほど旦那からお電話がありましたので、このまあ坊に

よく注意させておきましたが、警察の眼がとどいているようなことはなさそうです。こういうこと、われわれ匂いでわかりますからな」

と、あにきぶんらしいのがいくらか得意そうにわらった。太っちょのほうはまあ坊というらしい。

「旦那、その点なら安心してください。ぼくがようく注意しておきました。だいじな金蔓の旦那を、警察の手にわたしちゃたいへんですからね。なあ、ヒロさん」

と、まあ坊も満月のような顔を、御機嫌そうにほころばせて保証する。

あにきぶんはヒロさんというらしいが、このヒロさんは広田とか広岡のヒロではなく、ヒロポンのなになにという呼び名の、そのヒロさんであることがのちにわかった。

「それにしても、旦那の義理堅いのにはわれわれ敬服してるんですよ。きのうの朝の新聞を見て、事件が発覚、旦那が逃亡したという記事を読んだので、とても後金はいただけまいと思っていたのに、わざわざ旦那のほうから電話をかけてくださいまして。……なあ、まあ坊」

「そうです、そうです。旦那、どうも有難う」

江藤俊作はしかしそれに返事もせず、苦悩にみちた顔色で、部屋のなかをいきつもどりつしていたが、やがてにがりきった顔をふたりにむけると、

「しかし、きみたちはなんだって、あんな人騒がせなまねをするんだ。アド・バルンにつけて飛ばしたり、踊子たちを卒倒させたり……馬鹿もたいがいにするがいい」

「あっはっは、少し悪戯がすぎましたかな」

と、ヒロさんはペロリと舌で上唇をなめながら、

「なにね、あのとき旦那にこの脚は、きっと人知れず処分してみせますとお約束しましたが、あくる日新聞をみると、もう事件が発覚してるんでしょう。それならなにも、この脚かくすことないじゃないか。いっそのことこれで、世間をあっといわせてやろうじゃないかと、まあ坊と賭をしたんです。どっちがより多く世間をおどろかせるかってね」

「旦那、どうでした。アド・バルンのほうはヒロさんなんですが、東亜劇場のほうはぼくなんです。どっちが旦那のお気にめしましたか」

まあ坊はにやにや笑っている。このふたりのヒロポン中毒患者にとっては、人生のもっとも厳粛なるべき事実も、道化芝居としかうつらないらしい。

江藤俊作は嫌悪に顔をひきつらせながら、しかしまた、この連中を利用しなければならぬ理由があるらしく、いらいらと部屋のなかを歩きまわっている。

「ところで、旦那、ぼくたちに御用というのはどういうことです。旦那のような義理堅いひとのためなら、どんなこともいたしますが……」

ヒロさんがまたペロリと上唇をなめる。

江藤俊作はやっと部屋のなかに立ちどまると、ポケットから札束をわしづかみにして取り出した。

「さあ、これがこのあいだのぶんの後金だ。受取っておいてくれたまえ」

「はっ、どうも有難う」

「旦那、有難うございます」

「それで君たちに頼みというのはな、おれにそっくり瓜ふたつの男をさがしだしてもらいたいんだ」

「旦那に瓜ふたつの男を……？」

　さすがにヒロさんもまあ坊も眼を見張る。

「だって、旦那、そんなお誂えむきの人間が……」

「いや、それがいるんだ。おれの双生児《ふたご》の弟だがね。君たちを最初やとったのはおれじゃない。おれの双生児の弟なんだ。そいつがああいう人殺しをやらかしたんだ。いや、今後もやらかすかもしれないんだ。だから、なんとかしてそれをやめさせなければならない。それには弟をとっつかまえて、外国へ追っぱらってしまわねばならん。それを君たちに頼みたいんだ」

「はあ」

　と、ヒロさんとまあ坊は、あきれたような顔をして、江藤俊作を視まもっている。

「それじゃいつか、浅茅文代をかどわかして、武蔵境の昆虫館へつれてきてくれとたのんだのは、旦那じゃなかったとおっしゃるんで」

「おれじゃない。おれの双生児の弟なんだ」

「旦那、それはほんとうですか」

ヒロさんとまあ坊の顔色には疑いの色がふかかった。

「ほんとうだ。そいつはおれとそっくりだが、ただ、髪はおれのように白くない。それから左の頬にみみずのような傷がある。……」

「あっ、そういえば、ヒロさん、いつかの旦那には大きな傷があったぜ」

「それじゃ、旦那」

と、ヒロさんは大きく眼を視張って、

「滝田加代子や有馬和子を殺したのは旦那じゃなかったんで」

「いいや、おれじゃない。おれが昆虫館へかえってくると、有馬和子が殺されていたんだ。おれはすぐに弟のやったことだとさとった。そこで弟をかばうために、死体を切断しているところを君たちに見つかったんだ。だが、そんなことはどうでもいい。君たち、おれのいうことを聞くのか、聞かないのか」

江藤俊作のいっていることが果して真実かどうかわからない。しかし、かりに真実であるとすれば、この双生児の兄弟には、どちらも異様に兇暴な血が流れているにちがいない。ふたりを睨みつけた江藤俊作のその眼つきには、さすがのヒロポン中毒患者をも、ゾッとさせるような凄まじい光がやどっている。

それにたいしてヒロさんが、なにかいおうとしたときである。双葉薬局の角へ自動車のとまる音をきいて、まあ坊がそっと窓から外をのぞいたが、

「あっ、いけない。警官だ！」

「なに、おまわりだと……？」

そのとたん、ヒロさんはスイッチをひねって電気を消すと、暗がりのなかで江藤俊作の腕をつかんだ。

「旦那、大丈夫です。こんなことには馴れてますよ。ぼくたちといっしょにいらっしゃい」

暗がりのなかを手さぐりで、三人が出ていく足音を聞きながら、押入れのなかでは狼男が、天井板を少しずらせて、そこから屋根裏へ這いあがっていた。

屋根裏の守宮《やもり》

双葉アパートの表へとまった自動車から降り立ったのは、等々力警部と金田一耕助。ほかに私服の刑事がふたり。

「ああ、警部さん、アパートはこの横町ですぜ」

「よし、いってみよう」

一同が薄暗い横町へ入ろうとするとき、

「あっ、警部さんじゃありませんか」

と、暗がりのなかから出てきたのは、これまたふたりの私服の刑事。

「ああ、山崎君に佐藤君だね。どうしてここに……？」

と、等々力警部は声をひそめる。

「いや、杉野弓子の口からうかびあがった自動車の運転手ですね。あの運転手の口から、有馬和子の両脚を持ち去ったふたりの男の身もとがわかったんです。通称ヒロさん、まあ坊で通っているポン中毒者なんですがね。そのふたりがいまこのアパートへ入ったので、ここで見張っているんですが。警部さんはどういう線からこのアパートへ……？」

「ああ、そう」

と、等々力警部と金田一耕助が緊張した顔を見合せているところへ、また暗がりのなかから出てきたのは、なんと川瀬三吾と杉野弓子ではないか。

「ああ、君たちもいっしょだったの？」

と、等々力警部は眼を見張る。

「はあ、やっぱり気になるもんだから、刑事さんたちのあとをつけていたんです。それじゃここが狼男の……？」

「ふむ、まあね」

と、等々力警部は疑わしそうに、ふたりの顔色を見くらべていたが、

「そうそう、君たち武蔵境で出会ったふたりの男をおぼえている？」

「さあ。なにしろ暗がりのことでしたから。……しかし、姿恰好はおぼえています。ひとりは背のひょろ高い男、ひとりはずんぐりと肥った男でした。ずんぐりしたほうが、杉野君にぶつかったんです」

「杉野君はその男の顔をおぼえている？」

「さあ。はっきりとした眼鼻立ちは……でも、なんだか赤ん坊のようにまんまるい顔をした男のようでした」

弓子のぶつかったのはまあ坊らしい。

「ああ、そう、じゃいっしょに来てくれたまえ。それから山崎君に佐藤君」

「はあ」

「君たちは表を警戒していてくれたまえ。いいか、相手は相当兇暴な奴らしいから気をつけろ」

「承知しました」

山崎、佐藤の両刑事が、暗闇のなかへ散ったあとで、等々力警部の一行は、足音をしのばせるようにして、双葉アパートの門のなかへ入っていった。

玄関のガラス戸は開けっぱなしになっていて、点《つ》けっぱなしの電燈が妙にわびしくしらじらしている。等々力警部の眼くばせに、私服のひとりがベルを押す。一同は玄関のかたわらにかくれるように陣をとる。

ベルは表の薬局に通じているらしく、遠くのほうでジリジリと焦げつくような音がする。杉野弓子は真蒼になり、川瀬の腕にしがみついている。ジリジリと夜の静けさをやぶって、遠くかすかに鳴りつづけるベルの音が、妙に不安をかき立てるのである。

しばらくして、廊下をバタバタ歩くスリッパの音がして、玄関へ顔を出したのは表の薬局のマダムだった。

「あの、どちらさんで……？」

と、マダムはいくらか不機嫌らしく、つっけんどんな調子である。

「あんたはここの……？」

「はあ、このアパートの経営者の家内でございますが……」

「ああ、そう、こちらは警察のものだが、このアパートに伊吹徹三という男がいるかね」

「まあ」

マダムの顔にさっと怯えの色が走って、

「伊吹さんがなにか……？」

「いや、それはいずれわかることだが、いまこのアパートにいる？」

「はあ、さきほど関西旅行からかえったとおっしゃって……」

「じゃ、いまここにいるんだね」

「はあ、いらっしゃると思います。さっきお二階へあがっていらっしゃったばかりですから」

そのとたん、警部と金田一耕助、それにもうひとりの私服の刑事が入ってきたので、マダムはまたおびえたようにうしろへたじろいだ。

「あの、伊吹さんがなにか……？」

「いや、なんでもいいからその男の部屋へ案内してくれたまえ。二階だね」

「はあ、でも、いったい、なにが……」

「いいから案内してくれたまえ」

「それでは主人を呼んできますから」

マダムはすっかりおびえきっている。

「いや、それじゃ案内にはおよばない。二階の何号室だね」

「三号室でございます。階段をあがると、すぐ右側のお部屋で。……」

等々力警部や金田一耕助のあとにつづいて、川瀬三吾と杉野弓子も階段をのぼっていく。弓子は口のなかがからからに乾いて、膝頭ががくがくふるえるのをおぼえる。それでいて、川瀬三吾のそばにいることが楽しいのだ。

「川瀬さん、あたし怖い。大丈夫……？」

「大丈夫さ。このひとたちといっしょにいるほうが安全なんだよ」

「川瀬さん、あたしのそばをはなれちゃいやよ」

「大丈夫、大丈夫。さあ、しっかりぼくの腕につかまっておいで」

人間というものは苦楽をともにすることによって、親愛の情をますものである。また男として異性に信頼されることは、誰だってよろこばしいことにちがいない。武蔵境の昆虫館で、ともに有馬和子の死体を発見してより、杉野弓子のひたむきな恋情に、川瀬はしだいにひきずりこまれていく自分をかんじていた。しかも、それはけっしていやな感じではなかったのだ。

二階の三号室のまえまでくると、電気が消えて室内は真っ暗だった。私服の刑事がところみに、ドアの把手に手をかけると、鍵がしまっているとみえてびくともしない。

「鍵がかかってるの？」

等々力警部のささやくような声である。

「はっ」

刑事も声をのんでいる。

「それじゃ、ドアをたたいてみたまえ」

「はっ、伊吹さん、伊吹さん、ちょっと起きてください。お話ししたいことがあるんですが」

トントンとかるくドアを叩いたが、むろんなかから返事はなかった。

「伊吹さん、伊吹さん、ちょっと起きてください。ぜひとも聞いていただきたいことがあるんですが……」

しかし、依然として答えはなく、部屋のなかはシーンとしずまりかえっており、その静けさがまっ黒な恐怖のかたまりとなって、弓子のうえにのしかかってくる。

「川瀬さん、川瀬さん、あたし、怖い。……」

「大丈夫ってばさ。さあ、ぼくの腕にすがりついていたまえ」

「ええ……」

弓子はガタガタふるえながら、川瀬の腕にしがみついたが、神ならぬ身の一同は、そのとき夢にも知らなかったのである。かれらの立っているちょうどまうえの天井裏に、狼男がやもりのようにべったり吸いついて、下の会話に耳をすましていることを。……

六号室の男

「警部さん、どうしましょう」

刑事のひとりが低声《こごえ》でささやく。

「構うことはないからドンドン、ドアを叩いてみろ」

等々力警部はもうふつうの声になっていた。金田一耕助はもじゃもじゃ頭をかきまわしながら、何かかんがえこむような眼つきで、ドアの表を視つめている。

「もしもし、伊吹さん、ここ開けてください。伊吹さん、伊吹さん、ここ開けてくださらなければいつまでも叩いていますよ」

「伊吹さん、伊吹さん。お寝みですか。お寝みならちょっと起きてください」

ふたりの刑事が力をあわせて、ドアも破れんばかりにドンドン叩く。しかし、部屋のなかは依然として、しいんと静まりかえって返事もない。等々力警部は不安そうに眉をひそめて、金田一耕助をふりかえる。

「警部さん、ひょっとすると窓から逃げだしたんじゃないでしょうか」

「しかし、それなら外から合図があるはずだが……おい、誰か階下へいって鍵をかりてきてくれたまえ」

「はっ」

言下に刑事のひとりが階段へ足をかけたところへ、真向いの四号室と隣の二号室のドアが同時にひらいた。そして、部屋のなかから顔を出したのは、ともに中年の男である。どちらも寝床へ入っていたとみえて、ひとりはパジャマの腕にガウンを通しながら、ひとりは寝間着のうえに、どてらの帯をしめながら、ふたりとも不機嫌そうな顔色だったが、一同の姿をみると、ギョッとしたように眼を視はった。

「どうかしたんですか。何かあったんですか」

ふたりの男が異口同音に訊ねる。

「いや、ちょっと。……この部屋の主人にちょっと訊きたいことがあってね」

「あら、伊吹さんならいま奥のほうの階段をおりていらっしゃいましたけれど……」

四号室の男の背後《うしろ》から、おずおず顔を出した細君らしいのが、おっかなびっくりの声をかけた。

「えっ、それじゃこのアパートにはもうひとつ階段があるのか」

等々力警部はしまったというような顔色である。

「ええ、このアパートには二階に便所や炊事場がないもんですから、この廊下のつきあたりに裏階段がついているんです」

二号室の男が説明する。

「しまった！」

と、叫んだ刑事がふたり、改めて裏階段のほうへとんでいく。

「村上君、階下へおりたら主人に三号室の鍵をもってくるようにいってくれたまえ」

刑事の背後から怒鳴る等々力警部の声は怒りにふるえている。金田一耕助はあいかわらず、もじゃもじゃ頭をかきまわしながら、ただぼんやりと立っている。川瀬三吾は唇をかみしめていたが、杉野弓子は全身から空気のように力が抜けていくのをおぼえた。

「伊吹さんがどうかしたんですか」

四号室の男の質問である。

「いや、そんなことより、奥さん、伊吹という男はひとりでしたか。それともつれは……？」

「はい、ふたりつれがございました。どちらも人相の悪いひとたちで……それがこそこそと裏階段をおりていくのでございましょう。あたし御不浄からのかえりがけに出会ったんですけれど、みんな顔をそむけるようにして、……あたしなんだか変だと思って、いま主人に話していたところなんですけれど……」

四号室の細君は寒そうに、ガウンをひっかけた肩をすくめる。

「だいたい、伊吹というひとは日頃からなんだかこう薄気味悪いひとでしたわね」

と、二号室から顔を出した細君も口を出す。

「あのひと、白髪なの、それともふだんは髪を染めてるの。ときどき雪のように真白な白髪だったり、そうかと思うと真黒な髪だったりしたわね」

「えっ、なに、ちょっと……」

金田一耕助の瞳がとつぜんパッと灯がついたように明るくなった。

「それじゃ伊吹という男、髪が黒かったり、白かったりするんですか」

「ええ、そうです、そうです」

と、二号室の男が言葉をはさんだ。

「あれは白髪を染めているんですね。それがときどき面倒になって、白髪のままでいることがあるんです」

「あなたがた、そのことについて訊ねてみたことがおありですか」

「とんでもない。われわれ誰もあの男と口をきいたことないんですよ。廊下で会ってもただ黙って頭をさげるだけで……」

「あたしなんか、ろくに顔を見たこともないわ」

「わたしもよ。いつもうつむきかげんに歩いて、廊下で会っても顔をそむけるようにするんですもの。……以前から変だ、変だといっていたんですけれど……」

「いったい、伊吹という男、なにをやらかしたんですか」

いつのまにやら一号室からも五号室からも、同居人の家族がとびだしてきて、あまりひろくない廊下はいっぱいのひとだかりで、ちょっと蜂の巣をつついたような騒ぎになった。この二階には一号室から六号室までの六室しかないのである。

髪が白かったり、黒かったり。……そして、武蔵境の昆虫学者、江藤俊作は雪のように白髪だという。……

金田一耕助がだまってかんがえこんでいるそばで、等々力警部がいらいらしたように、廊下のむこうに眼をやりながら、

「村上のやつ、なにをしてるんだろう。主人をどうしてよこさないんだ」

ちょっと地団駄をふむような口ぶりだったが、そこへ村上刑事にひったてられて、よろめくようにやってきたのは、鼻下に髭をたくわえた中年の男である。男は恐怖に顔をひきつらせ、足もとも定まらぬようすだった。

「警部さん、警部さん、これが表の薬局の主人で、このアパートの経営者、坂崎さんですが、いま薬局とアパートの間の中庭に、猿ぐつわをはめられ、高手小手にしばられてころがっているのを発見したんです。奴さんたち、坂崎さんをピストルでおどして、縛りあげておいて、中庭の塀をのりこえ、隣家《となり》の井口酒店へ逃げこんだらしいんです。いま佐藤君と山崎君、それから小森君たちがさがしていますが、ぼくもいってきます」

まだ足下がふらふらしている坂崎薬剤師をそこにのこして、村上刑事はまた大急ぎで階段をかけおりていく。

その村上刑事が裏階段の途中まで駆けおりてきたとき、

「ああ、ちょっと、ちょっと、刑事さん」

と、うしろから呼びとめたものがある。

「えっ？」

と、村上刑事がふりかえると、金ぶちめがねにソフトをかぶり、感冒よけの大きなマスクをかけた男が、折鞄をかたわきにうえからにこにこ笑っていた。

「何か御用ですか」

「はあ、私は六号室にいる杉山昌一というものですが、伊吹さんのことについて、ちょっとお耳にいれておきたいことがありまして……」

「それじゃ、警部さんにいってください。私はいまいそがしいんだから」

「ところが私はこんや夜勤の番で……新宿駅につとめているんですが、これから出かけなければならないんです。騒ぎにまぎれてついおそくなったもんですから。……」

「そう、それじゃ歩きながら訊きましょう。出来るだけかんたんに話してください」

「承知しました」

階段をおりていくとヒステリーのように泣きわめいているマダムをとりまいて、階下の同居人たちが、これまた蜂の巣をつついたような騒ぎである。そのあいだを村上刑事と六号室の男が話しながら通りぬけて、双葉アパートの門へ出たとき、薬局の角へパトロール・カーがやってきた。

春のカクテル・ドレス

「それじゃ、われわれの押したベルの音に、いったん奥さんをよこしたが、そのあとでなんとなく不安をかんじたので、あんたもあとからようすをみようとやってくると、裏階段をおりてきた三人づれが、ピストルをつきつけておどかし、中庭へひっぱり出したうえで、猿ぐつわをかませ、あんたの帯で手脚をしばりあげたというんですね」

三号室……即ち、伊吹徹三の部屋のなかである。

着物を泥だらけにした坂崎薬剤師は、まだ悪夢のようなさっきの恐怖がおさまらないのか、瞳をうわずらせて、椅子のなかでわなわなふるえている。ときどきびくりと反射的に痙攣するのが、恐怖がいかに甚大だったかを物語っている。

「そ、そうです、そうです。私ははじめ二階の同居人だと思ったもんですから、べつに気にもとめずにいきすぎようとすると、先頭に立っていたのっぽの男が、いきなり私のそばへよってきて、横っ腹にピストルをつきつけて……そのときの怖かったことといったら……相手がにやにや笑っているだけに、いっそう気味が悪くって……」

坂崎薬剤師はまたぴくりと痙攣する。

杉野弓子は川瀬三吾の腕にしがみついたまま、部屋のなかを見まわしていたが、そこにある文代に生写しのマヌカンに、眼がとまるとすすり泣くように呼吸をうちへ吸い、川瀬にしがみついた腕にぐっと力がこもる。それにたいして、川瀬も腕に力をこめてやる。

金田一耕助もそのマヌカンのまえに立ちよって、つくづく顔を視つめていたが、

「このマヌカンもけがされている。……」

と低くつぶやいて肩をすくめる。杉野弓子はそれを聞くと、なにかしら救いがたいようなドスぐろい思いに胸をふさがれた。川瀬三吾はいまわしそうに顔をそむける。

「それでもう、声を立てる勇気はもちろん、抵抗する力もありません。こういうと意気地のない男だとおっしゃるかもしれませんが、だれだってそんなめにあってごらんなさい。それはもう」

「それはごもっともで……」

「それはもう半分気絶してるようなもんです。骨をぬかれたようになってしまって。……それで、中庭へひっぱり出すと、口のなかへこのハンケチを押しこみ、そのうえからこの手拭で猿ぐつわをかませ、それから私の帯をといてそこへ押しころがし、手脚をしばりあげてしまったのですから、どうすることも出来ません。そういうことに相当慣れてるらしい連中でした」

「それから隣家の井口酒店の塀をのりこえていったんですね」

「そうです、そうです。まずデブの男が……そいつはまあ坊という名らしいんですが、そいつがのっぽの肩車で塀をよじのぼり、それから伊吹のやつをひっぱりあげ、さいごにのっぽがのぼっていきました。こうして話をしてると長いようですが、私が横っ腹へピストルをつきつけられてから、のっぽ姿が井口さんの庭へ消えるまで、あっという間だったようです。もっとも私にはそのあいだ、ずいぶん長かったように思われましたが

「それで隣家の井口家では、三人の男が侵入してきたことに気づいたようなようすは……?」

「いや、そんなようすはなかったようです。三人はまた井口さんとこの塀をのりこえ、むこうの通りへ出たんじゃないでしょうかねえ。それだとこっちの通りと正反対になりますから。……」

「ところで今夜あったふたりですね。のっぽとデブと……いままでそのふたりがこのアパートへやってきたことがありますか」

「いいえ。少くともわたしは会ったのははじめてです」

「いったい、伊吹という男はいつごろからここにいるんです」

「五月からだったと思います。詳しいことは帳簿を見なければわかりませんが。……」

「だれか紹介者でも……?」

「いいえ、周旋屋で聞いてきたんです」

「保証人のようなものは……?」

「そんなものはありません。その代り権利金と前家賃をもらいますから。……」

杉野弓子はマヌカンから裁ち台のうえにうつしたが、ふいに大きく眼を視張り、

「伊吹というひと、やっぱりデザインをやるのね。ほら、あそこにパタンや製図や、デザインされた絵姿が……」

と、川瀬の耳にひくい声でささやいた。

金田一耕助の耳にもそのささやきが入ったとみえ、マヌカンのそばを離れて、裁ち台のそばへ歩みよると、そこに散らかっている紙をのぞきこむ。そこには弓子のいうとおり、パタンや製図を書いた製図用紙や、トレーシング・ペーパーに描いたデザインされた絵姿がちらかっている。

その絵姿のうえには、左から右への横書きで、

「春のカクテル・ドレス」

と、ペン字で書いてある。素人の眼にはわからないが、そこにある製図やパタンは春のカクテル・ドレスのものらしい。

「ところで、伊吹という男には識合《しりあ》いがあったようですか。ここへ訪問してくるような。……」

「はあ、たったいちどだけ、たしか九月のはじめでしたが、御婦人が来られたことがあるそうです。これはあとで同居人のかたにうかがったのですが、何か悶着があったらしく、御婦人のかたが大声で助けを呼ばれたとか。……」

「同居人のひとたちはその婦人の顔を見たでしょうかねえ」

「それが……厚いヴェールで顔をかくしていられたとか。……でも、たいへん姿のよい御婦人だったとみなさんそうおっしゃってました。同居人のかたがたがドアのまえへ駆けつけると、なかからとび出してきて、逃げるように階段を駆けおりて。……」

「ときに坂崎さん」

と、そのときはじめて金田一耕助が横合から言葉をはさんだ。

「伊吹という男はときに白髪だったり、ときに黒い髪だったりしたそうじゃありませんか」

「ああ、それについては家内がいちど、訊ねてみたことがあるそうです。すると伊吹さんのいうのに、白髪を黒く染めているのだが、ときどき面倒になって、白髪のままでいるのだとか。……」

「それから左のこめかみから頰っぺへかけて、五センチばかりの疵跡があったとかいう話なんだが……」

「ええ、そうです、そうです。でもその疵跡なんかもクリームかなんかで上手に塗りかくして、ほとんど見えないときもございました」

「疵跡がほとんど見えないようなことがある……？」

金田一耕助はふいと眉をひそめたが、そのとき等々力警部がきっと薬局の主人のおもてに瞳をすえて、

「ときに坂崎君」

「はあ」

「あんたちかごろ新聞に出た、武蔵境の昆虫学者、江藤俊作という男の写真を見なかったかね」

そのとたん、坂崎薬剤師の体がびくりとふるえ、椅子がはげしくギーッと鳴った。

「ああ、あの狼男の事件ですね。それじゃ、伊吹さんがなにかあの事件に……？」

「いや、伊吹という男があの昆虫学者に似てるとは思わなかったかね」

とつぜん、坂崎薬剤師はぴょこんと椅子からとびあがった。

「そ、そんな……そんな……江藤という男はあそこに住んでいるんだし、伊吹さんはここに……それはときどき旅行といって家をあけることもあったようですが……それに江藤という男の頬っぺたに疵があるようなことは新聞にも出ていませんでしたし……伊吹さんにはたしかに大きな傷があったんです」

だが、そういう坂崎薬剤師の顔には、ねっとりと汗が吹き出し、顎がガクガクふるえている。

等々力警部はするどくその顔を視つめながら、ポキポキとものでも折るようなきびしい声で、

「しかし、似てるとは思ったんじゃないんですか」

「はあ、それは……家内ともそんな話をしたこともあるんです。しかし、世の中には他人の空似ということもありますし、江藤は昔から武蔵境に……そして、伊吹さんはここに……しかし、しかし、警部さん」

と、坂崎薬剤師は顎をガクガクふるわせながら、

「それじゃ、伊吹さんが江藤俊作だとおっしゃるんですか。そして、あの、狼男だと！

等々力警部がそれに答えるまえに、あわただしくとびこんできたのは村上刑事だ。いくらかがっかりしたように、

「警部さん、どうやらひと足ちがいで星は逃げたらしいですよ。隣の井口酒店からむこうの通りへ出たらしいんです。井口酒店ではぜんぜん気がつかなかったというんですがね」

「むろん手配はしたろうね」

「それはもちろん。パトロール・カーもきてますし。……しかし、新宿がちかいですからね。あそこへもぐりこまれちゃちょっと……」

と、村上刑事は渋面をつくって、

「しかし、警部さん、ひとつ耳寄りな話を聞いたんですがね。伊吹徹三という男はたしかに武蔵境の昆虫学者、江藤俊作となにか関係があるんですぜ」

「誰から聞いたんだね。そんなこと」

「杉山昌一というひとに聞いたんですがね。杉山君、あるとき武蔵境で伊吹に会ったそうです。それで妙なところで会いましたね。いったいどこまで……と、聞いたところが、ちょっとそこまでという返事だったそうです。そこでべつに尾行するつもりはなかったけれど、あとからぶらぶらついていくと、昆虫館のへんで姿が見えなくなった。いまから思うと、きっと昆虫館へ入っていったにちがいないというんです」

……」

「だけど、その杉山昌一というのはいったいどういう人物なんだね」

「なに、ここの二階の六号室の住人なんですがね」

「六号室の住人……？」

ぼんやり考えごとをしていた坂崎薬剤師が、とつぜんびっくりしたようにふりかえった。

「ええ、そう、新宿駅へつとめているとか……」

「と、とんでもない。あの六号室はいま空いてるんですよ。もっとももう約束は出来て、二、三日うちにあとのひとが入ることになってるんですが、杉山昌一だなんて、そんな、そんな……」

等々力警部と金田一耕助は、思わずはっと顔を見合せた。

「さ、さ、坂崎さん！」

と、金田一耕助ははげしくどもって、

「そ、そ、その六号室はふだんドアに鍵がかかっているんですか」

「いえ、べつに……空部屋ですから盗られるようなものもございませんし。……」

ああ、こうして狼男は天井裏を這って六号室の押入れへ出、まんまと刑事とともに外へぬけ出したのだ。

「畜生ッ！」

等々力警部と村上刑事が血相かえて、脱兎のように部屋をとび出していったあと、金

田一耕助は悩ましげな眼をして、裁ち台のうえに散らかっている紙ぎれを視つめていたが、

「ねえ、杉野さん、この製図やパタンはこの絵姿のカクテル・ドレスのものなんでしょうねえ」

「はあ。だいたいそのように思いますけれど……でも……」

「でも……？　どうかしましたか」

「このデザイン、とても斬新ですわね。これが伊吹というひとの独創とすると、そのひとともデザイナーとしてセンスのあるひとですわね」

金田一耕助は無言のまま裁ち台のうえの紙ぎれを視つめている。そのとき、川瀬三吾がはげしく身ぶるいしたので、杉野弓子はびっくりしたようにふりかえった。

M・Q《ムツシユーキユー》からの手紙

「久しぶりねえ。こうしてファッション・ショーの舞台に立つの」

「ほんとうに。新東京日報社主催のショー以来ですものね」

「先生から専属料をいただいているからいいようなものの、ほかのモデルさんならおまんまの食いあげね」

「誰よ。おまんまなんて下品な言葉をつかうの。静いちゃんね。そんなきたない言葉を

つかうと先生に叱られてよ」

「先生ってば、すっかり元気をとりもどしてくだすって嬉しいわ。あたしたち、やっぱりステージが生命ですものね。いかに生活に困らないからって、ステージから遠ざかっていると、なんだか取りのこされていくみたいで心細いわ」

「先生あれでしんがお強いのね。世間がいろいろいえばいうほど、何をって気におなりになさいますのね」

「それでいいのよ。芸術家は結局、作品が評価を決定するのよ。素行なんてどうでもいいとはいわないけれど、先生のはべつに不品行というんじゃないでしょ」

「そうよ、そうよ、誰だって恋愛ぐらいするわよ。ことに先生はあのとおり美しくていらっしゃるんですもの」

「ただ、相手がいけなかっただけね。狼憑きだなんていやだわ」

「しっ！」

と、誰かが制して、

「そんなこと、いわない約束じゃないの、さあ、そろそろ、あたしたちの出番でしょ。着つけをはじめない」

「多美子さんはきょうは大スターね。舞台のせりだしからせりあがってくるんですもの」

「うっふっふ。あたし体の中心をうしなって、ポーズがくずれやあしないかと心配してるんですけれど……」

女三人よれば姦《かし》ましいというが、それが五人集まったのだから、その賑やかなことといったらない。しかし、その賑やかさ、騒々しさの底には、どこか不自然なしこりのようなものが秘められていた。黙っているのが恐ろしい。しゃべっていなければ不安である。そこで惰性のように、無意味に口をうごかしている。……そんなぎごちない空気が、重っくるしく虹の会の生きのこり、五人のファッション・モデルのうえにのしかかっている。

きょうは十二月の十五日。

銀座にある鶴屋百貨店の七階、鶴屋小劇場のステージで、久しぶりに都下デザイナー連合の、大ファッション・ショーが開催されているのである。プログラムによると、浅茅文代デザインによるショーは、いちばん最後に組まれている。なんといっても浅茅文代は、げんざいのモード界での第一人者なのである。

舞台のほうからきこえてくる、クラビオリンのすすり泣くような旋律、それにまじってひびいてくるボンゴやコンガやマラカスの単調なリズム。……それをじいっと聞きいっているうちに、五人のモデルはいつしかおしゃべりも忘れてしまって、それぞれの想いにふけっていた。そうして黙りこんでいると、なにかしら黒いかげろうのようなものが、五人の体から立ちのぼる。

とつぜん、杉野弓子がまるで水に濡れた犬が滴をきるように、ぶるるッとはげしく身ぶるいをして、

「みんな、何を考えているのよう。なにかおしゃべりしましょうよ。そんなに黙りこんでると、まるでお通夜みたいじゃないの」

「お黙り！　弓子、お通夜だなんて」

「あら、ごめんなさい。だってあんまりしいんとしてるんですもの」

「それにしても先生はどうなすったのかしら。あたしことづかりものがあるんだけど」

と、日高ユリが顔をおわって、そろそろ着つけをしながらつぶやいた。

「ことづかりものってなによ。ユリちゃん」

志賀由紀子も、鏡台のまえから立ちあがる。

「いいえ、表の受附けのひとがだれかお客さんからことづかったんですって。手紙よ」

「手紙って誰から……？」

「誰からかしらないわ。差出人のところにただM・Qと書いてあるだけよ」

「M・Q……ムッシュウQ……？　ユリちゃん、それもしや……？」

「知らない！　もうそんなこといわない約束じゃないの」

日高ユリがベソをかくような顔をして、下唇をとがらせたところへ、あわただしく入ってきたのは川瀬三吾だ。

「杉野君、杉野君」

「あら、川瀬さん、どうかして……？」

川瀬三吾のただならぬ顔色をみると、一同は思わずぎょっと顔色をかえる。

「あっはっは、なんでもないんだよ。なんだねえ、そんなにびくびくして……」

と、そういう川瀬の頰っぺたも、こわばったようにひくひく痙攣している。

「杉野君、君、そのままの姿でいいんだけど、ちょっとそこまでつきあってくれないか」

「そこまでって？」

「なあに、舞台の袖まできてくれればいいんだ。ちょっと君に見てもらいたいもんがあるんだけど」

「見てもらいたいものって、お客さんのなかに誰かいて？」

「まあ、なんでもいいからいっしょにおいでよ」

「ちょっと待ってよ。なんぼなんでもこのままじゃ……ガウンをひっかけていくから」

「川瀬さん、ほんとになにか……？」

葛野多美子も着附けをしながら、こわばった顔色になる。

「なあに、なんでもないんだ。杉野君、すぐかえすから」

川瀬三吾が弓子をひきずるようにして、楽屋を出ていってからまもなく、徹をつれて顔を出したのはデザイナーの浅茅文代である。

「みなさんおそくなって……」

と、明るい顔で挨拶をすると、

「あら、杉野さん、どうして……？」

「いま川瀬さんが舞台の袖へひっぱっていったんですの。お客さんのなかに誰かしってるひとがいるらしいんですの」

「ああ、そう。でもいま日下田鶴子先生のショーでしょう。はやく支度をしてくださらなきゃ……」

「あの、先生」

「なあに、ユリちゃん」

「受附けのひとが誰かお客さんからことづかったんですって。これ……」

浅茅文代は日高ユリから受取った手紙の文字を見ると、

「ああ、そう、有難う。あとで拝見するわ」

と、こともなげにハンドバッグのなかへほうりこんで、顔色ひとつかえなかった。一同はほっとしたように顔を見合せる。それじゃなんでもない手紙だったのか。

「葛野さん、きょうはあなた大役よ。せり出しですからね。徹ちゃん、葛野さんのお支度が出来たら奈落へ案内してあげて。あたしきょうは見物席のほうから拝見するわ。みなさん、しっかりやってね。これがことし最後のショーだから」

いつか夢遊病の発作を起したころの文代からみると、まるで人がかわったように元気である。眼もとも口もともさえざえとして、あのなよなよとして、頼りなげな風情も影をひそめ、どこか淫蕩的なかんじさえする。

「先生、パパさんは？」

「パパはなんだか用事があって、きょうは来られないって電話だったけど……それじゃのちほど。徹ちゃん、頼んでよ」

「はい、承知いたしました」

文代が楽屋から出ていくころ、舞台の袖では川瀬と弓子がひそひそ低声で話をしている。

「川瀬さん、誰かしってるひと……？」

「ううん、見物席じゃないんだ。ほら、あの衣裳を見てごらん」

ちょうどそのとき舞台では、ひとりのモデルがクラビオリンやボンゴやコンガやマラカスのリズムにあわせて、しなやかな動きを見せていた。むこうの舞台の袖からは、マイクを通して解説者のリズミカルな解説の声がもれてくる。

「……この春のカクテル・ドレスの素晴らしさは、いま流行のAライン・スタイルをたくみにとりいれ、ヒップの線のうつくしさを強調するために、大きなボーをあしらったところにあると思われます。モデルは田沢京子さん、デザイナーは日下田鶴子先生。……」

「か、川瀬さん！」

弓子は大きく呼吸をはずませ、砕けんばかりに川瀬三吾の腕を握りしめた。

いま眼のまえにうごいている田沢京子の着ている衣裳は、いつか伊吹徹三のアパートで発見された、あの「春のカクテル・ドレス」のデザインされた絵姿にそっくりではないか。

日下女史の恐怖

ほの暗い観客席のすみからすみまで、すすり泣くように漂いわたるクラビオリンの旋律、やわらかな舞台の照明のなかを、熱帯魚のようにスイスイとうごきまわるファッション・モデルたちの洗練されたゼスチュアー、おもいおもい斬新なモードに粧《よそお》いをこらして、解説者のリズミカルな放送も耳にこころよく、ファッション・ショーというものをはじめて見る金田一耕助も、いささか陶然たる顔色だった。

「なるほど、これはまたよきものですな。これじゃわかい御婦人たちが、眼の色をかえるのもむりはない。ショーとしても捨てがたい味があるじゃありませんか」

薄暗い観客席のかたすみに陣取ったもじゃもじゃ頭の金田一耕助は、およそファッション・ショーとは縁遠い人物である。周囲はすべて中年までの御婦人ばかり、新しいモデルが新しい粧いをこらして登場するごとに、潮騒のような溜息がもれるなかにあって、耕助のみはひとりがたがたと無作法な貧乏ゆすりによねんがなく、さっきからあたりにいる淑女たちのヒンシュクを買っていたが、それでも御当人は結構、御恐悦の面持ちである。それに反して隣席にいる等々力警部は、まるで苦虫でもかみつぶしたような顔色で、

「金田一さん、金田一さん、あんたきょうのこのファッション・ショーで、何か起ると

思ってるんですか」

と、いかにもむだな暇つぶしの時間がおしいというように、せかせかとした調子である。

「いやあ、べつに何も起りゃあせんでしょうが、ちょっとたしかめておきたいことがありましてね」

「たしかめておきたいことというのは?」

「ほら、いま舞台へ出ているあの娘《こ》のことでさあ」

「いま舞台へ出ているあの娘……」

と、等々力警部は薄暗い照明のなかで、プログラムに眼をおとすと、

「田沢京子……と、いうんですな。あの娘がどうかしたんですか」

と、声の調子に不安なひびきがこもる。

「いや、あの娘じしんなんでもないんですがね、問題はあの娘が着ている衣裳です。ほら、あの解説を……」

ちょうどそのとき舞台の袖で、川瀬三吾と杉野弓子のふたりが聞いたとおなじ解説が、マイクを通じて観客席にも放送された。

「……この春のカクテル・ドレスの素晴らしさは、いま流行のAライン・スタイルをたくみにとりいれ、ヒップの線のうつくしさを強調するために、大きなボーをあしらったところにあると思われます。モデルは田沢京子さん、デザイナーは日下田鶴子先生。…

…」

「あっ！」

と、叫んだ等々力警部が、前の席の背に手をかけて、思わず腰をうかしたので、うしろのほうから、

「しっ！　しっ！」

と、叱責と非難の声が降ってくる。

等々力警部はどしんと椅子に腰をおろすと、

「それじゃ、あのドレス、伊吹徹三のアパートで発見されたデザインと。……」

「おなじじゃないかと思うんです。専門家じゃないから、ぼくにもくわしいことはわかりませんが……」

薄暗い観客席で、ふたりはまじまじと顔を見合せていたが、そのとき、するすると幕がしまって、観客席にパッと灯がついた。呼物の浅茅文代のショーのまえに、みじかいアトラクションがはさまれるのである。

「畜生！　あの古狐め！」

と、等々力警部は憤然として席から立ちあがると、

「金田一さん、楽屋へいってみましょう。あの婆あめ、こんどというこんどはいいぬけさせんぞ」

あたりをはばかる声ながら、その底にはするどい怒気がもえている。

「そうですね。さすがの女史もこんどはちと弁解がむつかしいでしょうねえ」

金田一耕助もひくくつぶやきながら、警部のあとを追っていく。

ふたりが楽屋へまわってくると、いましも舞台の袖から出てきた川瀬三吾と杉野弓子にばったり出会った。

「あっ、警部さん、金田一さん」

と、川瀬三吾が呼吸をはずませ、

「いまのカクテル・ドレスを見ましたか」

川瀬や弓子の顔色から、警部はすぐになにもかも読みとった。

「それじゃ、あれはやっぱり伊吹徹三のアパートで発見された……？」

「のとおんなじじゃないかと思うんです。杉野君もそれにちがいないといってるんですけれど……」

等々力警部の物問いたげな視線にたいして、弓子はこわばった視線でうなずきかえした。

「それで、あの婆さんは……？　来てるんでしょうな」

「そこのお部屋なんですけれど……」

と、弓子はすぐ眼のまえのドアへ眼をむけると、

「たぶんまだいらっしゃると思いますが、あたしはこれで失礼いたします。お支度をしなきゃなりませんから」

杉野弓子が逃げるように、じぶんの楽屋へかけこんでいったあと、等々力警部と金田一耕助、それから川瀬三吾の三人は、思わず顔を見合せていた。舞台ではアトラクションがはじまっているらしく、マンボのリズムがしいんと黙りくった三人の耳に流れよる。

等々力警部はギゴチなく、咽喉のおくの痰をきるような空咳をすると、

「とにかく婆さんに当ってみることにしましょう」

と、弓子におしえられた部屋のドアに手をかけると、なかからきこえてきたのは、なにかガミガミののしっている日下田鶴子の声だった。

「雷婆さん、いささか御機嫌ななめのようだな」

ひくくつぶやいた等々力警部は、ドアを開くのを思いなおして、そのかわり二、三度かるくノックする。

「どなた?」

なかから聞えてきた日下女史の声は少からず癇走っていた。それにたいして等々力警部がなにかいおうとするまえに、すかさずそばから声をかけたのは川瀬三吾だ。

「ぼくです。先生、川瀬三吾……」

「あら!」

と、なかから弾けるような声がきこえ、勢いよくドアがひらかれたが、等々力警部や金田一耕助のすがたを見たせつな、満面笑みくずれていた日下女史の顔色が、まるで藍

をなすったようにくろずんでこわばった。

それこそなんとも名状することのできぬ恐怖の色が、一瞬女史の面上をかすめたことを、三人のだれもが見落さなかったのだ。

第三の犠牲者

「あら、川瀬さんもおひとが悪い。警部さんやこちらが御一緒なら御一緒のように、いってくださればよろしいのに。……」

さすがに千軍万馬の古強者である。日下女史はすぐに陣容をたてなおしたが、さりとて瞳のふるえはかくしきれない。

「いや、失礼しました。マダム。ちょっとあなたにおうかがいしたいことがあるんですが、なかへ入ってもよろしいでしょうな」

等々力警部のきびしい口調は、相手にいやおういわせぬ圧力をもっている。

「はあ。……どういう御用件か存じませんが、なにしろこのとおり取りちらかしているものですから。……」

日下女史のことばはうそではなかった。畳じきの部屋のなかには、きょうのショーにつかった衣裳がぬぎちらかされ、鏡台のまえでは三人のファッション・モデルが、しどけないかっこうをして、化粧をおとしているところだった。

と、等々力警部はそのモデルたちにむかって、

「マダムにちょっと話があるんだがね。すまないけれど、君たちちょっとこの場をはずしてくれないか」

モデルたちは不安そうに顔を見合せていたが、なにかひそひそ相談をすると、さっき春のカクテル・ドレスを着て出た田沢京子が、日下女史のほうをふりかえった。

「先生、それじゃあたしたち、つぎの部屋へいっておりますから。……」

と、身のまわりのものをかかえて立ちあがる。つぎの部屋というのはすなわち、浅茅文代専属のモデルたちがたむろしている楽屋なのだが、ふたつの部屋はドアをもってつながっている。

三人のモデルがそれぞれじぶんの衣裳や持物をかかえて、つぎの部屋へ避難していくと、むこうの部屋から日高ユリが顔をのぞけた。すっかり着附けができているところをみると、いよいよ浅茅文代の作品発表のショーがはじまるらしい。

警部は靴をぬいでうえへあがると、ちょっと隣の部屋をのぞいてみる。

虹の会のメンバーでそこにのこっているのは、日高ユリと杉野弓子だけで、赤松静江や志賀由紀子のすがたは見えなかった。おそらくもう舞台裏へまわっているのだろう。葛野多美子も徹とともに、せり出しのほうへいったのだろう。そこにはすがたが見えなかった。

「君、君」

「杉野君、それから君は、ええ、日高ユリ君だったね」

「はあ」

「君たち、こちらをのぞかないようにしてくれたまえ。ちょっと日下女史に話があるんだから」

「はあ、あたしたちこれから舞台のほうへまいりますから。……杉野さん、支度が出来たらいかない。もうはじまってるようよ」

「ええ。……」

杉野弓子はこわばった顔をして元気がなかった。

等々力警部が用心ぶかく、あいだのドアをぴったりしめて、部屋のなかへむきなおると、日下女史がヒステリックな声をあげてわらった。

「まあまあ、これはいったいどうしたというんですの。これじゃまるで重大容疑者みたいな扱いじゃありませんか。川瀬さん、おぼえてらっしゃいよ」

日下田鶴子が不自然なしなをつくるのを、等々力警部は苦虫をかみつぶしたような顔で視やりながら、

「いや、マダム、これは冗談事じゃありません。マダム正直に答えていただかねばならぬことがあるんですが」

「はあ、あの、どういうことでございましょうか」

日下女史はひとすじ縄ではいかぬ唇を、きっと結んで警部のほうへむきなおったが、

さすがにその眉宇には不安の色がかくしきれない。

「きょうあなたが御発表になった春のカクテル・ドレスですね。あのデザイン、もちろん、あなたの御創作なんでしょうな」

日下女史はギロリと警部の顔をにらむと、

「警部さま、それはどういう意味でございましょうか。御質問の意味がよくのみこめないんでございますが……」

「いやねえ、マダム。いつかのパーティー・ドレスですね。あなたが秋のファッション・ショーで発表なすった……」

「はあ、はあ。あのパーティー・ドレス……」

「あのパーティー・ドレスとおなじデザインのドレスが、武蔵境の昆虫館、江藤俊作のもとで、発見されたことはいつかも申上げましたね」

「はあ、うかがいました。そのことについてはあの節、御質問にお答えしておいたはずですけれど……」

「そう、あのときのあなたの御意見によると、だれかがあなたのデザインを盗んだのであろうということでしたね」

「はあ、それはそうにちがいございませんから」

「なるほど、あのときはあのパーティー・ドレス、武蔵境であのドレスが発見されたのは、秋のファッション・ショーよりあとでしたから、あなたのお説も成立つわけです」

「あなたのお説も成立つ……？」

日下女史はぐいと眉をつりあげて、

「警部さま、それ、どういう意味でございましょうか。それじゃ、じっさいはそうじゃないとおっしゃるんですか」

「いや、まあまあ、聞いてください。ところでこんどのカクテル・ドレスですがね。まさかマダムはそのデザインを、ひとにお洩らしになったりしたことはないでしょうな。そうでなくともデザイン盗人については、大いに警戒していらっしゃるようですから」

「はあ、それはもう……」

日下女史の声がしだいに不安にくもってくる。警部から金田一耕助、さては川瀬三吾とさぐるように視まわす女史の瞳に、ありありと懸念の色がふかかった。

「ところが、マダムここに不思議なことがあるんですよ。われわれはだいぶまえにあるところで、春のカクテル・ドレスとしてデザインされた型紙や、また出来あがりの絵姿などを見たことがあるんですが、それがそっくりきょうのマダムの発表された、春のカクテル・ドレスとおなじなんです。マダムはそれについてなにか答えがおありですか」

日下女史の瞳が急に光をうしなって、なにかしらベソをかくような表情になった。

「あるところでとおっしゃいますと……？」

「マダムも新聞でごらんになったと思いますが、狼男の容疑者として、いま追究をうけている伊吹徹三という男のアパートにおいて、ですがね」

ポキポキとなにかを折るようなきびしい警部の声を、日下女史は聞いているのかいないのか、茫然とした眼つきで、虚空の一点を視つめていたが、急にドシンと音を立てて、畳のうえに腰をおとした。

金田一耕助と等々力警部、それから川瀬三吾の三人は、思わずはっと顔を見合せる。この女のしぶとさからして、もう少し骨を折らせるかと思いのほか、案外簡単に泥をはきそうなのが、かえって一同に拍子抜けの感じをあたえた。

「マダム、あなたはひょっとすると伊吹徹三、あるいは江藤俊作という男を、御存じなのじゃありませんか」

「ああ、警部さま、それを聞かないで。あたしに……あたしにもう少し考える余裕をあたえて……あのアパートにあのデザインがあるはずがない。……それがあったというのは……ああ、恐ろしい。……ひょっとすると……ひょっとすると……」

日下田鶴子の顔色には、ものぐるおしい恐怖が凝結している。それはけっして芝居ではなかった。なにかしらぬ身に迫る鬼気が全身をゆさぶっているらしい。

「マダム、マダム、ひょっとすると……どういうんですか」

「警部さま、ああ、警部さま、伊吹徹三というひとは……」

と、日下田鶴子がなにかいいかけたとき、

「川瀬さん、川瀬さん！」

と、鉄砲玉のようにとびこんできたのは杉野弓子だ。

「たいへんよ、たいへんよ。葛野さんが……葛野多美子さんが狼男に殺されて……」

それだけいうと杉野弓子は、川瀬の胸のなかにくずれるように抱かれて、はげしいヒステリーの発作に身をもんだ。

絢爛たる殺人

じっさい葛野多美子ほど、晴れがましい最期をとげた被害者も、まずそう数多くはあるまい。それこそ絢爛たる殺人という文字がぴったりとあてはまっていた。

プログラムには彼女のショーを、

「舞踏会への招待」

と、刷ってある。

葛野多美子の着て出る衣裳は、浅茅文代考案になる豪華絢爛たるイヴニング・ドレスであった。いや、じっさいに彼女はそのイヴニング・ドレスを着て、しずしずと舞台の下からせりあがってきたのである。

そのときの模様を観客席にいたひとりの女性に聞いてみよう。観客席へ恐怖の爆弾を投げつけるべく。……

……短いアトラクションがおわると、最後にいよいよ浅茅文代先生受持ちのショーがはじまりました。ほかのお客さまの大半がおそらくそうであったと思いますけれど、あたしもこのショーが目的で、きょうここへやってきたんです。

……いちばんはじめが赤松静江さんでした。それから志賀由紀子さんに日高ユリさん。杉野弓子さんと出て、最後に葛野多美子さんがお出になるはずだったのです。

……どのお衣裳もみごとなものでした。さすがいま女流デザイナー中、第一人者といわれている浅茅文代先生だけあって、どれもこれも独創にとんだ斬新なものでした。モデルのかたがたの洗練されたゼスチュアー、解説者の適切な御説明、それに典雅な伴奏やうつくしい照明も手つだって、見物はみんなこのショーに魅了されていたんです。

……やがて杉野弓子さんが舞台の袖へお入りになると、すぐ伴奏のメロディーがかわって、舞台の中央へ葛野多美子さんが、うつくしいイヴニング・ドレスをお召しになってせり出してこられたのです。

……このせり出しの舞台には、銀色の柱が立っていて、葛野多美子さんはそれにもたれるようなポーズでした。舞台はこのとき暗くなっていて、せり出しの部分だけにスポットがあたっていましたが、葛野さんがすっかりせり出して来られたとき、とつぜん観客席の最前列から、なにやらざわめきが起ったのです。

……あたしの席はちょうどまんなかごろでしたが、葛野さんのポーズはたしかにおかしゅうございました。あのかた、浅茅文代先生専属のモデルのなかでも、古参のかただけあって、いつももっときれいな線をもっているひとなのに。……

……それだけに、そのときのポーズというのが、がっくり首をうなだれて、両脚を大きくまえにひろげ、両手をだらりと左右にたれ、いまにも舞台へくずれおちそうなかっこうでした。いま思い出してもゾッとします。なんだかとても気味のわるい、まがまがしい……まるでお化けか幽霊みたいなかっこうで。……しかもせり出しがぴったりとまったのに、葛野さんはそのままの姿勢で動こうともせず。……

……一同がへんに思っているときでした。とつぜん最前列の席からきゃっという叫び声……それにつづいておなじ最前列のあたりから、人殺しだ、人殺しだ、狼男だという叫び声がきこえたので、一同わっと総立ちになって。……

……いま思い出してもゾッとします。黒いイヴニングでしたから、はじめは気がつかなかったのですけれど、左の胸のあたりからぐっしょりと血がたれて。……いいえ、オッパイは見えませんでしたけれど。……それが見えてたらどんなに怖かったことでしょう。……

それはとにかく、杉野弓子の報告に、等々力警部と金田一耕助、それから川瀬三吾の三人が、血相かえて舞台へかけつけてきたときには、葛野多美子はまだそのままの姿勢で、銀の柱にもたれていた。いや、いやそれはもたれていたというよりも、ぶらさがっていたというほうが当っているのだろう。

葛野多美子は脇の下のところで、細い、黒い絹紐で、うしろの柱にしばりつけられていて、それが辛うじて彼女の姿勢を支えているのであった。

女性観客もいったとおり、それはなんとも名状することのできぬほど凄惨なながめであった。いまにも折れそうなほどがっくりと首をたれ、両手をだらりとまえに垂らし、両脚をだらしなく左右にはばけて、いまにもずりおちそうなかっこうをした黒いイヴニングの女。……しかも、その左の胸からは滝のように血が流れているのである。

さすがものに慣れた等々力警部も、この凄惨な光景をまえにしたとき、思わずううむとうなったきり、しばらくは二の句もつげなかった。

金田一耕助はもじゃもじゃ頭をかきまわしながら、ぐるりとひとまわり、この恐ろしいはりつけ柱をまわってみたが、被害者の正面に立ちどまると、ふと身をかがめてその胸もとをのぞきこむ。そこに妙なものが安全ピンでとめてあるのに気がついたからである。

それは繻子地のような布でつくった藍色の蛾であった。それではこのまがまがしい昆虫が、狼男の紋章なのだろうか。しかも、この秋のファッション・ショーで、浅茅文代が虹の懸橋を発表したとき、葛野多美子の受持ちは「藍のうたげ」だったではないか。

「また乳房がかみきられているんですね」

川瀬三吾がうめくようにつぶやいた。

「そう、まず絞め殺しておいて、それから乳房をかみきったんですね」

金田一耕助が身ぶるいをする。

「それにしても、この娘《こ》はひとりだったのか。だれもそばについていなかったのか」

等々力警部はギラギラと、憤怒にもえる眼をだれかれの容赦なく浴せかける。

「いいえ、徹さんがいっしょだったんですけれど……」

杉野弓子がふるえながら口を出す。

「徹というのはあの変性男子だね。じゃ、その徹はどうしたんだ」

徹もしや……と、いう恐ろしい疑惑が、さっと一同の頭にうかんだときである。

舞台の袖からあわただしくとびこんできたこの小劇場の従業員が、おびえた声を張りあげた。

「た、たいへんです。舞台の下にも男がひとり……」

「なに、男がひとり……？　こ、殺されてるのか」

警部の顔はかみつきそうである。

「いえ、死んじゃいないようですが、眠り薬でもかがされているとみえ、いくら呼んでも起きないんです」

「け、警部さん、いってみましょう。こ、ここはこのままにしておいていいでしょう」

舞台の下へきてみると、つめたいコンクリートの床のうえに、徹が正体もなくよこたわっている。見ると真赤に充血した顔に、いっぱい汗をかいている。金田一耕助はそっと身をかがめて鼻孔をかぐと、

「なにかしら強い薬をかがされたんですね。ほら、この匂い」

等々力警部は怒気満面に、ただまじまじと正体もなく眠っている変性男子を視おろしていた。

外部の沸きかえるような騒々しさにひきかえて、浅茅文代の楽屋はお通夜のようにしずまりかえっている。

ぐったりと放心したように横ずわりになって、畳の目を視つめている文代のそばには、いま偶然顔を出したブーケの支配人増山半造が、横にひらたい体でひかえていた。

半造はときどきなぐさめるように、低声で文代に話しかけるのだが、文代はただうるさそうに首を横にふるだけ。半造もあきらめたのか肩をゆすって、それきりだまりこんでしまった。

このふたりのほかに虹の会の生きのこり、四人のファッション・モデルと、きょう日下田鶴子に頼まれてきた三人のモデルが、おびえきった顔色でひかえている。杉野弓子のヒステリーはもうおさまっていたが、いちばん若い赤松静江は、ときおり思い出したように泣きじゃくっていた。

この部屋とドアひとつへだてた隣の部屋では、奈落からかつぎこまれた村越徹が駆けつけてきた医者の治療をうけているのだが、よほど強い薬をかがされたと見え、なかなか意識をとりもどしそうになかった。

舞台はいま戦場のような騒ぎである。警視庁や所轄警察から駆けつけてきた係官が、等々力警部指揮のもとに、右往左往と走りまわっているのである。

とつぜんドアがひらいて川瀬三吾が顔を出した。

「ああ、川瀬さん」

と、杉野弓子がすがりつくように、

「あなたここにいて。あたしたち怖いのよ。狼男がやってきやあしないかと、みんなびくびくしてるの。あなた、あたしたちといっしょにいて」

「馬鹿なことを……」

と、川瀬は苦笑して、

「これだけ警官がつめかけているんだ。狼男がいつまでまごまごしてるもんか」

川瀬はそれから浅茅文代のほうへむきなおって、

「浅茅先生、とんだことが出来ましたね」

と、かるく頭をさげる。

「はあ、あの、まことにどうも。……また、いろいろとお騒がせして……」

と、挨拶は尋常だったが、川瀬と弓子のしたしげな様子を眼にして、文代の瞳にはかすかなおどろきの色がうかんでいる。

「田沢君、日下先生はどうしたろう」

川瀬は文代の視線を避けるようにして、きょう日下田鶴子にやとわれてきた田沢京子に質問する。

「ああ、日下先生なら、さっきみなさんが舞台のほうへとんでいらしたあと、そそくさと出ていかれたようでしたけれど……」

川瀬と弓子は眼を見かわせる。逃げたかな……と、いう疑惑が期せずしてふたりの脳裡をかすめたからである。

「川瀬さん、日下先生がどうかなすったんですの」

文代はかるく眉をひそめる。

「いやあ、ちょっと。……」

と、川瀬は顔をそむけて言葉をにごした。文代はちょっと唇をかんだが、すぐまた思い出したように、

「ときに、川瀬さんにお訊ねしたいことがございますの。あなたは御存じなんでしょう」

「はあ、どういうことですか」

「あのせり出しでございますね。なるほど徹ちゃんが葛野さんに附添ってはおりましたけれど、それはお衣裳の世話をするためで、機械装置のほうは、劇場の係りのかたがいらっしゃるはずでしょう。いえ、お稽古のときにはいらしたんです。そのかたどうしてらしたんですか」

「ああ、それ……」

と、川瀬は眉をひそめて、

「それについちゃ、ちょっと妙な話があるんです。係りのひと、篠崎君というんですが、

篠崎君が待機してると、ちょうどその時間に葛野君と徹ちゃんがおりてきたんですね。そのとき葛野君が篠崎君に、電話がかかってるからいってらっしゃいといったんだそうです。徹ちゃんもそばからこっちのほうの装置のことは、じぶんがよく心得てるからと言葉を添えたので、篠崎君は電話のほうへいったんです。電話、舞台の袖の入口についてますね。あれです。来てみるとなるほど受話器が外してあるので、篠崎君が出たんですが、いくらしてもむこうが出ないんですね。そういえば杉野君が駆けつけてきて、われわれが舞台のほうへとんでいったとき、篠崎君、受話器をにぎったままごまごしてましたよ。ところで、その篠崎君の言葉によると、篠崎君が電話に夢中になっているあいだに、奈落のほうへおりていく男のうしろ姿を見たというんです。そのときは大して気にもとめず、それにちらと後姿を見ただけだから、よくおぼえていないが、灰色の帽子に灰色のオーヴァを着た男だったように思う。……と、こう篠崎君はいっているんですがね」

「それが狼男だったんだね」

増山半造が口を出す。

「そう、たぶんそうでしょう。だから、狼男が奈落へおりていったときには、そこには葛野君と徹ちゃんのふたりしかいなかったというわけです」

赤松静江がまたはげしく泣き出したので、一同はギョッと、呼吸をのむ。日高ユリと志賀由紀子はしっかり手を握りあい、弓子は川瀬の腕にすがりついている。文代はうつろの眼を視張り、田沢京子とふたりのモデルは、肩をすりよせるようにしてかたまっていた。さむざむとした冬の楽屋のたそがれどき、真黒な恐怖の手が一同の心臓をぎゅっとつかんでいるようだ。

「そうすると、こういうことになるんだね」

と、半造もさすがに頰をひきつらせて、

「狼男はこのデパートのどこかほかの電話から、楽屋へ電話をかけて篠崎という男を呼び出した。そして、篠崎が電話に夢中になっているうちに、そっと奈落へおりていって、そして……そして……そして……」

「いや！　いや！　もうそんな話よして……」

赤松静江が金切り声をあげたので、増山半造もひたと口をつぐんだが、そのときまた楽屋の外が騒々しくなり、口々になにやらわめきながら、あわただしく駆けぬけていく足音がきこえた。

一同はまたはっとこわばった顔を見合せていたが、川瀬三吾が外へとび出そうとするのを見て、

「川瀬さん待って、あたしもいく」

と、杉野弓子がいそいでサンダルをはく。

舞台の背後《うしろ》には一本の通路が走っており、そこを通りぬけると舞台の東側の袖へ出る。楽屋風呂はそちらがわにあるのだが、その風呂のまえに五、六名の警官が、気が狂った

ような眼つきをして立っていた。

川瀬三吾と杉野弓子が、おそるおそるそばへちかより、脱衣場をのぞいてみると、等々力警部と金田一耕助が、しいんと化石したような眼で足下を視おろしている。

その足下には日下田鶴子が、岩のようにゴツゴツした体をよこたえていた。

田鶴子はピストルで心臓を射ぬかれているのである。

文代の冒険

「文代、さっきのことは、ほんとうに考えたほうがいいよ。なにも金を惜しんでいうんじゃないがね」

ワイシャツを着て、ネクタイをしめながら、長岡秀二氏は鏡のなかにうつっている、ベッドの文代にやさしく話しかける。

「パパ、すみません。こんどはあたしも真剣に考えてみることにいたします」

こころよい疲労を全身にあたためながら、ベッドのなかに身をよこたえた文代の声は、いくらか涙ぐんでいるようだ。

「ふむ、おまえがデザイナーをよしたからって、伊吹という男のあの血なまぐさい殺戮が、やむものとは限らないが、やっぱりひとつはおまえが有名人だから、世間があんなに騒ぐんだからね」

「そして、世間の騒ぎがいっそう伊吹という男の兇暴な殺人願望に火をそそぐんだ。鶴屋小劇場の事件をごらん。正気の沙汰じゃない。あいつは狂人らしい虚栄心のとりこになっているんだ。世間をあっといわせることに、このうえもないよろこびを感じているんだ」

「はい」

「パパ、もうそれをいわないで。……」

「ああ、ごめん、ごめん、あまりくどくはいわないがね。そろそろここらが引退時だ。デザイナーをよして、静かな、落ちついた生活へ入るがいいよ。伊吹という男はいずれつかまるだろうがね」

「はい。……」

「それじゃ、文代、約束の十万円、ここへおいとくよ」

「すみません、パパ、いつもいつも無心ばかりいって」

「なあに、そんなこたあいいさ」

折鞄のなかから十万円の札束を出して、化粧ダンスのまえへおいた長岡秀二氏は、上衣に腕をとおすと、もういちどベッドのそばへよってきた。

「それじゃ、文代、こんやはこれでかえる。おまえもおとなしくおやすみ」

「パパも……」

「ふむ」

ベッドのうえからかがみこんで、文代の顔を両手でかかえこむと、文代のむきだしになった白い腕が、秀二氏の首にからみつく。お別れのキスはおわったが、文代の腕はなかなか秀二氏の首よりはなれなかった。

「どうしたの、文代」

上からのぞきこんだ秀二氏の眼が、涙にキラキラひかる文代の眼を見て、やさしくほおえんでいる。

「こんやはなんだかパパにわかれるのがさびしいの」

「あっはっは、あんなことといってるよ。もっとゆっくりしてもいいんだが、なにしろ歳末だからね。おれもちょっといそがしい。二、三日うちにまた来るよ」

「きっとよ」

「ああ、きっとだ」

やっと文代の腕が首からはなれたので、長岡秀二氏は体を起して、ネクタイをちょっとなおすと、

「それじゃ、さようなら、おやすみ」

「パパもおやすみ」

ドアのところで最後の微笑を文代にくれた秀二氏が、部屋の外へ消えていくと、文代は急にうつぶせになり、声をのんで泣きはじめた。ほとんど裸にちかい肩が波打つように大きくゆれて、文代は枕のはしをかみ、泣いて泣いて泣きつくす。

きょうは十二月二十五日。

鶴屋小劇場の事件からでも、すでに十日たっている。その当座うるさく押しよせてきた警官や新聞記者も、ちかごろやっと遠のいたが、いまになって文代はようやく、じぶんの落目に気がつきはじめた。

銀座のお店もぐっと客足がへり、毎年なら騒々しいほどミシンの音の鳴りわたる文代のアトリエも、ちかごろでは閑古鳥の鳴くようなわびしさである。

いかにスタイルが独創的とはいえ、だれが血に呪われたデザイナーに、晴れの衣裳を註文しようぞ。

ひとしきり、泣きに泣いていた文代は、やがて涙をぬぐうと、むっくりと顔をあげた。枕もとの小卓においた腕時計を手にとってみると、時刻はまさに十時。文代はいそいでその腕時計を腕にはめると、弾かれたようにベッドから出る。

そして、裸のうえから部屋着をひっかけると、そっとつぎの間へ出て、ドアをひらいて外をうかがう。つい二、三か月まえまでは、ここのドアをひらくと、蟬しぐれのようにミシンの音がきこえたものだ。しかし、きょうこのごろは。……

文代はシーンとしずまりかえった家のなかの様子に、ほっと絶望的な溜息をつくとドアをしめて、洋服ダンスのなかからいちばん粗末な衣裳をひっぱり出した。

それはいつか上野の山へ、ムッシューQにあいにいくとき身につけたものである。こんやもまた文代は手ばやくそのスーツを着ると、肘のすりきれた外套をうえからはおる。

それからまたいつかの夜とおなじように、ストールを念入りに頭にまきつけ、紫色のサングラスをかける。わかった、わかった。文代はこんやもまたムッシューQにあいにいくのではなかろうか。

文代はさっき長岡秀二氏のおいていった十万円を、粗末なハンドバッグにねじこむと、まるで幽霊のようにふらふらと、裏木戸から外へしのび出る。

いつかの夜はその文代のあとを、支配人の増山半造がつけていったが、こんやはだれも尾行者はいないようだ。

文代はわざと、暗い横町をよって、自宅から五、六丁へだてた大通りへ出ると、そこではじめて自動車を拾った。

「どちらまで……」

「日比谷の交叉点まで」

自動車は夜の闇をついて走り出す。十万円をのんだハンドバッグを膝に、しっかと唇をむすんだ文代の全身から、なにかしらまがまがしいかげろうのようなものが立ちのぼる。

狼男の呪いの息吹きにかかって、文代の運命の星にはたしかに暗いかげがさしているようだ。

やがて、日比谷の交叉点で自動車をおりると、文代はちょっとあとさきを見まわしたのち、ふらふらと、ほの暗い公園のなかへ入っていく。……その姿はまるで幽霊のようだった。

夜光時計

夏ならば納涼客やランデブーのアベックたちで、かなり賑わう夜の日比谷公園も師走もおしせまった十二月二十五日ともなれば、ひとかげとてはほとんどなく、ところどころに立っている街燈の光が妙にわびしく、暗い夜空にふたつ三つの星影が、まるで凍るようにチカチカ光っている。

すっかり葉を落した落葉樹の梢を、さむざむとした音を立てて木枯しがすぎていく。その木枯しの音が、文代の身も心も凍らせるのだ。

彼女は古ぼけたオーヴァの襟に、ふかぶかと顎をうずめ、ストールを鼻のうえにまきつけて、せかせかとした歩調であるいていく。彼女のすぐ爪先を、落葉にまじった紙屑が、まるで道案内でもするようにふわりふわりととんでいくのが、おぼつかない街燈の光に照らされて影となり、光となって、そのわびしげな光景が、いっそう文代の肩をすぼめさせるのである。

文代はあとさきを見まわすと、ひとかげのないのを見さだめて、とある街燈のもとにふと立ちどまった。そしてポケットから取りだしたのは、さっきから握りしめていた一枚の紙である。

文代はもういちどあとさきを見まわしたのち、鰍苦茶になった紙をひらいてみる。それは日比谷公園の見取図らしく、その一部に×の印がついているのは、そこへ来いという意味だろう。

文代はそっとその見取図から眼をあげて、あたりの地形と見くらべている。公園のなかの路は街路とちがって桝形にはついていない。まがりくねって迷いやすいのだ。文代は見取図の路のカーヴをかぞえながら、不安そうにいまきた路をふりかえる。ひょっとすると、まちがった路をきたのではないかと思ったからだ。

だが、そのとき、とつぜん暗がりのなかから、

「姐ちゃん、そこで何してるんだい」

と、しゃがれただみ声をかけられて、文代はぎょっととびあがった。

「誰かいいひとでも待ってるのかい？」

誰もいないと思っていたのに、街燈の光のとどかぬ暗いベンチに、浮浪者らしい男がひとり寝そべったまま、むっくりと鎌首をもちあげて、飢えたような眼をひからせてこちらを見ているのである。

文代はそれに気がついた瞬間、夢中になって駆け出していた。

「あっはっは！」

さいわい浮浪者はそれ以上、女をからかう気力もないのか、腹のへったようなわらい声が、木枯しの音にまじって弱々しく、あとを追うてくるだけらしいので、文代もしだ

いに歩調をゆるめる。

そして、そっとうしろをふりかえって、誰も追ってくるもののないことをたしかめて、ほっと胸をなでおろしたとき、文代は全身がぐっしょり汗になって、心臓がガンガン鳴っているのに気がついた。

文代はいま日比谷公園の中心あたりの、まっ暗な闇のなかに突っ立っている。彼女のまわりをめぐるものは、ビロードのように濃い闇とわびしげに吹きぬけていく木枯しの音ばかりである。とおくのほうから都電の音がきこえてくるのが、いっそうこの公園のなかの静けさをきわだたせるのだ。

西の空で星がひとつつーッと流れた。

文代はそれを見るとぶるッとさむそうに身ぶるいをして、またふらふらと歩きだす。むこうに見えるのが、M楼らしい。と、すると、約束の場所はもうこのちかくのはずである。文代は用心ぶかくあたりを見まわしながら、ともすれば沮喪しそうな勇気をふるいたたせる。

文代はもういちど街燈のもとに立ちどまった。むろんこんどはあらかじめ、あたりに誰もいないことをたしかめたのである。そして、手にした見取図と楼の位置を見くらべ、約束の場所がすぐちかくであることをはっきりしった。文代はもうなんのためらいもなく、胸を張り、大きく息を吸いこむと、肩をそびやかせるようにして、まっ暗な小径へつきすすんでいく。

×印のついたその場所は、両側をこんもりとしたきんもくせいの木にとりかこまれた、はば二メートルほどのせまい小径で、しかも、どの街燈の光もとどきかねる、こういう密会にはおあつらえの場所である。

文代はしっかりハンドバッグを握りしめたまま、暗闇のなかにたたずんでいる。脚下から這いのぼる冷気が、チリチリと全身をこまかくふるわせる。

二分……三分……。

文代はそこにたたずんだまま、ムッシューQの現れるのを待ったが、五分待ってもなんの音沙汰もないので、ひょっとすると場所がちがうのではないかと不安をおぼえた。それに、そうして暗闇のなかに立っていると、トンネルのようなせまい小径の、はるかむこうに見える街燈の灯が、むやみと懐しく思われるのである。

文代はそれにひきずられるように、思わず二、三歩あるきかけたが、そのとき、とつぜんかたわらのきんもくせいが、ザワザワと鳴ったか、と思うと、

「浅茅文代だな」

と、茂みのなかから、ひくいしゃがれ声がきこえてきた。

文代はぎょっと立ちどまると、声のするほうへ眼をやったが、男のすがたは濃い闇と、きんもくせいの密な茂みにつつまれて、たしかめるよしもなかった。

「は、はい。ムッシューQですね」

唇のおくで文代の歯が、カチカチとあわただしく鳴っている。

「ああ、そう。ときに文代」

「は、はい。……」

「こんやは誰もおまえをつけてきたものはないだろうな」

文代はその言葉にぎょっとして、いま来た径をふりかえったが、べつにひとの気配はかんじられなかった。

「さあ。……まさかそんなことはないと思いますが……」

「おまえ、こんやここでおれと会うことを誰にもいやあしないだろうな」

「とんでもない、そんなこと。……」

「そうか、そんならよし。それで、約束のものは持ってきたろうな」

あいかわらず、口に綿でもふくんでいるような、不明瞭な声である。

「はい、ここに持ってまいりましたけれど、あなたも……」

「おれはいつだって、約束をまちがえたことはない。さあ、おまえからさきに出せ」

「は、はい。……」

文代はふるえながら、ハンドバッグから紙につつんだ十万円を取りだした。

「うむ、よし、こっちへ出せ」

男は用心ぶかくきんもくせいの茂みにからだをつつんだまま、枝のしたから左腕をのばしたが、そのとたん、文代はおもわずぎょっと息をのんだ。

ムッシューQの左の手頸に、夜光時計が鬼火のように光っている。……

怪人対怪物

ムッシューQは、文代のようすに気がついたのか、右手であわてて夜光時計をかくそうとしたが、いまさらかくしてもおそいと気がついたのか、

「あっはっは！」

とひくく咽喉のおくでわらい声をあげると、

「文代、どうした。なにをぐずぐずしてるんだ。その包みをはやくこちらへ出さんか」

「あ、あなたは誰です。いったいどなたなんです」

文代の声はふるえている。それは恐怖のためでもあったろうが、いっぽうその声音のなかには、はげしい怒りの念いがひめられているのである。

夜光時計を腕にはめている人間はひとりではない。世間にはいくらでも夜光時計をもつ男がいる。しかし、文代はこれとたいへんよく似た夜光時計をもつ男を、身ぢかにしっているのである。しかもこの男はじぶんの眼から、あわててその時計をかくそうとしたではないか。

「おれが誰だか、そんなつまらんことをかんがえるのはよせ」

男はあいかわらず、ひくい、しゃがれた、作り声である。

しかし、文代はその声音から、じぶんのしった男の声をかぎだそうと、小首をかしげ

てあいてのすがたを凝視している。しだいに闇になれてくるにしたがって、文代の眼にムッシューQのくろいすがたが、きんもくせいの茂みのなかに、ぼんやりと浮きあがってくる。その輪郭からある男のすがたをつかみ出そうとして、文代はひっしとなって瞳をすえている。

「文代、なにをぐずぐずしてるんだ。おまえはおれがここにもっている、ハトロン紙の封筒のなかみがほしくはないのか。これが世間に発表されると、デザイナーとしての名声が、地におちてしまうばかりか、ものわらいの種になるということを、おまえじしんよくしっているはずだ」

「それを……」

と、文代は怯えと怒りに声をふるわせ、

「その品をどうしてあなたは手にいれたんです」

「そんなことはどうでもいい。それよりはやく、きさまの持っているその包みをわたせ」

「いいえ、わたしません」

「なに、わたさない……?」

「はい、あなたがその茂みのなかから出てきて、あたしに顔を見せてくださるまで、あたしはこの包みをわたしません」

「文代、おまえはそんなことをいって、この封筒がほしくないのか」

文代はそれに答えず、

「あなたはあの男に会ったんですね」

「あの男ってだれだい？」

文代はすばやくあとさきを見まわし、咽喉のおくでささやくようにつぶやいた。

「伊吹……徹三……」

「そんなことはどうでもいい。文代、おまえはムッシューQと取引きをすまそうとは思わないのか」

文代はそのときハッキリと、ムッシューQの地声をきいた。

彼女は幽霊でも見るような眼つきで、あいてのすがたを見まもりながら、その全身は屈辱と怒りと絶望のために、はげしくわなわなふるえている。

彼女はなにかいおうとしたが、きゅうに言葉をのみこむと、くるりとあいてにうしろをみせて、そのままよろめくように立ち去っていく。

「文代……文代……」

ムッシューQは茂みのなかから、二、三度ひくい声で呼びかけたが、文代にあともどりをする意志もなく、やがて、そのすがたがトンネルのような小径のむこうに消えていくのを見送ると、しかたなさそうにきんもくせいの茂みのなかから這い出してきた。

いつか上野の山へあらわれたときとおなじように、くちゃくちゃに形のくずれたお釜帽をまぶかにかぶり、黒眼鏡にマフラ、外套の襟をふかぶかと立てている。

ムッシューQはまだ未練たっぷりなようすで、文代の立ち去ったほうを見送っていた

が、やがてその眼を左腕にはめた夜光時計のうえにおとすと、

「こいつを忘れてたのはちと拙かったな」

と、ちょっと舌打ちをするようにつぶやいて、

「まあいいや。いずれはわかることだ」

と、かるく肩をゆすぶると、右手にもっていたハトロン紙の封筒をそのまま外套のポケットにつっこんで、ちょっとあとさきを見まわしたのち、文代の立ち去ったのとははんたいの方角へあるきだす。

文代に正体を看破されたのが、やはり気になるとみえて、ムッシューQはひどくふさぎこんでいる。さむざむと肩をつぼめ、首うなだれて、ふかく考えこんでいたムッシューQは、それだけに、じぶんのあとをつけてくる足音に気がつかなかった。

その足音のぬしがスルスルと、蛇のようにムッシューQの背後へしのびより、

「もしもし」

と、声をかけたのは、日比谷公園のなかでもいちばん淋しい場所だった。

ムッシューQは夢からさめたように、ハッとうしろをふりかえったが、そこに立っている異様なすがたを眼にしたとき、ムッシューQの黒眼鏡が、さっと恐怖におののいた。

西洋の神父さまのかぶるような、山のひくい、灰色のつばびろ帽をまぶかにかぶって、灰色の外套の襟をふかぶかと立て、これまた灰色のマフラで、鼻のうえまでかくしている。おまけに噂に聞いた二重眼鏡……。それはちかごろ新聞に、ひんぴんとして伝えら

れる狼男のユニフォームではないか。

「ムッシューQですね」

狼男は落ちつきはらった声である。

「き、きさまは誰だ！」

ムッシューQの声は恐怖のために咽喉でかすれてふるえている。

「わたし……？　わたしはこれ？」

狼男は左手の指でマフラをつまんで、鼻のうえまで持ちあげると、かっと口をひらいてみせた。

音に聞く、あのギザギザとした狼の歯！

「おのれ！」

ムッシューQが両手をあげておどりかかろうとしたとき、狼男の右手のさきで、カチッとかすかに金属性の音がした。

そのとたん、ムッシューQはギクッと棒立ちになり、呆気にとられたような顔をして、眼のまえの狼男を見ていたが、やがて二、三歩ふらふらしたのち、骨をぬかれたようにどしんとその場へくずおれていった。

狼男は消音器つきのピストルを、きっと右手に身がまえたまま、ゆだんなくあたりのようすをうかがっていたが、やがて、ムッシューQの体から、汐のひくように痙攣がおさまっていくのを見すますと、そばへよってそっと死体のうえに身をかがめる。

狼男はまずムッシューQの帽子をとる。それから眼鏡をはずし、マフラをとって顔をのぞきこんだが、そのとたん、

「…………！」

と、声なき悲鳴をあげて、狼男は二、三歩うしろへとびのいた。

屁っぴり腰の狼男は、まるで物に憑かれたような眼の色で、そこによこたわっているムッシューQの死体を視ている。はあはあと吐く息使いから、かれの驚きがいかに大きかったかわかるのである。

やがて狼男は手袋をはめた手の甲で、ほっと額の汗をぬぐうと、もういちどすばやくあたりを見まわしたのち、そろそろとムッシューQのそばへ這いよった。

そして、外套のうえからムッシューQの体をかるくたたいていたが、やがて右のポケットからひっぱりだしたのは、あのハトロン紙の封筒である。狼男は封筒のなかから、二、三枚うすい紙をひっぱり出してみて、ふっと二重眼鏡の眉をひそめた。

「はてな。それじゃまだ取引きまえだったのか」

と、不思議そうにつぶやいたが、それでもかるく舌打ちしながら、そのままポケットにその封筒をねじこむと、もういちどあとさきを見まわしたのち、肩をすくめてスタスタその場を立ち去った。

つめたくよこたわるムッシューQの死体を視おろしながら、空には星がチカチカと、冴えるようにまたたいている。

M・Qの正体

　十二月二十六日の午さがり、金田一耕助は日比谷交叉点の角でハイヤーを乗りすてると、せかせかとした足どりで、公園のなかへ入っていった。

　ちょうど近所のオフィスのお昼休みの時刻なので、物見高い野次馬がこのへんまであふれて、おまわりさんが整理に大わらわである。それでなくとも歳末警戒のあわただしいきょうこのごろ、さりとは狼男の人騒がせなと、いわんばかりのおまわりさんたちの渋面である。

　金田一耕助がその野次馬の流れのなかをかきわけていくと、あとからきた刑事が、

「あっ、金田一さんじゃありませんか」

　と、ポンと肩をたたいた。

「あっ、村上さん、狼男がまたやったというじゃありませんか」

　低声でささやく金田一耕助の眼はうわずっている。そうでなくとも雀の巣のようなもじゃもじゃ頭が、いよいよますますくしゃくしゃに乱れて、顔色もあおいというよりも、鉛色につやをうしなっている。

「ええ。やっぱり狼男のしわざじゃないかと思われるんですが……」

　と、村上刑事も声をひそめた。

「やっぱり狼男のしわざじゃないかと思われる……？　それじゃまだはっきりしないんですか」

「いや、十中八九まではあいつのしわざだろうとは思いますが……」

「被害者はだれ？　やっぱり虹の会のメンバーのひとりなんでしょうな」

「あっ、金田一さんはまだ御存じないんですか」

「知りません。さっき警部さんから、狼男がまたやったらしいから、日比谷公園へくるようにと、ただそれだけのことづけだったもんですから。……」

「ああ、そう、それじゃ……」

「村上さん、殺害されたのはモデルじゃないんですか」

「はあ、モデルじゃありません」

「それじゃ、いったい誰なんです。女は女なんでしょう」

「いいえ、それが女性じゃないんです」

「女じゃない……？」

　と、耕助は眼を視はって、

「それじゃ男なんですか。こんどの被害者は……？」

「そうです。それも非常に意外な人物です。畜生ッ。なにがなにやらさっぱりわけがわからなくなりやあがった」

　村上刑事は嚙んで吐き出すような調子である。

金田一耕助は驚きにみちた眼の色で、さぐるようにあいての顔を視ていたが、しいてそれ以上追究しようとはせずもくもくとして村上刑事のあとについていく。

嵐のように乱れに乱れた金田一耕助の脳裡には、このあいだ鶴屋小劇場でおこった、あのひとを小馬鹿にしたような、そしてまた、このうえもなく狡猾な殺人二重奏の光景がまざまざとよみがえってくる。

銀の柱にはりつけられた、あのぞっとするような葛野多美子の惨殺死体。……さすがものなれた金田一耕助も、その当座は毎夜のように銀の柱にしばりつけられ、いまにも折れそうなほどがっくりと首をたれ、両手をだらりとまえに垂らし、両脚をだらしなく左右にはだけて、いまにもずりおちそうなかっこうをした黒いイヴニングの女のすがた……しかも、左の胸から、滝のように血が流れている、そのまがまがしい光景が、悪夢となってかようたのである。

しかし、それはよい。それは悪魔の入念な計画によるものだろうから、耕助もいさぎよくかぶとをぬぐとして、どうしても金田一耕助がじぶんじしんを許せないと思っているのは、日下田鶴子を殺されたことである。

日下田鶴子は金田一耕助や等々力警部の掌中に握られていたのだ。あのとき鉄砲玉のようにとびこんできた、杉野弓子の権幕につりこまれて、鉄砲玉のようにとび出していったおろかなじぶん。……日下田鶴子はあのときたしかに、この事件の解決に役立つであろうような、重要な証言をしようとしていたのだ。そして、等々力警部や金田一耕助にとって重要な証言といえば、とりもなおさず犯人にとって不利な証言ではないか。

しかも、あの際犯人が鶴屋小劇場の内部にいることは、わかりきった話だったのである。それにもかかわらず、この重要な証人をおきざりにして、夢中でとび出していったおろかなじぶん。……金田一耕助はいかに臍《ほぞ》をかんで悔んでも悔みきれなかった。

日下田鶴子はおそらくあのとき、じぶんたちがとび出したのをよいことにして、劇場のはんたいがわの出口から逃げだそうと、舞台のうしろを走っている通路を走り、楽屋風呂のまえを通りかかったのだろう。そこを犯人にあざむかれ、楽屋風呂のなかへつれこまれて、ズドンと一発。……しかし、だれもピストルの音を聞いたものがないところからみると、それはおそらく消音ピストルだったにちがいない。

これからみてもこの事件の犯人が、非常に綿密な計画的才能をもっているいっぽう、いざとなったら、どんな些細な機会でものがさぬという、思いきりと大胆さをもっていることを示すのではないか。

金田一耕助はおもわずゾクリと体をふるわせたが、そのとき、かれはすでに狼男の五番目の犯行の現場にきていることをしった。鑑識課員が気ちがいのように、現場を這いまわっている。写真班があらゆる角度から、地上によこたわっている死体の撮影をおこなっている。

それがいったいだれなのか見当もつきかねた。金田一耕助は凍てついた路にたおれている死体の、みすぼらしい外套や帽子からして、

　まもなく鑑識や写真班の仕事がおわると、等々力警部がむつかしい顔をして、金田一耕助のそばへよってきた。

「警部さん、誰なんです。あの被害者は……？」

「ああ、まだお聞きじゃありませんか」

「村上さんの話によると、非常に意外な人物だということだが、ひょっとすると江藤俊作では……？」

　等々力警部はぎょっとしたように、金田一耕助の顔を視なおすと、

「金田一さん、あんたは江藤俊作が、殺害されるかもしれないという懸念をおもちなんですか」

　と、さぐるような眼の色である。

「いや、いや、そういうわけではありませんが……それじゃ、あれ、いったい誰なんです」

「そばへよって顔をのぞいてごらんなさい。いやもう、なにがなにやらさっぱりわけがわからなくなってしまいましたよ」

　金田一耕助はそっと死体のそばへよると、折から駆けつけてきた医者の手によって、抱きおこされたその顔を、ひとめ見るなり思わずギクリと体をふるわせた。

　なんと、それは浅茅文代のパトロン、長岡秀二氏ではないか。

三人の失踪者

長岡秀二氏。……ああ、長岡秀二氏。……それではムッシューQと名乗っておのが愛人、浅茅文代を脅喝していたのは、長岡秀二氏だったのか。かれはじぶんで文代に金をあたえ、それをまたムッシューQと名乗ってまきあげていたのか。しかし、長岡秀二氏はなんだって、そのようなあやしげな真似をしていたのだろう。

金田一耕助はもとよりそのようないきさつはしらなかったが、それにしてもあのみすぼらしい服装からして、その死体が長岡秀二氏であろうとは、およそ想像しうる最後の人物だったにちがいない。

しかし、よくよく考えると、長岡秀二氏こそいちばん狼男にねらわれて、しかるべき人物だったかもしれないのだ。なぜならば、このひとこそ狼男にとって、深讐綿々たる恋敵だったにちがいないのだから。

金田一耕助はもじゃもじゃ頭をかきまわしながら、財界にもそのひとありとしられたこの美貌の伊達男の、あさましい最期のありさまを視おろしているうちに、なんとも名状できぬほど、どすぐろいおもいが、腹の底から吹きあげてくるのを、おさえることができなかった。

「警部さん」

と、金田一耕助はしずんだ調子で、

「長岡氏はなんだって、こんなみすぼらしい服装をしているんでしょう」

「さあ、それはわたしにもわからない。そこになにか重大な謎があるんでしょうな」

等々力警部はいかにもいまいましそうな調子である。

「こんなみすぼらしい服装をして、こんな場所へやってくる……長岡氏のような人物にとってはよくよくのことでしょうな」

金田一耕助はさむざむとした公園の一隅を視まわしながら、

「いったい、この死体はいつごろ発見されたんですか」

「けさの十時すぎ。……なにしろここはこんな淋しい場所だから。……ひとどおりなんかもあんまりないんですな」

「しかし犯行はいつ……？」

「それはもちろんゆうべのことでしょうな。いかに淋しいたって公園のことだから、一昼夜以上もひとめにふれずにいるはずはありませんからな。しかし、それはいずれ検視の結果わかるでしょうよ」

医者がワイシャツのボタンをはずして死体の胸をくつろげたとき、金田一耕助と等々力警部はまたふっと顔を見合せる。ふたりはこれとおなじような傷口を、ついこのあいだも見たのである。日下田鶴子の左の胸に。……

「ピストルが用いられたとすると、犯人は当然、銃声に留意したでしょうな」

等々力警部がいんきな声でつぶやいた。

「と、いうことは日下田鶴子のばあいとおなじく、消音器つきのピストルがもちいられたということになるんでしょうな」

金田一耕助も、等々力警部にまけず劣らずいんきである。

金田一耕助はふと死体の左腕にはめている、腕時計のガラスのこわれているのに眼をとめた。それこそゆうべ浅茅文代が見とがめた夜光時計なのだが、いまは白日のもとに光をうしなって、ふつうの金時計となんらかわるところはない。……

金田一耕助はその時計にそれほど重大な意味があるとはしらず、回想はいつかせんだっての鶴屋小劇場の事件へもどっていく。……

鶴屋小劇場の楽屋の一室で、村越徹が意識をとりもどしたのは、三時間ほどのちのことだった。M十パーセント、W九十パーセントといわれる徹は、意識を恢復したのちも、しばらくはヒステリーの発作がおさまらず、話す言葉もしどろもどろで、なかなか要領をえなかったが、それでもだいたいつぎのような事情であったらしいことが想像された。

贋電話におびきだされて、係りの篠崎が奈落からうえへあがっていったあと、徹はモデルの葛野多美子と、出のきっかけを待っていた。奈落はほのぐらくてがらんとしていた。ことにこの奈落までは暖房装置がいきとどきかねたと見えて、コンクリートの床から這いのぼる冷気が、徹や多美子の血を凍らせた。

「寒いわね、徹ちゃん」

「ほんと、あたしもう凍えちまいそうよ。多美子さん、お化粧、だいじょうぶ？」

「なんだか頬っぺがこわばるようね。はやくきっかけがこないかしら」

粗末な椅子に腰をおろした葛野多美子は、イヴニングの裾を気にしながらも、しきりに貧乏ゆすりをしていた。

「多美子さん。あたしちょっとそこいらを歩いてくるわ、じっとしてると凍えちまいそうなんだもの」

「ええ、でも、あんまり遠くへいっちゃいやよ。なんだか心細くって……」

「だいじょうぶよ。そこいらをぶらぶらしてくるだけだもの……」

徹は腕をまげたり伸ばしたり、体操をするようなかっこうで、暗い奈落を一周したが、舞台をささえるふといコンクリートの角柱のそばまでやってきたとき、とつぜん柱のかげから腕がのびて……。

「うしろからいきなりあたしの首をつかんだんです。あたし誰かの悪戯だろうと思って、むりやりに首をねじまげ、あいての顔をみたんですけれど、そのとたん、あまりの怖さに口がきけなくなってしまって。……そしたら、あのひと、狼男が、あたしの鼻のうえにびたっと湿ったガーゼみたいなものを押しつけて、……ええ、葛野さんがなにかむこうでいってたようですけれど、あたしそれきり気がとおくなってしまって……葛野さん、あれからどうなすって……？　まさか、まさか狼男に……？」

と、徹は警部や金田一耕助の顔色をよむと、またヒステリーの発作におそわれて泣きむせんだ。

こうして徹をかたづけておいて、狼男はゆうゆうと葛野多美子をおそったのだろう。多美子もおそらく狼男のすがたをみたとたん恐怖のために口もきけなくなったのだろう。それをひと思いにしめ殺して、それからあのすばらしいグラン・ギニョールの残虐ショウを演出したのだ。

金田一耕助はまたあのなまなましい葛野多美子の、無残なポーズを思い出して、ぶるると体をふるわせる。

それにしても……と、金田一耕助は五本の指でゆるく頭をかきまわしながら、日下田鶴子はなにをいおうとしていたのかと考える。

「あのアパートにあのデザインがあるはずがない。……それがあったというのは……ああ、恐ろしい、……ひょっとすると……ひょっとすると……」

あのとき日下田鶴子の顔色には、ものぐるおしい恐怖が凝結していたではないか。それから田鶴子はこうつけくわえた。

「警部さま、ああ、警部、伊吹徹三というひとは……」

そこへ弓子がとびこんできたのだが、あのとき弓子がとびこんでこなかったら、田鶴子はいったいなにをいおうとしていたのか。伊吹徹三というひとは……？　いったい伊吹がどうしたというのか。

金田一耕助はなにかしら、煎りつくようなもどかしさに、腹の底からあぶられるような気持ちだったが、そのとき現場を遠巻きにした野次馬のあいだに、かすかなざわめきが起ったかと思うと、私服に腕をとられた村越徹が、よろめくようにやってきた。

「ああ、村越君、浅茅文代先生は……？」

徹は長岡秀二氏の死体をみると、すぐ涙ぐんだ眼をそむけて、

「警部さん。あんまりですわ。先生がどんなにこのパパさんを愛してらしたか御存じでしょ？　それを電話でいきなりパパさんが殺されたなんておっしゃるもんだから、先生、おどろきのあまり卒倒なすって……警部さんはあんまりデリカシーがなさすぎますわ」

徹はハンケチを眼におしあてて、さめざめと泣いている。

そこへまた野次馬をかきわけて、そそくさととびこんできたのは、川瀬三吾と杉野弓子だ。ふたりとものに狂ったような眼つきだったが、そこに倒れている長岡秀二氏の死体をみると、はっとしたように足をとめた。

「ああ、被害者は女じゃなかったんですか」

「川瀬君、君は被害者をだれだと思った」

「ぼくはいま社で狼男がまたやったと聞いたもんだから、てっきり日高ユリか志賀由紀子、それとも赤松静江の三人のうち、だれかにちがいないと思ったんです。警部さん！」

と、川瀬三吾はまるでかみつきそうな調子で、

「日高ユリと志賀由紀子、それから赤松静江の三人が、ゆうべからうちへかえらないそうですよ」

った。

「な、な、なんだって」

等々力警部と金田一耕助が、ほとんど同時に叫んだ。叫んで川瀬三吾のそばへかけよ

「川瀬君、そ、そりゃあほんとかあ！」

「ほんとらしいんです。けさ杉野君のところへ三人のうちから、じゃんじゃん電話がかかってきたので、杉野君もびっくりして、ぼくのところへ相談にきたんです」

「杉野君はしかし、ゆうべどうしてたの？」

金田一耕助の質問にこたえる川瀬の眼には、気ちがいじみた兇暴な光が、油をとかしたようにギラギラ浮かんでいる。

「杉野君はゆうべずうっと、ぼくと行動をともにしていたんです。けさまでぼくのところに泊っていたんです。そうでなかったら、杉野君もきっと狼男に誘拐されていたにちがいない！」

白髪鬼

日高ユリと志賀由紀子、それから赤松静江の三人の誘拐事件こそ、この恐るべき狼男の事件の最大のクライマックスだった。いちどこの報道がつたわるや、東京都は全都をあげて、恐怖のどん底へたたきこまれた。

その夜の夕刊という夕刊は、三人の写真を大きくかかげて、これらの婦人を目撃したひとがあったら、さっそくもよりの警察なり、交番なりへとどけでるようにと呼びかけていた。

ラジオというラジオはひっきりなしに、家を出たときの三人の服装から、容貌、年頃などをのべたてて、これまた一般都民の協力をつよく要請していた。

その後、警視庁へぞくぞくとあつまってきた情報によると、三人を誘拐したのは、どうやら通称まあ坊にヒロさんという、ふたりのポン中毒患者らしかった。

捜査陣にはまだ狼男と江藤俊作の区別が判然としていなかったので、てっきり狼男の手先きとなって、三人を誘拐したものであろうと、このふたりの行方について、血まなこの捜査活動がくりひろげられた。

しかし、警視庁の第五調べ室、すなわち等々力警部担当の部屋へつめきっている金田一耕助は、誘拐者がヒロさんにまあ坊だとわかると、かえっていくらか安堵のおももちだった。

等々力警部ははやくもその顔色をよんで、

「金田一さん、あんたはきょう昼間も、江藤俊作が殺害されるかもしれないようなことをおっしゃってたが、それはどういうんです。あの男も狼男にねらわれてるというんですか」

「いやあ、それはぼくにもまだハッキリしないんですが、江藤が伊吹であるはずはありませんね。江藤はずっと内地にいたんだから。と、すると狼男は江藤ではない。しかも、江藤は狼男について、相当くわしいことをしってるにちがいないから、ある程度利用して邪魔になったら狼男が、江藤を抹殺しようとするばあいがあるかもしれない……と、そう思ったもんだから。……しかし、いまのところ、ぼくにもこんどの事件はてんでわからない」

「しかし、あんたはいま、誘拐者がまあ坊にヒロさんだとわかると、なんだか安心したような顔色だったが……」

「とんでもない。安心なんかしやあしませんよ。ただ、まあ坊にヒロさんですがね。このふたり、果して狼男の手先きなのか、それとも江藤俊作の手先きなのか……もし、あとのばあいだとしたら、まだ望みなきにあらずと思ったもんですから」

「しかし、江藤が狼男の命をふくんで、ふたりの手先きにつかっているのかもしれないじゃありませんか」

「そうです。そうです。だから一刻もはやくまあ坊にヒロさん、それからひいて、日高ユリに志賀由紀子、さらに赤松静江の三人をさがしださなければなりませんね」

金田一耕助はそういって、ぶるっと体をふるわせたが、その三人はいま真っ暗な一室にとじこめられている。

そこがどこだか、日高ユリも志賀由紀子も、また赤松静江もしっていない。ここへつれこまれたとき、三人が三人とも怪しげな眠り薬をかがされて、前後不覚に眠っていたのだ。

そして、気がついたときには高手小手にいましめられて、猿ぐつわをはめられていた。いちばんはじめにここへつれこまれたのは赤松静江で、つぎが志賀由紀子、さいごが日高ユリの順だったが、真っ暗な闇のなかに芋虫のようにごろごろしながらも、三人が三人とも、いくらか救いをかんじているというのは、連れがあるということだ。

三人はいま絶望的な恐怖に胸をかまれながらも、ぴったりと体と体とをすりよせている。いちばん若い赤松静江が、ときおりせぐりあげるように泣きむせぶのを、志賀由紀子と日高ユリが、体をすりよせては慰める。しかし慰めている当人たちも、どうかすると狼の歯の連想から、はげしいショックをかんじて身をふるわせる。

こうして絶望的な何時間かすぎたのち、とつぜん、かすかな物音がきこえ、暗闇のなかにさっと一道の光がさしこんだので、三人がぎょっと顔をあげると、開いたドアのむこうに、ひとりの男が立っていた。

三人はその男の顔をみると、思わず声なき悲鳴をあげて、いよいよ強く体と体をすりよせる。三人はその男をしっているのだ。それこそ、どんなファッション・ショーにも顔を出して、浅茅文代を罵倒してやまなかったあの憎らしい毒舌爺さん。しかも、あのころから見ると江藤俊作の人相ははるかにけわしくなっている。

頬はこけ、眼つきは鋭く、ぴいんととがった鼻をしてもじゃもじゃに乱れた白髪……三人の眼にはそれこそ江藤俊作の姿が、白髪の鬼とうつっただろう。

江藤俊作はけわしい眼つきでまじまじと、三人の女を視つめていたが、やがて何かいおうとして口をひらいたとき、

「ヒーッ！」

と、赤松静江が笛のような悲鳴をあげて気をうしなった。江藤俊作の唇のおくに、狼のような歯を見たからである。

小休止

その歳末における一般都民最大の関心事は、誘拐された三人のファッション・モデルのゆくえであった。

新聞という新聞は連日連夜、狼男の事件を書き立てて、健忘症の読者を喚起することにつとめていた。ラジオというラジオは聴衆によびかけて、三人のゆくえ捜査に協力するよう要請することを怠らなかった。

しかし、それにもかかわらず、どこからも効果的な情報は入ってこなかった。むろん、無責任な投書や電話はひんぴんとしてあった。しかし、それはただいたずらに、捜査陣をして、奔命につかれさせるだけのことだった。

こうして捜査陣の焦燥のうちにその年も暮れ、新しい年がやってきた。しかし、依然として誘拐された三人の消息はどこからも入ってこなかった。いやいや、三人のみなら

ず、武蔵境の昆虫館から逃走した江藤俊作をはじめとして、その共犯者とみられるふたりのポン中毒患者、まあ坊とヒロさんの消息さえ、その後杳としてわからないのである。

警視庁では等々力警部をはじめとして、この事件を担当している捜査陣のめんめんは、年末年始の休暇も返上して、不眠不休の活動だったが、その結果はただいたずらに、疲労と困憊をますばかり。

「それにしても、ねえ金田一さん」

警視庁の第五調べ室。この事件以来、げっそりとやつれのみえる等々力警部は、おりから来合せていた金田一耕助にむかって、溜息まじりの声をかけた。

「狼男のやつ、こんどはどうしてこんなに気をもたせるんでしょう。赤松静江と日高ユリ、それから志賀由紀子の三人が誘拐されてから……」

と、警部は卓上日記の日附けにものうげな眼をやりながら、

「きょうでもう三週間ちかくになる。いままでのいきかただと、誘拐即殺害だったのに、こんどは三週間ちかくも音沙汰がないというのは、なんとなく異常な気がしやあしませんか」

金田一耕助ものうげな眼をして、両手でかかえた袴の膝で貧乏ゆすりをしながら、

「そうです、そうです。だからぼくもこの異常さのなかに、かすかながらも希望をもっているんですが……」

「希望とは……？」

「いいえ、こんどの三人の誘拐は、そもそも殺害が目的ではなかったんじゃないかと……そんな気がしてきたんです」

「殺害が目的ではないとは……？」

警部の眉がぐいと大きくつりあがる。

「いやあ……」

と、金田一耕助はなやましげな眼をして、ぼんやりともじゃもじゃ頭をかきまわしながら、

「ぼくにもはっきりといえませんが、こんど三人を誘拐したのは、三人を殺害しようというより、三人を危害から護ろうとしているんじゃないか。それとも三人のほうで危害をおそれて、自発的に身をかくしたんじゃないかと……そんな気もするんですがね」

「と、いうことはどちらにしても、われわれの力、つまり警察力に信頼できなくなったということを意味してるんですね」

げっそりと窶れた警部の顔には、いたましい自嘲の影がうかぶ。

「いやあ、そうおっしゃっちゃあ身も蓋もありませんがね。とにかく、いま警部さんがおっしゃったように、誘拐後三週間もたつのに、いまもってなんの反応も起らないというのは、たしかに異常といえますからね」

「しかし、金田一さん、こういうことは考えられませんか。赤松静江も日高ユリも、それから志賀由紀子も、とっくの昔にかたづけられてわれわれの眼のとどかぬところで始

末をされちまったんじゃないかと。……」

それに対して金田一耕助はゆっくりと、しかし、大きく首を左右にふった。

「いやあ、それは警部さんのお言葉とも思えませんね。この事件の犯人は、犯罪……殺人というものに対して、異常なまでの虚栄心をもっているんですからね。これは葛野多美子殺害の場合を見てもわかります。犯人は非常な危険をもかえりみず、世間をあっといわせようという、まるで子供みたいな情熱にとりつかれているんです。せっかく手に入った三人の犠牲者を、ひとしれずこっそり始末するような、そんなもったいないことはやるまいと思いますね」

「それじゃ、金田一さんの考えじゃ、三人はまだ生きているとおっしゃるんですね」

「いまのところ生きていると思いますが、しかし、それも時間の問題でしょうな」

「時間の問題とは……？」

「われわれが三人を見つけだし、適当な保護のもとにおくか、それともそのまえに、狼男が三人のかくれ家を見つけだして、そして……そして……」

さすがに金田一耕助もおわりまでいいきる勇気はなかった。さむざむとした恐怖が、そうでなくとも色艶の悪い肌をけばだたせる。等々力警部は思わずつりこまれるように、ゾクリと肩をふるわせる。

「畜生ッ！　どちらにしても三人を見つけだすことがなによりの急務だ」

「そうです、そうです、警部さん」

と、金田一耕助はものうげに相槌をうつと、

「ところで、杉野弓子は大丈夫ですか。いまじゃあの女が、虹の会のただひとりということになってしまいましたが……」

「ああ、杉野弓子……？　あの女は大丈夫でしょう。騎士《ナイト》がついてますからな。あっはっは」

咽喉のおくでひくくわらう等々力警部の声音には、あいかわらず自嘲の影がふかかった。

「騎士……？　ああ、川瀬三吾君ですね」

「そうです、そうです。ちかごろじゃ杉野弓子、出るにも入るにも川瀬三吾がつきっきりなんです。むろん、われわれのほうでも十分警戒はしていますが、警察力がこう不信じゃあねえ」

等々力警部はまた自嘲するようにわらったが、急に思い出したように膝をのりだし、

「ところが川瀬三吾についちゃ面白い話があるんですよ」

「面白い話というと……？」

「いえね、やっこさん、はじめはたしかに浅茅女史にまいってたんですね。これは十目の見るところ、十指のゆびさすところ、そうだったんですが、そのころにゃ浅茅女史にゃ、長岡秀二氏というパトロンがあったでしょう。だから、女史のほうで柳に風と吹きながしていたんですね。吹きながしたとはいえ、女史のほうでもたしかに川瀬三吾を憎

からず思っていたらしいんです。ところが昨年の暮長岡秀二氏に死なれちまったでしょう。浅茅女史はそれですっかり、支柱をうしなってしまったわけです。つまり非常に心細い境涯になったわけですね。それでいまさらのように川瀬君にむかって、誘いの水をむけたんですが、おっとどっこい、いまじゃ川瀬君にゃ杉野弓子というものがついている。それで浅茅先生、目下二重の失望を味わってるんだと、これは消息通のあいだじゃ、もっぱら評判のようですね」

金田一耕助は注意ぶかい眼の色をして警部の話を聞いていたが、

「つまり川瀬君のほうで心変りしたというわけですか」

「心変り……？　べつに約束があったわけじゃないでしょうけど、川瀬君、杉野君のことはともかくとして、浅茅女史に対する熱情が、以前みたいでなくなったことはたしかですね。浅茅女史から電話をかけても、なんのかんのって逃げをうってるらしいって話です」

「浅茅文代はその後……？」

「まあ、極度のヒステリーですね。ときおり猛烈な痙攣を起したりなんかして、……あのひとのデザイナーとしての生命も、もうおしまいじゃないですか。狼男が祟《たた》ってますからね。そこへパトロンの長岡秀二氏には死なれるし。……本人もその意識があるものだから、ヒステリーも起るわけです。変性男子の村越徹に当りちらしてるって話ですよ」

「村越徹はまだ女史のもとにいるんですね」

「そうです、そうです、ほかの連中はすっかり怖気《おじけ》づいて離れていったんですが、あの男だけは残留してるんですね。そうそう、それからもうひとり、有卦《うけ》に入ってるやつがある」

「有卦に入ってるって？」

「ブーケの支配人、増山半造でさあ。このときとばかり、せっせと四谷へかよって、女史にたいして、大いに忠勤をはげんでるという話ですがね。あっはっは」

等々力警部はしかしそこで、ふっとじぶんのむなしい饒舌に気がついたように、かわいた笑い声をあげると、そのままぴたりと口をつぐんでしまう。金田一耕助はだまってじぶんの足袋のさきを視つめていた。

以上がこの恐ろしい狼男の事件のなかの、みじかい、しかし、息づまるような小休止期間における、関係者たちの状態だった。

そして、やがてその小休止期間がやぶれるとき、世にも恐ろしいクライマックスから、急転直下カタストロフィーがやってくることになるのである。


救いの手？


そこは真っ暗な、窖蔵《あなぐら》のような部屋のなかである。

その闇の底に三人の女がもくもくとして、まるで虫けらみたいに生きている。冬とはいえ、もう三週間以上も沐浴せぬ女の肌は、垢におおわれて異様な臭気を発散する。ファッション・モデルというような、尖端的でスマートな職業をもつ女たちにとっては、それだけでも異状な体験だったが、妙なもので、肌が垢じみ、臭気をはなち、着ているものが皺だらけになってくるにつれて、彼女たちはいつか平生のたしなみも忘れ、芋虫のようにいぎたなく、床の上にごろごろしている日が多くなった。

あれ以来、食って寝るだけが三人の女の仕事だった。三度三度の食事は、電信柱のようにひょろ高い男か、満月のようにまん丸い顔をした男かどちらかがはこんできた。三人の女はいつか、電信柱のようにひょろ高い男をヒロさん、満月のような顔をした男をまあ坊と名前をしっていた。そして、日に一回はかならず、狼の歯をもった、白髪の老人が、三人の女をのぞきにくる。

はじめのうち三人は、誰にたいしても口をきくどころではなかった。誰か入ってくるたびに、こんどこそ最後ではないかと、おびえて、ふるえて、抱きあった。

しかし、一週間とたち、十日とすぎていくにもかかわらず、いっこう危害を加えるようもないのをみてとると、三人はいくらかずつでも希望をもちはじめた。所詮《しょせん》たすからぬと思っていたのが、ひょっとすると……と、僥倖をいのりはじめた。その証拠にはその時分、どうかするとコンパクトを取りだして、鏡をのぞいたりしたものだ。

昼も夜も真っ暗な部屋なのだけれど、三度の食事のあいだだけ、ヒロさんかまあ坊が、カンテラをおいていってくれ、そのあいだは、猿ぐつわといましめがとかれるのである。

この時分、三人の女はやっとヒロさんやまあ坊にたいして、口を利けるようになっていた。

「ねえ、まあ坊ちゃん、あたしたちをこんなところへ閉じこめておいて、いったいどうしようというの」

最初に口をきいたのは日高ユリだった。それにたいしてまあ坊はにやにやしながら、

「それがおれにもさっぱりわからねえ。先生、いったいどうする気なのかな」

と、白痴の子供みたいに首をかしげる。

「先生というのはあの白髪の爺さんのこと？」

志賀由紀子もそばから口を出した。

「そうさ、おれたちはあの先生の忠実な部下になることを誓ったんだあね」

「まあ坊ちゃん、あの先生というのが狼男なの」

赤松静江はおびえたような声でたずねる。

「さあて。それがおれにもわからねえ。先生はそうじゃないといっているが……」

「それじゃ、どうしてあたしたちをこんなところへ閉じこめておくの？」

「だから、おいらにも先生の気持ちがわからねえといってるじゃねえか。いけねえ、いけねえ。あんまりおしゃべりをしていると、また先生のお目玉だ。おい、さっさと食うものを食べてしまいねえ。また猿ぐつわをはめて、灯りをあっちへ持ってくぜ」

ヒロさんが食事の当番にあたったとき、おなじような質問を、三人の女がきり出すと、まあ坊よりはるかに陰険なヒロさんは、ポン中毒患者特有の、歪んだ、えげつない微笑をうかべて、

「そんなことおれのしったことか。先生は猫が鼠をじゃらすように、さんざんおまえたちを怖がらせたあげく、あんぐり食べる気じゃあねえのか。いっひっひ……」

それ以来、三人の女はむだな質問をするのをよした。

不思議なことにはこのふたりのポン中毒者が、江藤俊作に対する信服には非常なものがあった。それは必ずしも物質的な恩恵からくるものではないらしく、どこか気ちがいじみた江藤俊作の性行のなかには、このような歪んだ世界に住んでいる男たちを、威圧し、統率する力があるらしかった。

それともうひとつ、三人の女にとって都合のわるいことには、このふたりのポン中患者が、女の魅力にたいしてぜんぜん不感症になっているらしいことだった。いくらか希望をもちはじめた時分、三人の女は相談して、ふたりを誘惑しようと試みたことがあった。

しかし、それも無駄だとしったとき、三人の女はまた絶望の淵に投げこまれた。

ああ、やっぱりヒロさんがいうとおり、あの白髪の殺人鬼は、じぶんたちをさんざんおびえさせ、怖がらせたうえ、ときがきたら血まみれ料理の材料にするにちがいない。

三人の女はもうコンパクトをのぞく気力もなく、ながく梳《くしけ》ずらない頭は赤茶けて、火

をつけたらぼうぼうと燃えあがりそうになっていた。そして、黙々として食事をするとき、おたがいに妖婆《ウィッチ》みたいに、醜くすさんでいくおもてから眼をそらせた。

「ああ、ああ、もういちどステージに立ちたいなあ。そして、あのクラビオリンの伴奏を聞きながら動いてみたい」

暗闇の底から赤松静江が、夢でも見ているような呟きをもらした。それは静江の切実な魂の告白でありながら、しかもその声音には艶もひびきもない。ちかごろでは、もう声を立てて救いを求める気力もないとしったのか、どうかすると猿ぐつわだけは許されることがあった。

「おだまり！」

日高ユリが腹立たしげに叫んだ。

「そんなことはもう前世の夢なんだ！」

「だけど、あたしには聞えるのよ、クラビオリンのすすり泣くような伴奏のなかに、無言のままステージを歩くじぶんの足音が、……ほら、コツコツコツ、コツコツコツ……と」

志賀由紀子がこれまた夢でも見るように呟いたとき、コツコツコツ、コツコツコツ……と、忍びやかな足音がちかづいてくる。

「もうよして！　あたしたちもう二度と、ステージに立つことなんかないんだ。立つとすれば葛野多美子さんみたいに血みどろになって……」

「いいえ、そうじゃあないわ。解説者の解説にあわせて、ステージのうえを右に左に、きらびやかな衣裳をひらめかして、コツコツコツ、コツコツコツ……」

コツコツコツ……と、ちかづいてきた足音が、ドアの外へきてとまると、しばらくなかのようすをうかがっていたようだが、やがて、ガチャリと鍵をまわす音。つめたい風が三人の肌をなでたかと思うと、一道の光線がもぐらのように視力の弱った三人の眼をくらませた。

「あっ、やっぱりこんなところにいたんだな」

絶望のためにちかごろなかば知覚をうしないかけていた三人だけれど、その声にはたしかに聞きおぼえがあった。

「誰……？　あんた……？」

洞穴のような入口を背景として、懐中電灯をかざしている男に浴びせた日高ユリの声は、たいそうふるえをおびていた。

「ぼくだ。だけどあらかじめいっておく。声を立てたりしちゃいけないぜ」

その男が懐中電灯の光を、じぶんの顔にむけたとき、あらかじめ注意されていたにもかかわらず、またその男が、唇のうえに指をおいているにもかかわらず、

「あら、あなた！」

と、三人の女の唇から、いっせいに狂喜の声がほとばしった。

電話の声

「杉野さん、お電話よ」

このアパートの管理をしているおばさんに呼ばれて、そろそろ寝ようかと思っていた杉野弓子は、

「はあい」

と、大きな声で返事をすると、パジャマのうえからガウンをひっかけ、いそいで部屋をとび出して、せまい階段をおりていった。

「誰……？　川瀬さん……？」

「いいえ、女のかたですよ。お名前はおっしゃいませんけれど……」

「ああ、そう」

玄関のそばにある管理人の部屋の窓口から、卓上電話器をうけとると、

「ああ、もしもし、こちら杉野弓子でございますけれど、どなたさまでいらっしゃいましょうか」

そういって弓子は受話器を耳におしあてたが、しばらくは返事もなくて、ボーン、ボーンと柱時計の鳴る音が、電話をつうじていんきなひびきをつたえてきた。

十一時である。

「ああ、もしもし、もしもし……こちら杉野弓子でございますけれど……もしもし、もしもし……」

弓子がじれったそうに電話のボタンをおしているとき、はるかとおくで、

「弓子さん……？」

と、女の声がきこえてきた。艶もひびきもない声である。

「ええ、そう、あたし、弓子……あなた、どなた？」

「日高ユリ……」

「あら！」

と、弓子はよろこびの声をあげて、思わず受話器にしがみついた。

「ユリちゃん、あなたいまどこにいるの。みんなずいぶん心配してるのよ。由紀ちゃんや静江はどうして？」

「ふたりともすぐそこにいるわ」

ユリの声はあいかわらず、艶もひびきもない。もし夢遊病者か、催眠術の被施術者が口をきいたら、おそらくこういう調子だろうと思われる。

しかし、それはあとになって気がついたことで、そのときの弓子はお友だちの消息がわかりそうなので、前後もわきまえぬほど夢中になっていた。

「あなた、あなた、ユリちゃん、あなたどうしてかえって来ないの。みんなどんなに心配してるかしれないのに。……」

しばらく返事がなくて、やがてまた夢遊病者のような声がきこえてきた。

「あたしもうかえるにかえれないわ」

「あら、どうして……？」

「だって、あたしのすぐそばには幽霊が立っているもの……」

「ゆ、幽霊……？」

「ええ、そう、狼男の……」

とつぜん、つめたい手で逆撫されたようなはげしいショックをかんじて、弓子は受話器をにぎりしめた。

「ユ、ユリちゃん、お、お、狼男がそこにいるの……？」

管理人の部屋で帳簿をつくっていたおばさんが、はっとしたように蒼白んだ顔をあげる。

「ええ、そう。あなたにいとまごいをしろというの。狼男の幽霊が……」

「いとまごいって……？」

「あたし、もうすぐいってしまうのよ。由紀ちゃんと静江はもういってしまったわ」

「いったって？」

「狼男に絞め殺されて、つめたくなってそこにころがっているわ。こんどはあたしの番なんですって。……」

気がくるいそうな戦慄が、弓子の背筋をつらぬいて走る。

「ユリちゃん、ユリちゃん、あんた、気でもちがったんじゃない。由紀ちゃんや静江が狼男に殺されたって、それほんと……？」

管理人の部屋からおかみさんが、ガクガクとふるえる脚を踏みしめて這い出してくる。弓子の金切り声を聞きつけて、同宿の間借人がとび出してきた。

「ええ、そう、そしてあたしもふたりのあとを追うていくのよ。弓子さん」

「ユリちゃん……」

「いま十一時が鳴ったわね。日高ユリは昭和三十×年の一月十八日の午後十一時すぎに、この世を去ったと思って頂戴。……」

「ユリちゃん、ユリちゃん、狼男っていったいどんな男なの、ユリちゃん……」

「さようなら、弓子さん、あなたも気をつけてね」

同宿の間借人がしらせたのだろう、アパートの表に立って、弓子の身辺を警戒していた私服が、血相かえてとびこんでくるなり、弓子の手から受話器をひったくったが、そのとたん、ガチャンと耳にいたいようなひびきを立てて電話がきれた。

「畜生ッ！」

刑事はいったん電話をきると、電話局をよびだして、いまかかってきた電話のぬしはわからないかと、やっきとなって訊ねていたが、どうやらそれは無駄らしかった。

「畜生！　畜生！」

刑事は地団駄をふみながら、すぐに所轄警察と、警視庁へ連絡する。間もなく等々力警部をはじめとして、それぞれ係官がかけつけてきたが、その時分には弓子はもう手のつけられないほど、はげしいヒステリーのショックにおそわれていた。

「ええ、ユリちゃんから電話がかかってきたんです。電話がとおくてよくわからないけれど、やっぱりユリちゃんだと思います。由紀ちゃんも静江ももう殺されて、ユリちゃんもこれから殺されるというんです。ああ、怖い、怖い、みなさん、なにをしてるんです。どうして狼男をつかまえてしまわないんです」

弓子の狂態は手がつけられない。

等々力警部はすぐに本庁と連絡して、全都に非常線をはるように打合せをしたが、そのあとで思い出したように、四谷の浅茅文代のところへ電話をかけてみた。

電話口へは変性男子の村越徹が出てきて、

「先生ならいま睡眠剤をお飲みになって、寝室へおさがりになったところですけれど……」

あいかわらず女のような口の利きかたである。

「それじゃ、なにも変ったことはないね」

「はあ、べつに。……ついさっきまで増山さんがいらしったんですけれど。……こんやの先生はわりと落着いていらっしゃるようなので、あたしもそろそろおいとましようと思ってるところなんですの。でも、警部さん、なにかかわったことでも……」

「いや、なに、ちょっと。……」

杉野弓子のヒステリーは、さんざんあちこちへ電話をかけて、十二時すぎ、やっと川瀬三吾と連絡がとれるまでつづいた。

「川瀬さん、すぐに来てえ。あたし、怖いの、怖いの、怖いのよう」

「どうしたんだい。何かあったのかい」

「ええ、あったのよ。電話ではいえないわ。こんやこっちへ来て泊ってえ。……それでないと、あたし怖くて死んじまうわ」

「よし、なんだかしらないけどすぐいこう」

その返事を聞いて、弓子はやっといくらか落着いたが、その翌朝になって、電話の声が事実となって現れたことをしったとき、彼女はまた猛烈な恐怖の発作におそわれた。

血の群像

一月十九日の朝。

鉛色に凍てついた空のもと、隅田川の川面から、もうもうとして濃い霧が立ちのぼっている。ちょうど出勤時刻なので、吾妻橋をわたる電車はどれもこれも満員の鮨詰めだったが、それらの電車がむこうに隅田公園をのぞむ位置まできたとき、どの電車からもいっせいに、鈴なりの顔が窓からのぞいていた。

隅田公園を中心として、おびただしい自動車がとまり、河沿いの遊歩道のあたり、顎紐をかけた警官たちが、ものものしい気配でいきしているのが望まれたからである。

「何かあったんでしょうかねえ」

「さあ、浮浪者狩りでもやってるんじゃないですか」

「浮浪者狩りとしちゃ、少し時候と時刻がおかしいですね」

「そういえばそうです」

「それにずいぶん野次馬がむらがっているじゃありませんか。あっ、写真をとってる!」

地を這うような朝霧のなかから、パッ、パッと閃光が走るのをみて、だれかが頓狂な声をあげた。

「こりゃ、ひょっとすると、ひょっとするんじゃありませんか」

「ひょっとすると、ひょっとするとは……?」

「ほら、けさの新聞に、また狼男のことが出てたでしょう。日高ユリという女から仲間の杉野弓子に電話がかかってきたっていう……。ひょっとするとその死骸が見つかったのでは……?」

けさの新聞には日高ユリの電話のことが社会面のトップに大きく掲げられていた。朝の起きぬけにこの記事を読んだひとびとは、みぞおちへ冷い刃でも当てられたような、なんともいえぬ不快な悪寒をかんじて、それがために朝飯もろくに咽喉をとおらぬひともあったという。

「だけど、あれはほんとうでしょうかねえ。なんぼなんでも殺すまえに被害者に、電話をかけさせるというのは……」

「だけど、どうかわかりませんぜ、狼男のやるこってすからね」

「それで、その死体が隅田公園で見つかったってわけですか」

「とにかく、あのさわぎはただごとじゃありませんでしたね」

電車が吾妻橋をわたってからも、ながくその話題はあとをひいて、なかには改めて新聞をとりだしてみるものもある。

ちょうどそのころ、吾妻橋をわたった自動車が、隅田公園のそばへとまると、なかからふらりととびだしたのは、雀の巣のようなもじゃもじゃ頭をした金田一耕助。

耕助は二重まわしの襟を立て、例によってひだのたるんだ袴のすそを、ラッパのように開きながら、川沿いの寒風をきっていきかけたが、そのとき、またうしろへ一台の自動車がきてとまったので、思わず立ちどまってふりかえったところへ、

「あっ、金田一さん」

と、声をかけておりてきたのは、川瀬三吾と杉野弓子のふたりであった。ふたりともゆうべ、一睡もしていないらしいことは、血走った眼と、そそけだった肌を見てもわかるのである。

「あっ、杉野君、あんた来ちゃいけない。ここはあんたのくるべきところじゃない」

金田一耕助が叱咤するような声をかけた。

「ええ、金田一さん、ぼくもそういうんですがね、弓子、どうしてもききいれないんです」

「だけど、どうしてこの事件をしったんですか」

「いえね、ぼくゆうべ弓子のところへ泊ったんですが、けさ社へ電話をかけてみて、こちらの事件をしったんです。ゆうべユリちゃんから、弓子のところへ電話がかかってきたってこと、御存じでしょう。だから、いっそう三人にひとめあって、お別れの挨拶をしたいっていうんです」

「そうそう、杉野さん」

と、金田一耕助は思い出したように、

「ゆうべの電話ね、日高ユリ、狼男の幽霊といったそうですね。けさの新聞で見たんだけれど……」

「ええ。……」

と、弓子は蠟人形のように蒼ざめて、表情のない声でつぶやいた。

「それ、どういう意味だろう。幽霊というのは……」

「どういう意味だか……」

川瀬三吾にすがりついたまま、弓子の声は味もそっけもない。どこかゆうべの電話に似て、夢遊病者のようである。

「だけど、ほんとうに幽霊という言葉をつかったんですね」

「ええ、二度か三度……」

「金田一さん、それ、少しでもよけいに弓子を怖がらせるためじゃありませんか」

「そうかもしれない。しかし、そうでないかもしれない。……」

金田一耕助は考えぶかい眼つきをして呟いた。

三人はいくどか警官にとがめられたり、釈明したりしながら、やっと現場附近まできたが、とつぜん、弓子が、

「ひーっ！」

と、いうような悲鳴をあげて、川瀬の腕をくだけんばかりに握りしめたが、つぎの瞬間、大きく瞳をひらいたまま、凍てついた大地のうえにくずれおちそうになる。

川瀬三吾と金田一耕助が、あわてて左右からその体をささえると、

「だから、いわんこっちゃない。こりゃ女の見るべきものじゃないんだ」

だが、そういう金田一耕助も、ものぐるおしいほどの恐怖に、思わず膝がしらががくがくするのをおぼえた。川瀬三吾も石のように体をかたくして、ものに憑かれたような瞳を前方にむけている。

金田一耕助も川瀬三吾も、そこにどのような情景を発見するであろうかということは、あらかじめ電話によってしらされていたのである。それにもかかわらず、その実物を眼のまえにしたとき、名状することの出来ぬ恐怖と嫌悪に、嘔吐を催しそうな悪寒をおぼえずにはいられなかった。

さむざむと凍てついた公園のなかに、大きな石の台座がある。以前はその台座のうえに、なにがしの銅像がのっかっていたのだけれど、戦争中に銅像のほうはとりはらわれて、台座だけむなしく残っていたのを、いま見るとその台座のうえに、世にも恐ろしい血の群像がきずきあげられていたのだ。

中央に坐っているのは日高ユリである。そして、その左右からよりかかっているのが志賀由紀子と赤松静江。三人とも腰に薄物をまとうているだけの、鉛色の肌が寒風にいたいたしくて、それ以上の残虐はもうここにくりかえすことはよそう。三つの死体は死体ながらも、たくみに腕と腕を組みあわせることによって、不思議な平衡をたもっている。

金田一耕助はなんともいえぬ恐ろしさに、全身から総毛立っていくのをおぼえた。

かれが恐れたのは、このなまなましい群像から受ける直接的な印象ばかりではない。この群像の背後にあるもの。……こういう気ちがいじみた群像を、誇示せずにはいられぬ犯人の、世にも異常な心理状態についてである。

そのとき、

「ああ、いつかわたしもああなるのね」

かわいた呟きがきこえたかと思うと、金田一耕助と川瀬三吾の腕のあいだで、とうとう弓子は気をうしなってしまった。

眠れる三人

ひとしきり、血の群像をとりまいて、勢《きお》い立っていた係官のあいだに、その反動として虚脱したような沈静がおちかかってきたとき、またなにかしら新しい刺戟が、捜査陣を色めき立たせるのを金田一耕助は見おとさなかった。

「警部さん、なにか耳よりな情報でも……」

「ああ、金田一さん、あなたもいっしょにいらっしゃい」

「いくってどこへ……？」

「いえね、あの死体を運んだボートから、犯罪の現場はこの川の沿岸のどこかじゃないかと、けさから調べさせていたんですが、どうやら目星がついたらしいというんです。まだはっきりしたことはいえないんですが、とにかくいってみましょう」

この事件について手がかりがついたといえば、おそらくこれが最初ではないか。それだけに警部の緊張と昂奮は大きかった。

河岸に待機していたランチに乗ると、モーター・ボートがせんとうに立って、すぐにエンジンが鳴りはじめる。前後左右に数艘のモーター・ボートがしたがって、ものものしい空気が川上を圧する。

日はすでに午ならんとするのに、空はいまだに凍てついたような鉛色にとざされている。その鉛色の膜のむこうに、太陽がぼやけた白さで寒そうにかかっている。川風が氷の刃のように肌をさす。金田一耕助はすりきれた二重まわしの襟のなかで、つめたく首をちぢめていた。ものをいうたびに息が白いのである。

「警部さん、目星がついたというのは……？」

「いえね、江藤俊作のかくれ家がわかったんですよ」

「江藤俊作のかくれ家が……？」

「ええ、そう、ボートのなかにそれを暗示するような紙片が落ちていたんですね。不明瞭ながら地図みたいなものがね。それで念のために、そういう地形に相当するような場所を、この川の両岸にさがさせたんですが……」

「犯人は死体をはこんできたボートを、乗りすてていったんですか」

「どうもそうらしい。とにかくボートで死体を運んでくると、あそこへ血の群像をきずきあげ、それからじぶんは陸《おか》をとおって逃げたんじゃないかな、けさはやく、この川の下手のほうで、ぬしのないボートが発見されたんです。ボートの中が血まみれだったところから、この犯罪に関係ありとにらんだんですね。ところがそのボートのなかに、地図みたいなものをかいた紙片が落ちていたというわけです」

金田一耕助は怪しい胸のときめきをおぼえながら、

「そして、その地図に相当するところに、果して江藤俊作のかくれ家があったというんですね」

「どうもそうらしい。まだはっきりしたことはわからんが。……でも、通称ヒロさんとまあ坊というふたりのポン中毒者もいるそうですよ」

「じゃ、三人ともつかまったんですか」

「いや、それがちょっとおかしいんですがね」

「おかしいとは……？」

「いえ、むこうへいってみなければ、はっきりしたことはいえないんだが……」

等々力警部が言葉をにごしたので、金田一耕助もそれ以上追究するのをやめた。

ランチは隅田川を下流へむかって走っていたが、やがて両国橋をわたったところで、せんとうに立ったモーター・ボートが左へきれた。竪川《たてかわ》へ入っていったのである。ランチもむろんそのあとにつづいた。二つ三つ橋をくぐったところで、せんとうのモーター・ボートがぴたりととまる。

ランチの中から河岸を見ると、右側にすすけた倉庫のような建物が、川口にむかって背中をむけている。戦災にやられたのを手軽に修理したとみえて、荒廃のあとがいちじるしい。

ランチからうえへあがると、倉庫と倉庫のあいだに、緊張した顔色の私服が待っていた。

「どうだ、いるのか」

「います」

それから私服は声をひそめて、

「隅田公園の三人は、たしかにこの倉庫の地下室のなかに閉じこめられていたんですぜ。ハンドバッグやなんかがのこっています」

「刑事さん、あなたそれをごらんになったんですか」

金田一耕助がたずねた。

「見ました」

「でも、江藤俊作はどうしてるんです。逮捕しちまったんですか」

「いやあ、まあ、とにかくなかへ入ってごらんなさい。いささか妙なんですがね」

倉庫のまわりには警官たちが、いかめしい顔をして立っている。

この倉庫は屑鉄屋でも持っているのだろうか。赤錆びた、えたいのしれぬ巨大な機械がつみかさなっているおくに、地下へおりていく階段があり、その階段のすぐそばは、六畳ほどの小部屋がある。

その小部屋のなかをのぞいたとき、金田一耕助はおもわず大きく眼を視張った。

粗末な木製のテーブルのうえに、三人の男がうつぶせに顔を伏せている。テーブルのうえにはウィスキーの瓶や、食べかけたパン屑や鑵詰め類が散乱している。三人の男のうちのひとりが、真っ白な頭髪をもっているところをみると、それが江藤俊作にちがいない。

「し、死んでいるの……」

と、いいかけて、耕助はあわててそのことばをのみこんだ。三人の雷のようないびきが耳についたからである。

ああ、なんと、江藤俊作とふたりのポン中毒者は、額にいっぱい汗をうかべて、雷のようないびきを吐きながら、そこに眠りこけているのだった。

江藤の告白

江藤俊作とふたりのポン中毒者が麻酔からさめて、等々力警部の質問にこたえられるような状態に恢復するまでには、なお数時間のときと、医者の手篤い介抱を必要とした。したがって、この事件の最大のクライマックスともいうべき三人の訊取《ききと》りが開始されたのは、その日も夜おそくなってからのことだった。

まず最初に江藤俊作が第五調べ室へつれてこられたとき、金田一耕助はその風貌《ふうぼう》から、あきらかなる精神分裂症的な徴候を読みとった。この男は狂人ではない。しかし、なにかしら異常な精神的歪みともいうべきものが、その眼光や体臭から感得されるのである。

江藤俊作は額にたれかかった白髪をかきあげようともせず、ギラギラと光る兇暴な眼差しで、第五調べ室のなかを見まわしていたが、やがて警部に指さされると、むっつりと警部のまえの椅子に腰をおろした。

「いろいろお訊ねしたいことがあるのですがね。江藤さん」

と、警部はデスクのうえの煙草のケースを押しやりながら、

「お答えになりたくなかったらお答えにならなくてもいいのです。しかし、なるべくなら率直に答えていただいたほうが手間がかからなくていいんですがね」

江藤はギラギラと油のように光る眼を、真正面から警部にむけて、

「あの三人はどうした。三人の女はどうしたんだ！」

と、まるで咬みつきそうな調子である。

警部はちらっとそばにいる金田一耕助と眼を見交わしながら、ちょっとデスクから乗り出して、

「三人の女というと……？」

「ファッション・モデルの三人だ。赤松静江と日高ユリ、それから志賀由紀子といったな」

「ああ、あの三人なら、江藤さん」

と、警部も鋭く相手を注視しながら、

「殺されましたよ。死体となって発見されたんです。隅田公園のなかで……」

江藤はいっしゅんきっと体を硬直させて、等々力警部の顔を穴のあくほど凝視していたが、やがてなみいる刑事たちの顔を見まわしているうちに、しだいにその硬直がくずれていった。そして、最後にその視線が金田一耕助のうえにとまり、耕助が物悲しげな微笑とともにうなずくのを見ると、とつぜんがっくりと肩を落し、両手のなかに顔を埋

めた。

「敏介のやつ……敏介のやつ……おれはそれをさせないために苦労したのに……」

「敏介……？　敏介とはだれのことですか」

「おれの双生児の兄弟だ。きみたちが伊吹徹三という名前でしっている男だ」

一種異様な緊張がさっと部屋の空気を硬直させる。ここにはじめて伊吹徹三なる人物の正体が、解明されようというのである。

「伊吹徹三なる人物は、日本を亡命したということだが……」

警部の声はうわずっている。

「ああ、そう、あいつはうまれ落ちるとすぐおふくろの里へひきとられ、安原姓を名乗っていたが、幼いころから天才だった。だが、天才であると同時に狂人でもあった」

「狂人というと……？」

「おりおり兇暴な発作を起すんだ。発作を起すといっとき手がつけられないほど兇暴になるんだ。それが昂《こう》じてとうとう二十七歳のとき、……当時あいつは洋画家として売り出しかけていたんだが、なんの理由も動機もなく、モデルを殺して逮捕されたんだ。そのとき、精神鑑定の結果、精神異常者とみなされ、M病院へ収容されたが、まもなくそこを脱出しておれのところへ逃げてきたんだ。話をきくとフランスへいきたいという。永久に日本へかえってきたくないという。いつまでも精神病院へおくのも可哀そうだし、日本にいないのならそれもよかろうと思ったから、おれが日本脱出のお膳立てをしてやり、金をあたえて日本を去らせたんだ。それが昭和七年のことだった」

その事件なら等々力警部をはじめとして、そこにいる刑事たちも記憶している。金田一耕助も何かの本で読んだことがある。洋画家安原敏介の行方は、その後ながく謎となってのこっていたのだ。……と、いうことは江藤俊作が真実を語っていることを意味しているのではないか。

「ふむふむ、それで……」

「それ以来おれはあいつの消息をきかなかった。生きているのか死んでいるのかそれすらわからなかった。ところが、去年の五月ごろ、とつぜん、あいつが帰国してきて、おれのところへやってきたんだ。話を聞くと浅茅文代を取戻しにかえってきたという。また、あいつには文代を取戻すだけの権利があるんだ」

「権利というと……？」

「文代は……浅茅文代は……」

と、江藤俊作は兇暴な眼で、ギラギラと一同の顔を見まわしながら、

「敏介のデザインを盗んでかえったんだ。パリから……」

しかし、そのことはかれが期待したほどには一同を驚かせなかった。警部も金田一耕助も、文代のデザイン盗みはしっていた。ただ、誰から盗んだのかわからなかったけれど。

「すると、敏介氏はむこうでデザイナーをしていたんですか」

「いいや、それはそうじゃない」

と、江藤はねつい調子でおさえつけるように、

「一時デザイナーの勉強をしていたことがあるそうだが、文代と相識ったころはよしてたそうだ。ところが文代と同棲するようになってから、女のセンスがあまり貧弱なので可哀そうになり、女にせがまれるままに、いろいろとデザインをつくってやったんだ。女の下心もしらずに……あいつは天才だからちょっと勉強すると一流になれるんだ」

「それを浅茅女史が盗んでかえったとおっしゃるんですね」

と、そばから金田一耕助が口を出した。江藤はギロリとそのほうを見て、

「そうだ。文代ははじめからそれが目的で、敏介に体を許したにちがいない。その証拠にはデザインが相当たまると、敏介をスペイン旅行につれだした。そして、敏介がピレネー山脈の崖から落ちて、人事不省におちいっているあいだにパリへかえり、敏介のデザインをコピーして日本へ逃げてかえった。……と、敏介はいっているが、おれが思うのに敏介は文代のために、崖から突落されたんじゃないかと思う」

電流のような一種のショックが、第五調べ室にいるひとびとを戦慄させる。江藤はしかし、一同のギックリしたような視線をあびると、いくらかあわてたように、

「いやいや、これはおれのいいすぎかもしれん。なんの証拠もないことだから。……敏介は文代をかばってあくまでも、じぶんの過失のようにいってたから。……」

「しかし、浅茅女史が敏介氏のデザインを盗んだという証拠はありますか」

「それはある。おれは敏介にオリジナルを見せてもらった。おれにはしかし、デザインのことはよくわからんので、文代の競争者日下田鶴子に、二、三見てもらったが、それらはいずれも文代が帰国後発表した作品と、すっかりおなじだといっていた」

「そのデザインはいまどこに……？」

「いや、それは敏介が売ったらしい。戦後はおれもそう金がまわらんので……？」

「売ったって誰に……？」

「それを買いとったのは文代のパトロン、長岡秀二じゃないかな。敏介もはっきりといわなかったが……」

またしても電撃のようなショックが、第五調べ室を支配する。これでどうやら長岡秀二氏の、この事件における役割もうなずけるような気がするのではないか。

恐るべき双生児

「それじゃ、江藤さん、もう少し順序立ててお話しねがえませんか。敏介氏が帰国されて以来のことを……」

「承知しました」

と、江藤もしだいに落ちついてきて、額にたれさがる白髪をかきあげながら、

「わたしとしては敏介に、なんとかして穏便に日本を立ち去ってもらいたい、というの

がなによりの願いですね。ところが敏介としてはどうしても文代といっしょにいきたい。文代といっしょじゃないと日本を立ち去らんというのです。それでいて、デザイン盗みのことはいいたくない。あれは文代のために作ってやったのだから、文代がそれを効果的に利用するのは当然だというのですね。それというのが事を荒立てて、文代の自尊心……というよりは虚栄心をきずつけて、いよいよ彼女の心を離れさせてはならぬという、まあ惚れた弱みの心使いですね。それで、かなりたびたび文代に会ってかきくどいていたようでした」

「ああ、ちょっと」

金田一耕助が言葉をはさんだ。

「いったいどういうとこで会ってたのですか。浅茅女史の話では鳴子坂のアパートへはいちどいったきりで、ほかはたいてい喫茶店のようなところで会ったという話でしたが……」

「いや、そういうところでも会ったでしょうが、ちょくちょく武蔵境の昆虫館でも会ってたようでしたね」

「そういう場合にはあなたは……？」

「そんな晩にはわたしは鳴子坂のアパートへいくんです。さいわい髪の毛と頰のきず……そうそう、あのきずはピレネー山脈の崖から落ちたときの記念だといっていましたが……それをのぞいては双生児のことですからね、瓜二つといってもいいほど似てるもんですから、ふたりが入れかわるんですね」

「あの鳴子坂のアパートは……？」

「ああ、あれはわたしが見つけて伊吹徹三の名前で借りてやったんです。なにしろうちへおくわけにはいきませんからね」

「昆虫館にもミシンやマヌカンがありましたね。あちらでも仕事を……？」

「ええ、そう、アパートでは落ちついて仕事ができないから、ときどきこちらを貸してくれというので、アトリエを作ってやったので……しかし、仕事も仕事でしょうが、それはまあ口実で、文代に会うためだったようですね。アパートではうまくいきませんし、さいわいうちの女中というのが年が若いし、少しぼんやりしてるもんですから。……わたしとしては腫物にさわるようなあんばいで、なんとかして穏便に日本を立ち去ってもらいたいと思ってたんですから」

「すると敏介氏と浅茅女史の関係は、こちらで復活していたとおっしゃるんですか」

「じゃないかと思う。それがわたし憎いと思うんです。いやならいやでキッパリ撥ねつけてくれればいいものを、あの女としても秘密の曝露をおそれる気持ちがあり、それにパリから持ちかえったデザインも、そろそろ種切れになりそうだったので、敏介に体を許して、またせっせと仕込んでいたんじゃないかと思うんです。それでいて敏介の願いをいれて、いっしょにパリへいく気はないんですね。それがしだいに敏介を兇暴にしていったんじゃないかと思う」

「敏介氏が長岡秀二氏にオリジナルを売りつけたというのは……」

「それはひとつは金に困ったせいもありましょうが、もうひとつは、おまえの惚れている女はデザイナーとしてなんの才能もない女だ。驢馬のようなプーアな頭脳しか持っていない女だということを示して、文代と手を切らせようと思ったんですね。文代が敏介の頼みを首をたてに振らないのは、長岡に惚れているせいもあるらしいんですね。だから文代としては長岡との関係はいままでどおりつづけ、敏介にはせっせとデザインを作らせ、そのかわりときおり肉体を提供する。そしてじぶんはいつまでも、モード界の第一人者でいたい……と、あの女、敏介の言葉をかりると、けっして悪い女じゃないが、女らしい虚栄心の奴隷なんですね。そういう女の煮えきらないというか、虫のいいというか、そういう態度が敏介をいらだたせ、わたしなんかもハラハラしたもんだから、なんとかして文代にデザイナーを諦めさせようと、ファッション・ショーを見にいっては、文代の悪口をいってたわけです。そうしているうちに、とうとうあの第一の事件、滝田加代子殺しが起ったというわけですね」

「そのとき、あなたはそれをすぐ敏介氏のしわざだと思いましたか」

「いや、はっきり断定は出来なかったが、十中八九そうじゃないかと思った。と、いうのは加代子が誘拐された日、わたしはファッション・ショーを見ていたんです。するとプログラムに文代とある役を、文代になにか故障があったらしく、加代子がかわって出た。誘拐者はそれをしらずに、加代子を文代とまちがえてつれていったんじゃないか。

それを敏介が怒りにまかせて……と、いうのは、その晩わたしは鳴子坂のほうに泊るべく、電話で指示されていたもんですから……」

「電話で……？　直接お会いには……？」

金田一耕助が眉をひそめた。

「いいや、あれはファッション・ショーの開かれるちょうど十日まえでしたから、十月五日の晩のことでしたが、その晩、やはりわたしは鳴子坂、敏介は武蔵境といれかわったんです。それ以来、敏介に会ってなかったんだ。いまもってそうだが……鳴子坂のアパートへ電話をかけても帰らないというし、内々気をもんでいるところへ敏介から電話がかかって、今夜、武蔵境のほうを貸してほしい、文代と最後の決着をつけるから……と、そういうことがあったもんだから、わたし……」

「ああ、ちょっと待ってください」

と、金田一耕助がさえぎった。

「その電話の声は、たしかに敏介氏でしたか」

江藤はギロリと耕助の顔をふりかえったが、

「いや、そういえば旅行に出ていて、風邪をひいたとかいってましたが、……しかし、それがなにか……」

「いや、いや、いいんです。さきをどうぞ」

「まあ、そういうわけですから、滝田加代子殺しを新聞でしったときのわたしの驚き！

わたしはなんとかして敏介を見つけ、説きふせて、日本を立ち去らせたいと思ったんです。それで、なんども鳴子坂のアパートへ電話をかけてみたんですが、旅行に出たきりまだかえらないという。そうしているうちに、敏介のほうからまた電話がかかってきて、もうひと晩、武蔵境を貸してほしいという。こんどこそおだやかに話をつけて、日本を立ち去っていく。決して兄さんに迷惑はかけないというもんですから……」

「そのとき敏介氏、風邪をひいていましたか」

金田一耕助の質問に、江藤俊作のみならず、一同ギョッとしたように、そのほうを振返る。江藤はギラギラ光る眼で睨みすえるように耕助の顔を見ていたが、

「どういうわけでそういう質問があるのかわかりませんが、なかなか風邪が抜けなくて……と、いってました。それはさておき、わたしももういちど文代にあうチャンスを与えて、おだやかに日本を去ってもらいたいと思ったものですから、あれの指示にしたがったんです。そして、翌日、電話で打ちあわせ、あれが武蔵境を出たというので、正午過ぎにかえってみると……」

「有馬和子の死体が寝室にころがっていたんですね」

狂える三人

江藤はまたギラギラと兇暴さのぶりかえした眼差しで、きっと金田一耕助をにらみす

える。額にニューッと二本の血管が角のように怒張している。一同はさっと体を硬直させたが、江藤はやがてがっくりと肩を落すと、

「そうです、そうです、そのときのわたしの憤激と困惑を想像してください。なんぼなんでもこれではあんまりひどいと思った。わたしは平和を愛好する一アマチュアーの昆虫学者です。なんとかして事を穏便にとりはからって、敏介にフランスへいってもらいたいと希っているものです。それをこんな恐ろしい事件の渦中にまきこむなんて……わたしは敏介を呪った。憎んだ。が、なにはともあれ、この事件の渦中から身を避けるには、そこにある死体の始末をしなけりゃならない。なんとかして死体をかくさなきゃならん。そこで夕食後女中を出して、裏の庭に穴を掘った。そこへ死体を埋めるつもりだったんだが、そこをあのふたりのポン中毒者に見つかったんです」

「ポン中毒者はどうしてあそこへやってきたんですか」

これは等々力警部の質問である。

「それはこうです。文代とまちがえて滝田加代子を誘拐したのはあのふたりなんですな。ふたりは敏介……と、いってもマフラや帽子で顔をかくしていたので、ろくに敏介の顔も見てないのですが、……とにかく敏介にちがいないと思われる男にたのまれて、滝田加代子を誘拐し、あの昆虫館へつれてきて、敏介にひきわたしたんだそうです。その加代子が死体となって現れたものだから、敏介をゆするつもりでやってきたところが、そこにまた死体があったもんだから、わたしを敏介とまちがえて脅迫したわけです。わた

しはいろいろ釈明したが、むろん、そんなことを聞くような相手じゃない。いろいろ、嫌がらせをいっているうちにむこうのほうから妥協を申しこんできたんだ」

「妥協というと……？」

「つまりあの家へ死体を埋めておいたんじゃ、いつ発覚するかもしれないから、これはひとつバラバラにして、あちこちへかくしたほうがいい。金さえくれれば手伝ってやるというんです」

「その話にあなたは乗ったんですね」

詰《なじ》るような警部の視線を、江藤はまたギラギラと光る眼つきで弾きかえすと、

「だってしかたがないじゃないか。あいつらはわしを敏介だと思いこんでいるんだ。しかもそんな現場をおさえられ、弱みを握られてしまっちゃ、あいつらのいうことにしたがうよりほかにしかたがないじゃないか」

またニューッと二本の血管が角のように怒張してくるのを見て、一同は思わず顔を見合せた。狂人の発作を持っているのは敏介ばかりではない。双生児の兄弟のこの男にも、敏介とおなじ血が流れているにちがいない。

「まあまあ、江藤さん、それで……？」

金田一耕助がなだめるようにうながすと、さすがに江藤も額の汗をふき、かすかに身ぶるいをすると、

「ああ、ふむ、それで、あいつらに手つだってもらって、死体を浴室へはこび、そこで

両脚を切断したんだ」

「あなたがおやりになったんですか」

「みんなでやったんだ！」

と、江藤はニューッとあの狼のような歯をむき出し、咬みつくような眼で金田一耕助をにらみすえると、

「だれかれということはない。三人でやったんだと思いたまえ。そこで約束の金の半金だけわたし、ふたりが脚を一本ずつ持って立ち去ったんだ。あとの半金はつぎの晩やってきて、死体の残りの部分を持ち去るとき、わたすという約束だった。だからそれまではあの死体を、女中からかくしておかねばならんわけだ。その始末をしているところへ、あの新聞記者とモデル女がやってきたので、なにもかも暴露しちまったというわけだ」

「あなたはあの晩、どこへお泊りでした」

警部の質問に江藤はにやりとわらって、

「日下田鶴子のとこにかくまわれていたんだよ」

「日下田鶴子……？　そうそう、日下田鶴子はこの事件に、どういう関係があるんですか」

「なあに、あの女が文代のライヴァルだと聞いたもんだから、敏介のオリジナルを見てもらったんだ。敏介の要請があるもんだから、文代のデザインを盗んだことはいわなかった。いわなかったけれども、あの女もすぐになにか感附いたらしい。そのうちに敏介

がまた文代の口車にのって、デザインを作ってやっているらしいので、それをよせといったんだ。それより文代のライヴァルの日下田鶴子にデザインをあたえて、文代をモード界の王座からひきずりおろせ。そうすればあの女もデザイナーを諦めて、おまえといっしょにフランスへいくだろうと忠告したんだ。日下にその話を持ちこむと、もちろんあの女もとびついてきた。そこで鳴子坂のアパートで二、三度会ったらしく、秋のファッション・ショーに出品した日下の作品というのも、じつをいうと敏介のデザインなんだ。そういう弱みがあるもんだから、おれをつきだすわけにもいかなかったんだな」

「なるほど」

警部は一同と顔を見合せながら、

「ところで、有馬和子の二本の脚ですがね。あれをもってあのような奇想天外な悪戯をやってのけたのは……」

「あっはっは」

江藤は面白そうにわらって、

「いや、あれにはわしも驚いたよ。あとで聞くとふたりのポン中毒者め、はじめは約束どおり両脚をかくすつもりだったんだ。ところが翌日の新聞を見ると、すでに事件は発覚している。それじゃなにもかくすことないじゃないか。これでひとつ世間をあっといわせてやろうじゃないか。ひとつどちらが奇抜なやりかたで、世間をあっといわせるか、ひとつ腕くらべをしようじゃないかというわけだったそうだ。いや、あいつらもかわったやつらだ。あっはっは」

ふたりのポン中毒者も変ったやつらにちがいないが、それをいかにも面白そうにわらっている江藤俊作も、より以上にかわった人物にちがいない。一同はゾーッとしたように顔見合せた。

「それで、日下田鶴子のところからポン中毒者に連絡をとったんですね」

「ああ、そう、用事があったらここへ電話をかけてくれと、電話番号を書いていったんでね。そこで電話をかけて鳴子坂のアパートで落ちあったんだ」

「あの連中に三人のモデルを誘拐させるためですか」

「いいや、はじめの目的は敏介をさがさせるためだった。あいつを野放しにしておいたらどんなことになるかわからんと思ったからだ。ところがどうしても敏介の居所がわからんので、こんどは戦法をかえて、モデルのほうを誘拐したんだ。つまり敏介の魔手から守るために……」

「われわれを信用出来んとおっしゃるんですな」

「まあ、そうじゃな。滝田加代子が殺されてから、数日ならずして有馬和子を殺されるような警察力ではな」

等々力警部は憤激の情をおさえかねたが、しかし、そういわれれば一言もない。

「しかし、わしも悪かった。三人の女をひとところへ集めておいたので、かえって敏介にチャンスを与えたようなものだった。あいつがいつやってきて、われわれの飲食物に睡眠剤を投げこんだのかわしにもわからん。しかし、結果からいうとあいつのために便宜をはかってやったようなものだった」

さすがに江藤も愁然として頭を垂れる。

「しかし、敏介はどうしてあのかくれ家をしっていたのでしょう」

「いや、それをさっきからかんがえているんだが、それはたぶんこうだろう。鳴子坂のアパートから逃げ出すとき、はなればなれになったら、あの倉庫へやってくるようにとふたりのポン中毒者におしえられたんだ。ところがあの時、敏介もあのアパートへきていて、天井裏から他の部屋の押入れへぬけて逃げたのじゃないか。だからわれわれの相談を、敏介のやつ、天井裏で聞いていたにちがいない」

なるほど、そういわれればなにもかも辻褄があう。この精神異常者は双生児の兄弟の犯罪を防ごうとして、かえってそれを手つだった結果になるのだ。

ふたりのポン中毒者も呼び出されて訊き取りをされたが、それはすべて江藤の中立てのある部分が真実であることを裏書きしていた。ただ、最初ふたりをやとった男が、江藤であるかないかはかれらにもよくわからなかった。かれらはその男に浅草のあるヒロポン密売者のうちで会ったのだが、相手が顔をかくしているのでよくわからなかったという。

こうして狼男の狂った犯罪に、三人の頭の狂った人間が介在したために、事件をいっそう複雑怪奇にもりあげていったのだった。

恐ろしい発見

「金田一さん、金田一さん、いまごろこんなところを掘ってみて、いったいどうしようというんですか。江藤はここを掘って、有馬和子の死体を埋めようとしたが、結局はそれを実行せずに、死体はああして発見されたじゃありませんか」

ほの暗いカンテラの光をたよりに、黙々として土を掘る刑事を見まもりながら、等々力警部はなんとなく腑におちかねる顔色である。

それは江藤俊作とふたりのポン中毒者の告白が新聞に発表されて、満都を驚倒させた晩のこと。等々力警部は金田一耕助からの電話によって、ふたりの刑事をひきつれて、この武蔵境にある江藤俊作の昆虫館へかけつけてきたのである。

そこには金田一耕助が待っていて、江藤が掘った穴のすぐ横を掘るようにと、刑事に要請するのである。

「いや、それよりも警部さん、あなたがたがここへいらしたこと、誰にも気づかれやしなかったでしょうな、ことに新聞社の連中に……?」

「いや、それはあんたの注意があったから、よく警戒してきたが……しかし、金田一さん、ここになにかこんどの事件に関係あるものが埋っているというんですか」

金田一耕助はすぐにはそれに答えずに、刑事たちのシャベルのさきを見まもっている。

　この家は有馬和子の事件以来、女中も逃げ出し、いまは空家同然になっているので、誰もここで四人の男が、不可解な発掘作業を行っていることをしるものはない。空には凍ったような星がチカチカとまたたいて、この不思議な四人の行動を見まもっている。

　刑事たちはまず江藤の掘りあげて堆《うずたか》くもりあがっている土を、穴のなかへほうりこんでいったが、するとその下から、地面をおおうていっぱい散りしいた落葉の層があらわれた。刑事たちがそこを掘ろうとするのを、

「あっ、刑事さん、ちょっと待って……」

　と、金田一耕助がおしとめて、

「そこへシャベルをいれるまえに、その落葉をかきのけてくださいませんか」

　刑事たちは不思議そうな顔をして、カンテラの光にあかく浮きあがった金田一耕助の顔をふりかえったが、すぐいわれたとおり、シャベルで落葉をかきのける。

　と、とつぜんひとりの刑事が、おやとひくい叫びをもらした。

「ど、どうしたんだ。山村君」

「警部さん、ここもまえに誰か掘りかえしたらしいですよ。ほら、黒い土のなかに赤土がまじっている。……」

「しかし、それはこっちの穴の……」

「いいえ、そうじゃなさそうです。山村君のいうとおり、たしかに誰か掘りかえしたんですね。ほら、土がこんなにポカポカしている」

もうひとりの刑事も強調する。

「そう。そして掘りかえした跡を、落葉でかくしておいたんですね。ところで誰の考えもおなじことで、この庭でものをかくすには、ちょうどこのへんがいちばん頃合いの場所なんですね。だから、あのとき、……有馬和子の死体をかくそうとしたとき、江藤がここを掘っていたら、事件はもっと早く解決していたんでしょう。さあ、刑事さん、そこを掘ってみてください」

「承知しました」

　と、シャベルをふるうふたりの刑事の顔には、もうさきほどまでの不平そうな色は見えなかった。ある期待と昂奮が、刑事たちの眼をきらきらとかがやかせている。

「金田一さん、あなたはしかし、ここになにが埋っているとお思いなんですか」

　金田一耕助はその質問に答えずに、

「警部さん、江藤俊作の説によると、敏介が三人を眠らせたのち、赤松静江と日高ユリ、志賀由紀子の三人をつれだしたことになりますね。その倉庫には血痕がなかったんだから、三人は敏介につれだされて、外部で殺されたということになるんでしょう。しかし、それじゃあなぜ三人が、そうもやすやすつれ出されたか、いきなりおどりかかって、ひとりに麻酔をかがせたとしても、ほかのふたりがなぜ騒がなかったか、あの当時にはもう猿ぐつわははめてなかったというじゃありませんか」

「金田一さん、金田一さん、それはいったいどういう意味ですか」

「と、いうことは三人をつれだしたのは、三人がよく識っている人物、信頼出来る人物、つまり三人はその人物がじぶんたちを救いに来たと早合点したから、そいつのいうがままになり、そいつの術中におちいったのじゃないか。と、いうことはそいつは安原敏介、即ち伊吹徹三ではないことになる。狼男とはしたがって伊吹徹三ではなかった、では、伊吹徹三はどうなったか。……」

等々力警部はそのときはじめて、金田一耕助の瞳にうかぶ凄然たる鬼気を見てとって、思わず双の拳を握りしめた。

「それじゃ伊吹徹三、即ち安原敏介はこの土のなかに……」

「秋のファッション・ショーの開催される十日まえ、即ち最初の殺人が演じられる十日まえに、敏介は江藤と入れかわってここに泊ったという。その夜以来、江藤は敏介にいちどもあわず、ただ電話で話しただけなんです。しかも、その電話の声も風邪をひいたといって……」

「あっ、警部さん、出てきた、出てきた、裸の死体が……」

金田一耕助と等々力警部は、竦然として穴の底からつき出している、男の片脚を見おろしたが、やがて金田一耕助が陰気な声でつぶやいた。

「刑事さん、その死体を掘り出して、口の中を調べてください。肉はくさっても歯はのこっている。きっと江藤とおなじような歯を発見するでしょう。しかし、警部さん」

と、金田一耕助はきっと警部の顔を見て、

「このことは当分誰にもいわないように。……われわれは犯人にだまされて、依然として伊吹という男を追っかけるように見せかけておいたほうがいいでしょう」

無残絵

真っ暗な寝室のなかで、浅茅文代は枕のおおいをかみながら、さっきからひた泣きに泣いている。長岡秀二氏を失ってから、彼女はまたはげしい精神錯乱におちいって、ときおり夢中遊行の発作を起したりするのだった。

「パパさん、パパさん」

と、文代はシーツをかみながら、ベッドのなかですすり泣く。

「あなたはなぜあんな悪戯をなさったの。ムッシューQだなんて。……あたしにくださるお金が惜しくて、それを取りかえすために、あんなおいたをなすったわけじゃないんでしょう。あなたは御存じだったのね。伊吹にきいて、あたしにデザイナーの才能なんてないことを。……でも、そのことをはっきり指摘するのを不愍《ふびん》に思ってくだすって、それとなく引退させるように、あんなおいたをしていらしたんですわね。でも、その御親切が仇になって……あなたが伊吹にそれを聞いたとき、伊吹からオリジナルをお買いになったとき、はっきりそれをあたしにおっしゃってくだされば、こんなことにはならなかったのに。……パパさん、パパさん!」

ベッドのなかで文代はむせび泣き、せぐりあげる。彼女は真実パトロンの長岡秀二を愛していたのだ。そして、その愛人をうしなった魂の空白が、彼女をこのうえもない孤独感と絶望感にかりたてるのだ。

「パパさん、許して。……みんなあたしが悪かったのよ。あたしの虚栄心が……ファッション・デザイナーの第一人者という地位が、その地位にたいする未練が、こんな恐ろしい事件をひきおこしたばかりか、パパさんの命までちぢめてしまって……ああ、パパさん！　パパさん！」

文代はベッドの上に輾転しながら、呻き、嘆き、おのれの髪の毛をかきむしっていたが、ふいにぎょっとしたように、ベッドのうえにおきなおった。

「誰……？　そこにいるのは……？」

ふるえる声でそういいながら、あわてて枕元のスタンドに灯をつけたが、そのとたん、涙にぬれた眼が怒りにふるえた。ベッドのそばに狼男……西洋の神父様のかぶるような、ふちの広い帽子に二重眼鏡、それからマフラで鼻をおおうた灰色の男が、文代の顔をのぞきこむようにして立っている。

「とうとう来たのね。徹ちゃん。こんどはあたしを殺しにきたのね」

文代は憎悪に燃える眼を、狼男にむけながら、反射的にベッドのうえであとじさりする。

狼男はその答えとして、ポケットから妙なものを取り出した。それは釘抜きのようなものである。しかし、ただの釘抜きではなかった。釘抜きのさきに、狼の歯のような、ギザギザととがった金属製の歯をもつ、上顎と下顎がついていた。狼男は両手でその釘抜きの柄をもって、かっと上顎と下顎をひらいてみせた。

「ああ、徹ちゃん、それがあなたの答えなのね。あたしを殺して、その金属製の歯で、あたしの乳房を、咬みとろうというのね。いいわよ、殺して、……殺して……どうせあたしは伊吹と日下さんのふたりを殺した女だもの……パパさんが生きていれば、あくまでも生きのびたいと思うけど、あなたにパパさんを殺されてしまって……あたしがどんなにあなたを憎んでいるかよくしってるでしょう。あなたが殺さなければあたしがあなたを殺してよ。ほら、徹ちゃん！」

シーツの下から文代がピストルを取り出したとき、とつぜん、部屋のあかりがついて、誰かがそそくさと隣の部屋から入ってきた。文代はひとめその男の姿を見たとたん、

「あっ、徹ちゃん！」

と、恐怖と驚愕のために蒼白になって絶叫した。

徹もそこにいる狼男のすがたを見ると、おびえたような眼の色をして、二、三歩うしろへたじろいだが、とつぜん、その顔はなんとも名状することのできぬ兇悪な相にひん歪んだ。

「き、きさまは誰だ！」

狼男はそれには答えず、

「うっふっふ！」

と、気味の悪い笑い声をもらしながら、あの恐ろしい狼の歯をパクパクさせている。

「文代」

と、徹はものすさまじい形相を文代にむけて、

「おまえは……おまえはこの男に、なにかいいはしなかったか」

「ああ、聞いたよ。徹君、何もかも聞いてしまったよ。文代さんの問わず語りをな。うっふっふ！」

おもむろに帽子をぬぎ、二重眼鏡をとり、マスクをとった男の顔を見て、

「あっ、き、き、きさまは金田一耕助」

そのとたん、隣室の洋服ダンスやソファのかげから、等々力警部や私服の刑事がとび出してきた。

そして悪鬼の形相物凄く、あばれまわる徹の両手に、ガチャリと手錠がはめられるのを、文代は茫然たる眼で見まもっていたが、思い出したようにピストルをじぶんの胸に当ててひきがねを引いた。しかし、いつのまにやら弾丸が抜きとられているのに気がつくと、上の歯と下の歯に舌をはさんで、ベッドの鉄柵のうえにいやというほど顎をたたきつけた。

阿修羅のようにあばれまわっていた狼男の徹も、この無残絵のように凄惨な光景を眼のあたりに見て、骨を抜かれたようにその場にくずおれていった。……

「徹の告白によると、結局こういうことになるんですな」

と、金田一耕助は川瀬三吾と杉野弓子をまえにして、ものうげな調子で語っている。

「黒猫でかじりかけの林檎を伊吹から贈られた文代は、しかたなしに十月五日の夜、武蔵境の昆虫館へ、伊吹に会いにいったんですね、それを徹がひそかにつけていって、文代の秘密をはじめてしったばかりか、文代が伊吹を殺すところを見たんですね。徹の話によると文代は伊吹を殺すつもりではなく、相手がつきつけた短刀を、もぎとろうとした拍子に、あやまって相手を殺したということだが、それは恐らく真実でしょう。文代はそこで茫然とした。途方にくれた。殺人の罪名も恐ろしかったが、それよりもデザイン盗み……じぶんのいままでの制作が全部他人のデザインだ。じぶんにはなんの才能もないということを、世間にしられるのを怖れたんですな。そこへ徹がとび出して、巧みに文代をあざむいたというわけです。徹の言葉によると、じぶんがあんなに信頼し、尊敬し、そのために日下田鶴子のもとをとび出し、一生をたくした女がにせものだった、ただきれいなばかりでなんの才能もない食わせものだったとわかったとき、じぶんはこのうえもない憤りに胸をやかれた。この女に復讐してやらねばおさまらない憎悪をかんじた……と、こういうんだが、それもあったにはあったろうが、あいつ自身の体内に殺人淫楽者の血が流れていて、それがあの機会に爆発したんだね」

金田一耕助はものうげな眼で、じぶんの口から吐きだされるたばこの煙を視つめながら、

「そこで文代をこう説き伏せたのだ。伊吹の死体を埋めてしまおう。しかし、このまま伊吹が消えてしまっては、江藤が疑いだすかもしれないから、ときおり伊吹のすがたを

ちらちらさせて、伊吹がまだ生きているように江藤に思いこませよう。それには伊吹が文代とまちがえて、滝田加代子を誘拐するような段取りにしよう。伊吹の役はじぶんがつとめる。狼男にはじぶんがなってみせると。だから文代は徹が滝田加代子を殺す気だとは夢にもしらずにそれに同意した。ところが加代子が無残な死体となって現れ、しかも、そのまえに徹に犯されてしまっては、文代はふかい精神錯乱におちいらずにはいられなかった。そしてその精神錯乱から恢復したとき、文代の性情は一変していたんだね。じぶんの秘密を守るためには、徹の秘密を守らねばならない。そして、徹をかばうためには、じぶんもときには狼男の役割を演じなければならなくなった。こうして徹にひきずられて、しだいに深味へはまっていった文代は、徹とふたりで狼男の役をわけあっていったというわけだ」

「しかし、先生、長岡秀二氏はなんだって、ムッシューQの役割を演じたんですの」

杉野弓子は唇まで蒼褪めながら、それでももっともな質問である。

「これは文代の独白によるところなのだが、長岡氏はそれによって、文代にはやくデザイナーの足を洗わせようとしたんだろうという。もちろんそれもあるだろう。しかし、川瀬君なんか感じていやあしなかったか」

「はあ、どういうことですか」

「文代という女は、なんだかこう、苛めてみたくなるような女じゃなかった？　美しいけれど才能がなく、それでいて哀れな虚栄心のとりこになっている女……そういう女を愛していれば愛しているほど、ちょっと苛めてみたくなるのじゃないかね。おどおどと怯えたり、おののいたりしている文代を見るのが、長岡氏にはたのしみだったのじゃないのかな」

そういえばそういうところのある女性だったと、川瀬三吾も思いあたる。じぶんにはそういうサジズム的傾向はないけれど、いかにもある種の男性に、そういう慾望をおこさせそうな女だったとうなずける。

「徹があんなことをやってのけたのも、おのれの殺人願望を満足させるためであったろうが、ひとつには文代の怯えや恐怖を見ることが、舌なめずりをするような快楽じゃなかったかと思う」

川瀬三吾と杉野弓子は、暗い眼をしてうなずいた。弓子にも金田一耕助の説明が、納得出来るように思われた。

「いずれにしても……」

と、金田一耕助は溜息をつくように、

「恐ろしいのは女の虚栄心……身のほどしらぬ虚栄心だね。杉野君などももうそろそろ足を洗って、結婚することを考えるんだね。あっはっは」

それからまもなく、虹の会のただひとりの生きのこり杉野弓子は、川瀬三吾と腕を組んで、金田一耕助のもとを辞していった。しみじみと生きていることの幸福を味わいながら。……

解説

中島河太郎

私は繰り返し推理小説史を書いている。「推理小説」の誕生は昭和二十一年、その名付け親の木々高太郎は、探偵小説、考証小説、思想小説などの分野にわたって、彼一流の理想を盛りこもうとしたのである。

それに対して江戸川乱歩は、謎解き本位の本格探偵小説こそ「推理小説」の名称にふさわしいと説いたが、結局どちらの所説も一般化しなかった。「推理小説」は「探偵小説」の戦後、衣裳を変えた呼び名で、同義語として通用するようになった。

この名称が普及して二十年にもなろうとする現在、再び探偵小説の名称が散見するようになった。わざわざ「探偵小説特集」を試みる企画や、探偵小説専門誌の創刊、探偵と銘うったシリーズなど、しきりに目につき始めた。

それはここ十数年来の推理小説が、社会性、風俗性への依存度が強く、リアリティーを重視したため、奔放な夢と奇想のロマンを喪失し、味気ないものが多くなったその反動といえないこともない。名探偵は引退を余儀なくされたし、奇抜なトリックが白眼視されるようになると、推理小説から驚きが消えてしまった。

そこで、わざわざ「探偵小説」という古い名称が復活したのは、読者自身があっと驚かせてもらいたいからなのだ。作者と読者との知恵の争いはいうまでもなく、ゾクゾクするようなスリルと、手にとったらやめられぬサスペンスに、思いきり陶酔したいからなのである。

もう数年前のことになるが、夢野久作、小栗虫太郎、久生十蘭ら、異色の作家の著作が続々刊行されて、ジャーナリズムの注目を惹《ひ》いたことがある。千編一律の中間小説に倦きた読者の饑渇《きかつ》を癒《いや》したのだが、謎解きのおもしろさを主軸としたものではなかった。新作が期待されない以上、旧作がもてはやされるのは当然であった。中でも謎解きの興味と濃厚なロマン性に彩られた著者の作品が強烈な郷愁を喚《よ》び起こした。古い読者は懐しいよき時代の妖異探偵譚に、新しく手にとった人々は驚くべきトリックの数々に、いまさらながら探偵小説のたのしさを満喫させられたにちがいない。

私などは著者の作品の発表を追うて、ずっと読み続けてきた。昭和四十九年に十年余り、中絶したままになっていた『仮面舞踏会』を完成されたから、五十年以上の作家活動が続いていたことになる。しかし、その長い期間に探偵小説の流れも、変遷を免れなかったので、著者は私たちの時代のアイドルだと思いこんでいたのだが、全集本、新書版、文庫本などいろいろな形式で続続刊行された。殊に文庫本などわずか三年ほどで、三百万部を越すという熱狂的な歓迎を受けたというのだから、こういう作品を待望していた読者が、いかに多かったかを如実に物語っている。

この『吸血蛾』は戦後、数多く書かれた金田一耕助の推理シリーズでも、『幽霊男』『悪魔の寵児』などのように、もっともサスペンスの効果を強く表面に出した系列の作品である。昭和三十年の新年号から一年間、「講談倶楽部」に連載されたもので、同時に『三つ首塔』が並行して執筆された。その前年に『幽霊男』を、翌々年からは『悪魔の手毬唄』に着手しておられるから、油ののった時期であった。

作品に扱われたものはもっとも華かな服飾デザイナーの世界である。トップ・モードを競う絢爛《けんらん》たる顔触れのなかに、突如顔を突っこんできた怪人物の登場から幕が開く。つば広帽子、ふかぶかと立てた外套《がいとう》の襟、鼻まで隠したマフラ、おまけに眼鏡の色まで、すべて灰色で統一した無気味な男が、人気絶頂のデザイナーに贈物を届けにきた。その男がくゎっと口を開くのを見たら、耳まで裂けて、狼のようなぎざぎざの歯の持主なのだ。

この狼男が狙っているデザイナーは、彼の贈った林檎についていた歯型に似た疵《きず》跡を乳房につけているらしい。彼女のライバルを裏切って、彼女に弟子入りした美少年、ファッション・ショー・マニアの老紳士、ショー担当の敏腕新聞記者、彼女専属のモデルで結成した虹の会のメンバーなど登場者にはこと欠かないから、事件のほうも派手な舞台を選んでいる。

彼女の経営する婦人服飾店は、戦場のような騒々しさと混雑状態だった。そこへ運び込まれていたマヌカンを収めた箱から、虹の会の一人が死体となって現われたのだ。ついで昆虫収集家の変り者の邸内の浴室から、両脚を切断され、乳房の噛みきられた二番目の犠牲者が出た。

恐慌をきたした虹の会の発意で、金田一の出馬を要請することになった。捜査当局からはお馴染の等々力警部の担当というので、コンビを組むには組んだが、今度の事件だけは快刀乱麻をたつわけにはいかなかった。

アド・バルンにぶらさげられ、空中で道化踊りを踊る脚、浅草の劇場のライン・ダンスにまじる片足が、いっそうセンセーションをまき起こし、捜査側を歯ぎしりさせる。しかも犠牲者は六人を加えて、酸鼻《さんび》と残虐を極めるのに、肝腎の金田一も手を束ねて見守るほかはない。

いささか腑甲斐《ふがい》ないほど、手も足も出せず、殺人鬼の跳梁《ちょうりょう》をほしいままにさせている。この大量殺人の謎はあとに至って首肯《しゅこう》できるように組み立てられているが、読者も読み進んでいるうちは、やはり金田一同様、この途方もなく大胆不敵な犯行の全貌を摑《つか》むのに戸惑いを感じるにちがいない。それほど複雑にして怪奇を極めた惨劇であった。

この作者は岡山を舞台にした一連の作品では、農村に根強く残存する習俗や人間関係を、克明《こくめい》に描写して、始めて欧米の糟粕《そうはく》を嘗《な》めない純日本的探偵小説を樹立した。ここでは珍しく、偶像姦だの、狼憑《つ》きなどを扱って、思いきって外国的な趣向を取り入れている。

日本にも狐や狸がひとにとり憑くといい、犬神や蛇神のように家筋まであるという俗信が行われていたが、狼憑きだけは聞かれなかった。本篇ではヒロインが告白して、その伝承を説明している。満月の夜に狼に嚙まれたり、狼と交わったりしたものが狼憑きになり、急に気が荒くなって、人間の血や肉を求めるようになる、また歯なども次第に尖《とが》ってくる。発作が起これば四つん這いになって、狼そっくりの行動をとるというのだ。

戦時中、ディクスン・カーの著作に惹かれて、本格長篇を書きたくて腕を撫《ぶ》していた作者だから、カーの作品に濃厚な怪奇趣味にも共鳴するものがあったと思われる。著者はこの狼男の恐怖で全篇を蔽《おお》うたばかりでなく、単なる恐怖小説に陥らせないで、探偵小説的技巧を凝《こ》らしている。

物語は九人の被害者が出るまで、犯人を追い詰められぬもどかしさに、いらいらさせられる。犯人の告白があって事件が一段落してから、今回はあまり冴えなかった金田一の面目躍如《めんもくやくじょ》たるものがあるのは、終りの数頁である。作者はこのクライマックスを描きたいために、金田一を隠忍自重《いんにんじちょう》させていたと思われるほどだ。

この物語ほど、愛執《あいしゅう》のはげしさが悪念を呼び、悪業がさらに悪業を生んでいく凄じさを追うたものはない。怪奇・残虐味に装われた二重三重の構成が興味をそそるのである。

本書は、昭和五十年八月に小社より刊行した文庫を改版したものです。なお本文中には、変性男子、びっこ、浮浪者、薄野呂、狂気、気が狂う、気ちがい、盲人、めくら、色気ちがい、狂人、白痴といった、今日の人権擁護の見地に照らして使うべきではない語句や、医療知識の観点から不適切と思われる表現があります。しかしながら、作品全体として差別を助長する意図はなく、執筆当時の時代背景や社会世相、また著者が故人であることを考慮の上、原文のままとしました。

（編集部）

吸血蛾《きゆうけつが》

横溝正史《よこみぞせいし》

昭和50年 8月10日 初版発行
令和4年 4月25日 改版初版発行

発行者●堀内大示

発行●株式会社KADOKAWA
〒102-8177 東京都千代田区富士見2-13-3
電話 0570-002-301(ナビダイヤル)

角川文庫 23154

印刷所●株式会社暁印刷
製本所●本間製本株式会社

表紙画●和田三造

●お問い合わせ
https://www.kadokawa.co.jp/ (「お問い合わせ」へお進みください)
※内容によっては、お答えできない場合があります。
※サポートは日本国内のみとさせていただきます。
※Japanese text only

ISBN 978-4-04-112613-4 C0193

◇◇◇

角川文庫発刊に際して

角川源義

第二次世界大戦の敗北は、軍事力の敗北であった以上に、私たちの若い文化力の敗退であった。私たちの文化が戦争に対して如何に無力であり、単なるあだ花に過ぎなかったかを、私たちは身を以て体験し痛感した。西洋近代文化の摂取にとって、明治以後八十年の歳月は決して短かすぎたとは言えない。にもかかわらず、近代文化の伝統を確立し、自由な批判と柔軟な良識に富む文化層として自らを形成することに私たちは失敗して来た。そしてこれは、各層への文化の普及滲透を任務とする出版人の責任でもあった。

一九四五年以来、私たちは再び振出しに戻り、第一歩から踏み出すことを余儀なくされた。これは大きな不幸ではあるが、反面、これまでの混沌・未熟・歪曲の中にあった我が国の文化に秩序と確たる基礎を齎らすためには絶好の機会でもある。角川書店は、このような祖国の文化的危機にあたり、微力をも顧みず再建の礎石たるべき抱負と決意とをもって出発したが、ここに創立以来の念願を果すべく角川文庫を発刊する。これまで刊行されたあらゆる全集叢書文庫類の長所と短所とを検討し、古今東西の不朽の典籍を、良心的編集のもとに、廉価に、そして書架にふさわしい美本として、多くのひとびとに提供しようとする。しかし私たちは徒らに百科全書的な知識のジレッタントを作ることを目的とせず、あくまで祖国の文化に秩序と再建への道を示し、この文庫を角川書店の栄ある事業として、今後永久に継続発展せしめ、学芸と教養との殿堂として大成せんことを期したい。多くの読書子の愛情ある忠言と支持とによって、この希望と抱負とを完遂せしめられんことを願う。

一九四九年五月三日